知人論詩

——葉嘉瑩帶你讀唐詩

葉嘉瑩

天地 www.cosmosbooks.com.hk

書　　名　知人論詩——葉嘉瑩帶你讀唐詩
作　　者　葉嘉瑩
責任編輯　宋寶欣
美術編輯　楊曉林
出　　版　天地圖書有限公司
香港黃竹坑道46號
新興工業大廈11樓（總寫字樓）
電話：2528 3671　傳真：2865 2609
香港灣仔莊士敦道30號地庫（門市部）
電話：2865 0708　傳真：2861 1541
印　　刷　亨泰印刷有限公司
柴灣利眾街德景工業大廈10字樓
電話：2896 3687　傳真：2558 1902
發　　行　香港聯合書刊物流有限公司
香港新界荃灣德士古道220-248號荃灣工業中心16樓
電話：2150 2100　傳真：2407 3062
出版日期　2021年8月／初版

ISBN ： 978-988-8549-62-7
本書中文繁體字版由中華書局（北京）授權出版

前言

究竟應該怎樣讀唐詩

大家為甚麼要讀唐詩？唐詩或詩歌對我們品性的養成、對青少年的成長有甚麼重要價值呢？《論語．陽貨》中說：「詩，可以興，可以觀，可以群，可以怨。」詩歌可以激發人們的精神，使其內心受到感動。葉嘉瑩先生對此進行了更為現代化的解讀：

在中國文化之傳統中，詩歌最寶貴的價值和意義就在於詩歌可以從作者到讀者之間，不斷傳達出一種生生不已的感發的生命。讀詩的好處就在於可以培養我們有一個美好而活潑的不死的心靈。我們作為現代人，雖然不一定要再學習寫作舊詩，但是如果能夠學會欣賞詩歌，則對於提升我們的性情品質，實在可以起到相當的作用。

詩歌帶給了葉先生「生生不已的感發的生命」，葉先生從小背誦、吟唱詩歌，詩歌是她形影不離的伴侶，詩歌是她安身立命之所在。她從古人的詩歌中獲得了前行的力量：

我國古代那些偉大的詩人，他們的理想、志意、持守、道德時常感動着我。尤其當一個人處在一個充滿戰爭、邪惡、自私和污穢的世道之中的時候，你從陶淵明、李杜、蘇辛的詩詞中看到他們有那樣光明俊偉的人格與修養，你就不會喪失你的理想和希望。我雖然平生經歷了離亂和苦難，但個人的遭遇是微不足道的，而古代偉大的詩人，他們表現在作品中的人格品行和理想志意，是黑暗塵世中的一點光明。我希望能把這一點光明代代不絕地傳下去。

古代詩人是如何通過詩歌來傳達他們的情感志意的？今人應該如何去閱讀和賞

析這些詩歌呢？葉先生認為詩歌中最重要的質素就是那份興發感動的力量：「是不是果然『情動於中』，這是判斷一首詩歌的最重要的標準。」本書便以體認這種興發感動之生命的能力作為賞鑑唐詩的路徑。

本書內容主要分為兩部份。「追根溯源，走進詩歌」介紹了唐詩的源流、如何評判一首好詩及詩歌的四聲與平仄。「知人論詩，以詩解人」對唐代二十位詩人的代表作品進行了詳細的解讀。先對詩人的生平經歷進行扼要介紹，接着結合詩人生平細緻揣摩其作品，中間穿插講解一些詩歌的基礎知識。

通過對比唐代不同詩人的品性、詩歌作品、詩歌風格，加深對唐代詩人、詩作、詩風的理解和感知是本書的一大亮點。比如，説李白是「仙而人者」，蘇東坡則是「人而仙者」，巧妙地將兩位詩人區分開來；將山水詩的不同風格進行對比，突出王維山水詩派的平靜淡遠、謝靈運山水詩派的密麗工整。或是對同一主題的古詩進行對比閱讀，在講授中教導我們如何辨別詩歌的好壞，如對比閱讀《玉階怨》。

在對比解讀詩人和詩作的基礎上，葉嘉瑩先生也將品讀唐詩的方法娓娓道來，比如甚麼是詩歌的風骨、欣賞詩歌要注意形象和結構、品讀詩歌要品讀詩歌的感發力等。我們在潛移默化中便能夠學會更好地品讀、感悟唐詩的魅力。

本書內容選編自葉嘉瑩先生已出版的詩歌講稿，尤其以「迦陵說詩」系列叢書為主。為了進一步加深讀者對詩歌作品、詩歌風格或詩人的了解，我們在有的講稿之後附了拓展閱讀。其中有五篇為葉先生所寫，分別是比較閱讀《玉階怨》一文，對《登幽州台歌》、《秋興八首》（其八）、《寄全椒山中道士》、《安定城樓》四首詩的講解與分析，其餘內容皆為編輯部根據講稿相關知識點進行的拓展與延伸。

最後，要衷心感謝葉嘉瑩先生對本書的大力支持，感謝葉先生的助理張靜教授為審定書稿所付出的辛勞。

編輯部

目錄

追根溯源　走進詩歌

唐詩的源流

中國最早的一部詩歌總集是《詩經》，它收集了從西周初期到春秋中葉大約五百多年時間的詩歌三百零五篇，比較全面地反映了周代的社會面貌。《詩經》中的詩歌，每句從二言到八言字數不等，但是整體而言，它是以四言為主的。這是因為，四言詩句無論是在句法的結構還是節奏的頓挫方面，都是最簡單而且初具節奏的一種體式。如果一句的字數少於四個字，其音節就不免有勁直迫促之失了。所以，《詩經》中的作品作為中國最早的詩歌，自然而然地形成了最簡單的以四言為主的形式。

繼《詩經》之後，中國南方又產生了一種新興詩體——《楚辭》。《楚辭》以屈原、宋玉的作品為主，也收集了後代一些文人模仿屈宋的作品。《楚辭》在形式方面對後世影響最大的有兩種，一個是「騷體」，一個是「楚歌體」。「騷體」詩得名於屈原的《離騷》。屈原一生志潔行廉，忠於君國，卻「信而見疑，忠而被謗」。

所以，他在《離騷》中訴説自己遭遇憂患的悲哀，表現自己高潔的性情和理想，以及守正不移、雖九死而不悔的精神品質。《離騷》在內容和感情上的特色對後代詩人有很大的影響。這種特色主要表現為對理想的追尋、殉身無悔的志意、美人香草的喻託以及悲秋的搖落無成之慨。至於在形式上，《離騷》的句子較長，大致是「兮」字的前後各六個字。因為句法的擴展，篇幅也隨之延長，這就使得這種詩歌有了散文化的趨勢。於是《楚辭》中的騷體，就逐漸從詩歌中脱離出來，發展為賦的先聲。

《楚辭》的另一種形式是「楚歌體」。「楚歌體」主要指的是《楚辭》中的《九歌》這一組詩。它本是楚地祭祀鬼神時由男女巫師所唱的巫歌，多用愛情的口吻來敍寫一種期待和召喚的浪漫感情，因而能夠引發起人們對理想、政治以及宗教等許多方面的聯想。在形式上，《九歌》的句子、篇幅都比《離騷》短，最常見的形式是「兮」字前後各三個字。例如「悲莫悲兮生別離，樂莫樂兮新相知」，一句七個字，每一句的韻律節奏都是「四三」，這和後來七言詩的韻律節奏是一致的。所以，《九歌》成為後世七言詩的濫觴。

總之，「騷體」與「楚歌體」代表了《楚辭》中兩種不同的形式。其不同之處已如上所述。另外，有一點值得注意的是，無論「騷體」還是「楚歌體」，都大量使用了「兮」等語氣詞。語氣詞的間用，給《楚辭》增添了一種飛揚飄逸的姿致。

春秋戰國之後，秦統一天下。嬴秦傳世很短，在詩歌方面並沒有甚麼可以稱述之處。到了漢朝，其初期的詩歌有以下幾類：一類是模擬《詩經》的四言體。如韋孟的《諷諫詩》，唐山夫人的《房中歌》等，這種體式主要用於廟堂祭祀的場合，比較嚴肅而且公式化，藝術價值不高。還有一類是模擬《楚辭》的楚歌體。例如劉邦的《大風歌》，項羽的《垓下歌》，以及相傳為漢武帝劉徹所作的《秋風辭》等等。這類詩歌大抵上是人們「情動於中而形於言」的一些即興抒情之作。

後來，樂府詩興起，從而一掃漢初詩壇的消沉氣象，而有了新的開拓和成就。樂府詩的本義，原只是一種合樂的歌詞。狹義上的樂府詩始於西漢武帝之世。史載漢武帝曾建立了樂府的官署，並且派人到各地採集歌謠，然後配上音樂來歌唱。此外，文士們也寫了一些可以配樂歌唱的詩，這些歌詩後世通稱為「漢樂府」。就歌詞的體式而言，漢樂府有繼承《詩經》的四言體，有繼承《楚辭》的楚歌體，有出自於歌謠，反映當時社會現實的雜言體。而最可注意的一種，則是由新聲的影響而逐漸形成的一種五言的體式。當時，由於漢朝與西北外族的相互交往，使得西域胡樂傳入中國。中國傳統音樂受到外族音樂的影響，就產生了一種叫作「新變聲」的音樂。而當初配合這種「新變聲」的歌詩，就是最初的五言詩體。試以漢武帝時的協律都尉李延年所作的《佳人歌》為例：

北方有佳人，絕世而獨立。
一顧傾人城，再顧傾人國。
寧不知傾城與傾國，佳人難再得。

全詩除了第五句因加了三個襯字而變成八字一句之外，其他各句都是五言。我們從中不難看出五言的體式受新聲影響而逐漸形成的跡象，但這只是樂府詩的五言化而已，因為它的形式還沒有完全固定。後來，五言體逐漸進步，就產生了《上山採蘼蕪》這樣比較整齊的五言體詩歌。再進一步發展，就有了《古詩十九首》的產生。《古詩十九首》出現後，五言詩就有了一個完全固定的體式，於是我們就稱之為「古詩」，而不叫它「樂府」了。至於樂府詩對後世的影響，主要有以下幾點：第一是對五言詩的形成有很大的影響；第二是使得後代出現了很多模仿漢樂府的作品。比如李白等詩人曾用樂府詩的舊題來寫新詩，而白居易則模仿漢樂府的風格自命新題、自寫新詩，創作了「新樂府」詩。

自從東漢五言詩形成以後，其作者漸漸增多。到了建安時期，曹氏父子風起於上，鄴中諸子雲從於下，不僅使得五言詩在形式上達到了完全成熟的境界，而且內容上也因作家輩出而有了多方面的拓展和完成，從而奠定了五言詩的地位，使之成為我國詩人沿用千餘年之久的一種詩體。

漢朝以後，從魏晉到南北朝，是我國詩歌由古體到律體轉變的一個時期。這種律化分兩步走：一是對偶，二是聲律。就對偶方面而言，早在一些很古老的書中就曾出現過，後來的《古詩十九首》中也有一些對偶的駢句，但這些都是自然而然形成的，並非出自作者有意識的安排。到了建安時期，曹植開始有心使用駢偶之句，以增加其詩歌的氣勢。不過，曹植詩中的對偶只是大體上的相稱，並不十分嚴格。晉宋之間，謝靈運詩中的對偶數量進一步增加，形式上也更加嚴密了。可見，詩歌中對偶的運用是逐漸趨於工整的。關於聲律方面，南北朝之前的一些文士，如西漢的司馬相如、魏晉時期的陸機等人都曾經注意過這方面的問題，然而他們所強調的，只不過是自然的聲調而已。到了魏晉以後，佛教盛行於世，於是譯經、唱經等事業迅速發展起來。外來文化的刺激使得一些人開始對本民族的語言文字加以反省，聲韻的分辨因此日趨精密。到了周顒作《四聲切韻》，沈約作《四聲譜》，四聲的名稱便由此確立了。

可見，對偶和聲律兩種說法的興起，的確是對中國文字的特性有了反省與自覺以後的必然產物。而當對偶與聲律日益講求之時，中國的美文便得到一次大的進展。這主要表現在四六文的形成與律詩的興起上。所謂律詩，一方面要講求四聲的諧調，另一方面要講求對偶的工整。其相對的二聯必須音節相等，頓挫相同，而且要平仄相反，詞性相稱。所以後來就逐漸形成了「仄仄平平仄，平平仄仄平」和「平平平仄仄，仄仄仄平平」兩種基本的平仄格律。這兩種基本形式再加以變化，就形成了平起仄起、律詩絕句等各種形式。這些新興格式到了唐朝更臻於精美，而且最終得以確立。而魏晉南北朝則是格律詩由醞釀漸臻成熟的一個時期。我們從謝靈運、沈約、徐陵、庾信等人的詩作中，可以清楚地看到這種演進的軌跡。

關於魏晉南北朝詩歌在形式方面對後世詩歌的影響，大致已如上所述。如果就題材內容方面而言，建安時的曹植曾多次在詩歌中抒發自己渴望赴邊塞為國家建功立業的壯志豪情。例如他在《白馬篇》中說：「控弦破左的，右發催月支」「長驅蹈匈奴，左顧淩鮮卑」「捐軀赴國難，視死忽如歸」等等。且不管曹植本人若真上了戰場，到底能否像其詩中所說的那樣驍勇善戰，單是他那種敍寫的口吻，便能給讀者一種強大的震懾力。到了唐朝，當一些詩人如高適、岑參、王昌齡等人真的遠赴塞外，並且對邊塞生活有了深切的體驗之時，便寫出了許多真正意義上的邊塞詩。這些邊塞詩固然比前代詩人類似題材的作品發展了，但那種從軍報國、建功立業、視死如歸的英雄氣概，無疑受到了前代詩人的影響。

另外，魏晉之際，政治鬥爭錯綜複雜，風雲變幻，社會道德價值觀念完全崩潰。很多士人不能在仕途上施展自己的抱負，於是轉而清談玄理。這種社會風氣影響了詩歌作者，就有了後來玄言詩的產生。玄言詩的作者崇尚老莊玄理，而崇尚老莊思想的人一般都比較醉心於山林隱逸的生活。所以玄言詩中描寫山水風景的份量日漸增多。到謝靈運出現後，這種情況發生了一個質的轉變，而謝靈運則成為了中國山水詩一派的開山作者。後來發展到唐朝，王維、孟浩然、韋應物等人繼承了這一派寫山水林泉的傳統，並做了進一步的拓展，從而寫出許多風格各異、多姿多彩的山水詩來。

再有，南北朝時期還出現了一位非常值得注意的作者——庾信。庾信本生於南朝，曾做過梁武帝的文學侍從之臣。受當時柔靡詩風的影響，庾信寫過不少輕靡浮艷的宮體詩。侯景之亂爆發後，台城失陷，庾信逃往江陵。後來，他奉梁元帝之命出使北朝，結果受騙做了羈臣，而梁朝最後還是滅亡了。羈留北朝期間，庾信懷國破家亡之痛，作悲哀危苦之詞。他把南朝華艷綺靡的文風與北朝雄壯矯健的文風相結合，從而創作了清新老成、別具風格的詩文。楊慎在《升庵詩話》中曾謂庾信的詩賦「為梁之冠絕，啟唐之先鞭」，確實如此。

以上，我們主要就詩體演進方面概括地談了一下前代詩歌對唐詩的影響。不難看出，唐代以前，中國詩歌的主流是朝格律化的方向發展的。這本是一個必然的趨勢，而魏晉南北朝是中國古詩格律化的一個形成階段。當然，對偶和平仄的協調可以形成中國語言文字的一種特美。不過，任何一種新的文字體式在其形成之初，當人們還不能完全自如地運用它時，這種形式往往會成為作詩的限制。中國格律詩的發展也正是如此。所以在齊梁時代，當沈約的四聲八病之說興起後，詩人文士們便把注意力完全集中於對偶和平仄等方面。他們的詩作在形式上雖然精美了，可其內容卻變得相對空泛，而缺少了一種感發的力量與生命。這種情況一直到了唐朝才得以改變。

到了唐朝，詩人們一方面繼承了漢魏以來的古詩樂府，使之得到擴展而得以革新；一方面則完成了南北朝以來一些新興的格式，使之更臻於精美而得以確立。那時，詩人們對格律的運用已經比較熟練而自如，格律已不再成為作詩的限制了。於是，一些詩人就用這種精美的形式寫出內容非常豐美深厚的詩歌來。

唐朝，理所當然成為了中國詩歌的集古今體式與南北風格的集大成的時代。

評判詩歌好壞的標準

我以為在批評、欣賞和學習中國古典詩歌方面，最重要的一個問題，也是大家常常討論、常常覺得傷腦筋的一個問題，就是你究竟怎樣衡量判斷，哪一首詩是好詩？哪一首詩是壞詩？這不僅在中國，在西方也是很成問題的一件事情。你要給學生一首詩，告訴他作者是莎士比亞，他就盲目崇拜，認為是莎士比亞的作品就一定都好。如果你不告訴他作者是誰，你就給他幾首詩，他就很難判斷，那究竟是好詩還是壞詩。也許有一些人，他自己有一點點直覺感受，他說我喜歡這個，我不喜歡那個。可是你為甚麼喜歡，為甚麼不喜歡，你能說出那個緣故來嗎？而且你所說的那個緣故，果然就是衡量一首詩歌好壞的正確標準嗎？

中國古人說的「情動於中而形於言」（《毛詩序》），說到一首詩歌的好壞，先要看那作詩的人，是不是內心真正有一種感動，有要說的話，是不是有他自己真正的思想、感情、意念，還是沒話找話，在那裏說一些虛偽、誇張的謊話。就是說，是不是果然「情動於中」，這是判斷一首詩歌的最重要的標準。既然要「情動於中」然後「形於言」，這「情動於中」是詩歌蘊育出來的一個重要的質素。那麼甚麼東西才使你「情動於中」呢？晉朝的陸機有一篇《文賦》說過，「悲落葉於勁秋，喜柔條於芳春」。在那強勁的、寒冷的秋風之中凋零的落葉，人們看了，就有一種蕭瑟的、淒涼的、悲傷的感覺。「喜柔條於芳春」是說，當芬芳、美好的春天，我們看見草木那些柔條發芽長葉了，我們就有一種欣喜，這是大自然給我們的一種感動。後來更有名的一本關於詩歌批評的書——鍾嶸的《詩品》，它前面有一篇序，第一段開始就說：「氣之動物，物之感人，故搖蕩性情，形諸舞詠。」「氣之動物」是外邊的冷暖、寒暑，中國所說的「陰陽」二氣，它感動了外物，所以有花開，所以有葉落。所謂「物之感人」，是說花開葉落的「物」的現象，就感動了人的內心。「搖蕩性情」，所以就使你的內心有一種搖蕩的感動。「形諸舞詠」，所以才表現在你的歌舞、吟詠的詩歌之中。所以，人心之動，是物使之然也，也就是說「情動於中」的一個因素是外在的大自然的物象。而如果說外在的，沒有感情的，沒有思想的草木的榮枯，都能感動你的話，那麼跟你同樣的人類的悲歡離合，難道不感動你嗎？像孔子說的「鳥獸不可與同群，吾非斯人之徒與而誰與？」所以，杜甫在詩中才寫下來「窮年憂黎元，嘆息腸內熱」，才寫下來「三吏」「三別」。像這些人世間很多人生的事情當然就更使你感動，不只是你自己個人的死生離別感動你，你看到別人的死生離別也同樣地感動你，而詩人是有銳敏的感受能力和豐富的想像能力的，於是就不只是你自己的生活遭遇感動你，也不只是你看到別人的生活感動你，不只是你今天看到的當代人的生活感動你，古人及千百年前發生的事件也一樣地感動你。所以，中國才有詠史的詩，「萬古長留楚客悲」，「楚客」——屈原的悲哀為甚麼萬古之下還感動了後代的人呢？所以，詩人就是要有一種中國古人所說的「民胞物與」之心，是「民吾同胞，物吾與也」。

對事物我都以同情的心對它，更不用說與我同類的人類，我當然就更會有同情和關懷了。當然，最好的、最能感動人的詩篇是詩人從自己的喜怒哀樂，從自身的體驗所寫出來的。好的詩人有銳敏的感受能力，有豐富的聯想能力，是「民吾同胞，物吾與也」。不只是草木，不只是現在的人事，我所沒看見過的，沒經歷過的人事，都可以感動我，這才真正是一個有博大的感情、襟抱的詩人。所以，古人才會寫出來很多美好的詩歌。白居易寫了《長恨歌》，他是唐明皇嗎？他不是。他是楊貴妃嗎？他也不是。他說：「在天願作比翼鳥，在地願為連理枝。天長地久有時盡，此恨綿綿無絕期。」他雖不是唐明皇或楊貴妃，但他能夠想像唐明皇跟楊貴妃的死生離別的感情。

詩歌的四聲與平仄

古代漢語分「平、上、去、入」四聲，其中上聲、去聲、入聲屬於仄聲，我們現在發音的一聲和二聲都屬於古代的平聲，三聲和四聲屬於仄聲，現代漢語已經沒有入聲。如果我們寫詩時只管內容不注意聲音的協調，誦讀起來就不好聽，比如我說「溪西雞齊啼」，意思是說溪水西邊的雞都一齊啼叫起來。但由於它用的都是同聲同韻的字，讀起來像繞口令一樣，都不知道說的是甚麼！當然，這是一個比較極端的例子。因此我們中國的格律詩在聲調上注重平聲字和仄聲字的搭配，通過聲調的交替變化形成誦讀時的聲音之美。古詩雖沒有平仄的規定，但往往有一種自然形成的「天籟」之美。如《古詩十九首》的「行行重行行」，五個字都是平聲，同一個調子一直拖長下去，這在格律詩裏是不允許的。然而正是這種單調的聲音，與行人越走越遠一去不回的內容結合起來，就自然產生了一種令人感動的力量。這是天籟，不是用人工技巧能夠做到的，對作者來說可遇而不可求。所以有人說，古詩其實比格律詩更難寫，因為它那種自然的聲音之美沒有一個人工的規律可循，所以更難掌握。

中國人注意到漢語語言的聲調，並將其應用於詩歌，是從南北朝的齊梁時代開始的。在齊梁時代，中國人對自己的語言開始有了一個反省。為甚麼到齊梁之間才有反省呢？因為那時佛教已經盛行。梁武帝不是曾經捨身同泰寺嗎？杜牧之的詩不是說「南朝四百八十寺，多少樓台煙雨中」嗎？佛教如此之盛，大家都去唸經，都去學習佛教的梵唱，因此語音的問題就提到了日程上。而且齊梁之間翻譯了大量的佛經，這又涉及對印度梵語的學習。學習一種外語首先要注意它的讀音，當人們研究梵語讀音的時候，對我們自己的漢語讀音也就會有一個反省。翻譯有的時候是音譯，比如「菩薩」就是梵語「菩提薩埵」聲音的簡化。有些外語字的發音，我們中國不一定有一個字跟它同音，那就要用兩個字合起來，取上一個字的聲，下一個字的韻，於是就產生了「反切」的拼音方法。以「東」字而言，它是由聲母「d」和韻母「ong」結合而成的，用「反切」的拼音方法來表示就是「德洪」切。「德」的聲母是「d」，「洪」的韻母是「ong」，快讀就是「東」。

這種反省很快就影響到了詩歌。因為人們發現，一句詩如果所有的字都是平聲或者都是仄聲，讀起來是很不好聽的，一定要平仄間隔才好聽。所以從齊梁開始，詩歌逐漸就走向了格律化，到初唐時就形成了「近體詩」。所謂近體，是相對古體而言。古體詩不講究平仄也不講究對偶，近體詩講究平仄和對偶。對偶，其實也是由中國語言文字的特質而形成的。英文單詞長短不齊很難對起來，而中國文字單音獨體，天生就適合對偶。《易經》的「乾卦」說：「水流濕，火就燥；雲從龍，風從虎。」那時候的作者還沒有後來這種對語言文字的反省，它是自然而然就對上的。而到了六朝的時候，對偶就成了很多詩人自覺的追求，像謝靈運的《登池上樓》，從頭到尾都是對偶，雖然還不是格律詩，但與漢代那些質樸的古詩相比已經大不相同了。

到了齊梁時期，詩歌在聲音上已經很講究，只不過還沒有形成近體詩的格律而已。近體詩的格律是甚麼樣子呢？除了在句數、字數和對仗等方面的規定之外，最主要的就是聲音的平仄了，比如「客路青山下，行舟綠水前」兩句，就是唐代五言律詩中的一聯，它的平仄聲音是「仄仄平平仄，平平仄仄平」。律詩的平仄當然有它的規律，但也不是完全死板的，有的地方平仄可以通用，有的地方就不可以。另外還有所謂「拗句」，有的地方可以「拗」，有的地方不可以「拗」，有的地方「拗」了還可以「救」。於是有人就說，格律詩變化這麼多，太傷腦筋，學作詩不是太難了嗎？其實只要通過吟誦把握了它的基本規律就一點兒也不難。「客路—青山—下，行舟—綠水—前」，你要注意它節奏的停頓：五言中的第二個字是一個停頓的所在，第四個字是一個停頓的所在，第五個字則是整個一句的停頓所在。凡有停頓的地方，就是一個音節的節拍落下的地方。所以除了結尾的那個字之外，這第二個字和第四個字是最重要的，在這幾個字的地方一定不能夠把聲音的平仄搞錯。七言律詩也是一樣，比如杜甫《秋興》（其二）的「夔府—孤城—落日—斜，每依—北斗—望京—華」，除了結尾的韻字之外，節拍的停頓分別在第二、第四和第六個字。這就是人們常說的所謂「一三五不論，二四六分明」。

說到節奏的停頓，我還要說明一下：五言詩的節奏是「二、三」的停頓，細分為「二、二、一」；七言詩的節奏是「四、三」的停頓，細分為「二、二、二、一」。但文法上的停頓和聲音上的停頓有時候是不統一的。比如歐陽修有兩句詩說

「黃栗留鳴桑葚美，紫櫻桃熟麥風涼」。「黃栗留」是鳥的名字，就是黃鶯，「紫櫻桃」則是一種水果的名字。按照文法應該是「黃栗留—鳴—桑葚—美，紫櫻桃—熟—麥風—涼」。但這樣讀是不對的，讀詩一般不按文法來讀，而按聲音節奏的停頓來讀。所以這兩句應該讀作「黃栗—留鳴—桑葚—美，紫櫻—桃熟—麥風—涼」。講詩的時候當然要以文法為準，但讀詩的時候就要以音節為準了。

另外，不管格律詩還是古詩都要押韻。格律詩如杜甫的《秋興》（其一）：「玉露凋傷楓樹林，巫山巫峽氣蕭森。江間波浪兼天湧，塞上風雲接地陰。叢菊兩開他日淚，孤舟一繫故園心。寒衣處處催刀尺，白帝城高急暮砧。」雙數句結尾的字一定要押韻，首句結尾的字可以入韻也可以不入韻。這首詩首句入韻，所以共有五個韻字：「林」「森」「陰」「心」「砧」。需要說明的是：在詩、詞、曲中，詩的押韻要求最嚴，一定要押同一個韻部的字，不可以出韻也不可以四聲通押。曲是可以四聲通押的，詞則只可以上、去聲通押。甚麼叫「四聲通押」呢？舉個例子，如馬致遠的曲子《天淨沙》：「枯藤老樹昏鴉，小橋流水人家。古道西風瘦馬。夕陽西下，斷腸人在天涯。」「鴉」「家」「涯」都是平聲，「馬」是上聲，「下」是去聲，平聲和仄聲都押在一起了，所以叫四聲通押。「四聲通押」不同於古詩的「換韻」。古詩在押韻上比近體詩稍微寬鬆一點兒，它可以「換韻」。比如白居易的《長恨歌》：「漢皇重色思傾國，御宇多年求不得。楊家有女初長成，養在深閨人未識。天生麗質難自棄，一朝選在君王側。回眸一笑百媚生，六宮粉黛無顏色。」這八句押的是仄聲韻，下邊就換押平聲韻：「春寒賜浴華清池，溫泉水滑洗凝脂。侍兒扶起嬌無力，始是新承恩澤時。」每四句、六句或者八句從平聲換韻仄聲或從仄聲換韻平聲，這叫換韻，不叫四聲通押。

因此，清朝的聲韻學家江永在其《古韻標準例言》中就提出來一個問題說：「如後人詩餘歌曲，正以雜用四聲為節奏，詩歌何獨不然？」「詩餘歌曲」就是詞曲。他說既然詞曲可以四聲通押，為甚麼詩歌就不能夠通押？這個問題郭紹虞先生做過解答，他在〈永明聲病說〉一文中說：「四聲之應用於文詞韻腳的方面，實在另有其特殊的需要。這特殊的需要，即是由於吟誦的關係。」又說「歌的韻可隨曲諧適，故無方易轉」，而「吟的韻須分析得嚴，故一定難移」。他說因為歌要配合音樂來唱，故此可以隨着音樂轉變字的聲調，所以在韻字聲調的要求上也就不那麼死板。可是詩是吟誦的，韻字及其聲調就顯得更為重要，所以四聲不能混用，詩歌是從體式的形成上就受到了吟誦之影響的。

知人論詩　以詩解人

用律謹嚴的杜審言

杜審言，字必簡。要推求他的祖先，最有名的一個人是晉朝的杜預。杜預是杜審言十一代的遠祖，他本是一位名將，平吳有功，封為當陽侯；同時也是一個大學問家，為「十三經」裏邊的《左傳》作過註解。據史傳記載，杜預是京兆長安人，當時西晉建都也是在長安。後來到了南北朝的時代，北方大亂，杜審言的一個先世的祖先就遷居到湖北的襄陽。再到後來，杜審言的父親杜依藝，在鞏縣做縣令，又遷到了河南的鞏縣。所以他的籍貫是相當複雜的。

杜審言詩歌的主要成就體現在五言律詩上。明朝的一個文學批評家胡應麟在其文學批評著作《詩藪》中說：「唐初五律，必推杜審言為作者。」為甚麼要這樣說？難道在唐朝初年就沒有其他人寫五律了嗎？當然不是。我以前曾經多次說過，中國的文字是單形體、單音節，而且中國的文法也不像西方那麼嚴格，所以特別適合於對偶。可剛剛嘗試運用對偶的人，他們對於句法結構怎麼樣變化，安排得不是很好，因此，他們雖然也對偶，卻總是對得太平順。我們知道，對偶的複雜化是律詩發展的一個必然趨勢。雖然一段歷史的演進很難說是從某一個人才開始的，可整個的、根本的潮流必然有某種趨向，而杜審言的五言律詩很明顯地體現了這種趨勢，所以我們才說杜審言是初唐近體詩完成的一個重要作者。

我們說杜審言重要，不僅是因為他在整個唐朝的詩歌演進上有重要的地位，而且因為他對後來的杜甫也產生了很大的影響。杜審言是杜甫的祖父。你要知道，天下很多事情都是有一定因緣的。一件事情的出現，一個天才人物的完成，往往是由種種機會、種種因素促成的。杜甫之所以成為唐代的一個最重要的作者，我以為這與他的家學有很密切的關係。

為甚麼這樣說呢？杜甫出現以後，他不僅對於古體詩的好處、思想性這方面有充份的認識，而且對於近體詩的好處、藝術性這方面也能夠接受。長遠的眼光和博大的胸襟，對於詩歌的各方面兼容並蓄，使他成為唐朝的一個真正的大家。

杜甫不輕視律詩，他的律詩成就非常高，可以說，中國的七律是從杜甫才寫出最好的作品。而杜甫之所以能把律詩寫得這樣好，這與他祖父的律詩寫得好有相當大的關係。他在給他兒子所寫的一首詩中曾經得意地說「詩是吾家事」，他叫他兒子也作詩，說作詩就是我們家的家傳，可見他是很尊重其祖父的。不但如此，在他早年剛剛學習寫律詩的時候，就已經明顯受到了杜審言的影響。比如杜審言寫過這樣兩句詩：「綰霧青條弱，牽風紫蔓長。」「綰」就是拿一塊很軟的絲綢或絲線，把一個甚麼東西纏繞起來；「綰霧」指纏繞着煙霧。被煙霧纏繞的是甚麼？是嫩綠的枝條。因為剛剛長出來，所以還很「弱」。這個「弱」就是說枝條 very soft，very gentle，還是很柔嫩的。「牽風」是被風牽引，是甚麼被風牽動了？是紫色的藤蔓。我不知道大家注意過沒有，一些草木剛剛長出來的柔嫩的枝條是有點紫色的，然後才慢慢變成綠色，所以稱為「紫蔓」。如果讓我們用通順的句法來說，這兩句可以說是：柔嫩而碧綠的枝條被煙霧纏繞着；紫色的剛長出的藤蔓被風牽引得很長。可以看出，他在對偶之中不像「樹樹皆秋色，山山唯落暉」那樣很平順地展開，而是有了一種顛倒——他可以把動詞或形容詞搬到前面去說；另外，他把用散文需要很長句子才能說明的，只用很短的兩句就說清楚了，把文法濃縮而且簡化了。於是有了一種顛倒錯綜的變化，這是杜審言在五律創作中最可注意的一點。

我們從杜甫早期的詩裏邊可以清楚地看到他受其祖父影響的痕跡，比如杜甫曾寫過這樣兩句詩：「林花着雨燕支濕，水荇牽風翠帶長。」（《曲江對雨》）「着」是沾濕了，「林花着雨」就是說林子裏邊紅色的花朵沾濕了雨點；「燕支濕」——朵朵紅花好像是女子臉上所擦的胭脂，而那沾濕的雨點就像是胭脂色的臉上被淚痕染濕了。「水荇」，《詩經·關雎》上說：「參差荇菜，左右流之。」「荇」是水裏的一種植物。這句是說，因為風吹着水，水就向一個方向流得很快，所以水中的荇菜也被風牽動，像翠色的帶子一樣流得很長。前面杜審言那首詩說是「牽風紫蔓長」，這裏杜甫就變成「水荇牽風翠帶長」了。你看他的變化、他的繼承，他不是死板地繼承，但這中間的確有受到影響的痕跡。

我們來看杜審言的一首《和晉陵陸丞早春遊望》：

和晉陵陸丞早春遊望

獨有宦遊人，偏驚物候新。
雲霞出海曙，梅柳渡江春。

淑氣催黃鳥，晴光轉綠蘋。
忽聞歌古調，歸思欲沾巾。

這首詩題目的第一個字「和」，我唸的是 hé。你要讀中國的古書，特別是古代的詩歌，對於每一個字的聲音一定要很講究，因為它的平仄都非常重要。比如這個「和」字，當它是形容詞的時候，像溫和、和暖，這個我們唸 hé；當它是動詞的時候，我們就要唸 hè 了。

那甚麼叫「和」呢？你要知道詩歌後來發展了，不但注重格律，而且成為一種應酬的藝術。《詩品．序》裏說「嘉會寄詩以親」，就是當你有了好朋友時，你就把你的感情寄託在詩裏邊，表示你們之間親近的感情。所以你作一首詩給我，我便作一首詩回答你，這個就叫作「和」。另外，音樂裏邊不是常常有「和聲」嗎？就是說你這裏有一個聲音，那裏就有一個反響；同樣，作詩的時候，如果第一個作者作詩了，然後有第二個作者就酬答他一首詩。可是我們不說是酬答，而說是「和」，這裏邊就有點分別了。因為酬答是自由的，你寫五言的，我可以回答你七言的；你寫的是七言，我回答可以是五言的，這都沒有關係。我不一定跟你用一樣的體裁。另外，酬答裏邊也有比較嚴格的，就不單是酬答，而是「酬和」了。「酬和」的詩有幾種不同的層次，第一種是用同一的形式：你用的是五律，我也要用五律。第二種是不只用同一的形式，而且是同一個韻目。甚麼是「韻目」呢？「韻目」就是給某一類同韻的字定一個題目，好管它叫甚麼韻。中國詩歌在南北朝時期就已經注重聲韻了。發聲的子音，像b、p、d等就是聲，a、o、e等就是韻。比如說東、紅、中、通、風，這些字都是「嗡嗡」的聲音，它們都是同一個韻。可是同一個韻的字很多，那麼多歸成一類，就是一個group，給它起甚麼名字呢？於是有人把這些同韻的字排列起來，恰好第一個字是「東」，他們便把這一堆字都叫作「東」韻的字，這就是所謂的「韻目」了。剛才我們講和詩要用同一韻目，也就是說在押韻的時候，如果你的原作押的是東、紅、風等字，我的和詩不必也用這幾個字，我可以用中、通、空等等，我們用的韻字雖然不同，可這些字都是同一韻目裏邊的，這是一種和法。第三種和法是不僅用同一個形式、同一個韻目，而且要用同樣的韻字。就是說你第一句如果押的是「東」字，我也要押「東」字；你第二句是「紅」，我也用

「紅」；第三句不押韻，你第四句是「中」，我也用「中」：凡是你用甚麼字，我也用甚麼字。這是最嚴格的一種和法，它另外有一個名字叫「步韻」，也就是Step by Step，一步一步的意思。杜審言這首詩是和人家的，因為原來那首詩沒有傳下來，所以它究竟屬於哪一類的和詩，也就不清楚了。

大家知道，近體詩的形式在初唐就已經完成了，所以初唐詩歌特別重視藝術性。重視藝術性不只是說要重視形式，而且要透過藝術的形式，在內容上也注重一種配合的藝術。甚麼叫配合的藝術呢？我們看這首詩的題目是《和晉陵陸丞早春遊望》，「晉陵」是江蘇省的一個地名；「陸丞」是在晉陵縣做縣丞的一個姓陸的人，是這位陸丞早春時到外邊去遊春遠望，先寫了一首《早春遊望》，然後杜審言也要寫一首《早春遊望》來和他。既然這樣，他就要把回答的意思寫出來，不但是寫《早春遊望》，而且是回答一個在外面做官的人的《早春遊望》，你一定要看他回答的是甚麼人，這個對象是怎樣的身份。這就是初唐的詩歌，它既要講究格律及押韻等問題，又要非常切合題目的意思。現在我們就來看一看，在這麼嚴格的形式之中，杜審言是怎麼樣寫的。

這是一首律詩，律詩一共八句，分成四聯：一、二句叫「首聯」；三、四句叫「頷聯」；五、六句叫「頸聯」；七、八句叫「尾聯」。當然我們也可以分別說成是第一聯、第二聯、第三聯和第四聯。

我們先看首聯：「獨有宦遊人，偏驚物候新。」詩的好壞，它能否使人感動，一個是看它有沒有可以使人直接感受到的鮮明的形象，另一個是看它敘寫的口吻和句子的結構。在這一聯中，「獨有」與「偏驚」相呼應，他的口氣是加重的。甚麼叫「宦遊人」？我們說「遊」，你可以出去旅遊觀光、遊山玩水，這都叫「遊」，可是「宦遊」呢？「宦遊」是因為做官的緣故而遠行在外。古代做官的人，朝廷派你到哪裏去，你就應該到哪裏去，而且那時也不像現在交通這麼方便，你雖然離開很遠，卻隨時可以回來。在古代，到一個地方去是很艱難的，你去了之後，就要擔當起那裏仕宦的責任，不能夠隨便探親就回來了，因為你的身體是不自由的。

中國詩歌裏有仕與隱這樣一個重要的傳統，用弗洛伊德的話說，就是有一個情結。我們說仕與隱這兩方面都不是很單純的，並不是說我做官就是做官，隱居就是隱居。其實，仕宦這方面有仕宦的歡喜和悲哀，隱居這方面也有隱居的歡喜和悲哀，這中間是非常複雜的。我們還是看這兩句詩，他說，單單只有那些因為仕宦而漂泊在外的人，才「偏驚物候新」，「偏」就是特別（especially），他們就特別覺得「驚」，to be moved——感動、驚心。被甚麼感動驚心？是「物候新」。

「候」是節候，指季節和氣候。鍾嶸在《詩品．序》中說：「氣之動物，物之感人，故搖蕩性情，形諸舞詠。」中國古人認為，是宇宙間陰陽二氣的運行，才產生了天地萬物與四時晨昏，而外物節候的轉變會使人的內心也受到感動。春天是萬物更新的季節，草又綠了，花又開了，而對於「春花春鳥」感慨最深的是誰？是那遠行在外的遊子。我可以舉一個例證，晚唐詩人李商隱一生很少有機會留在中央政府做官，他一直都是在各地宦遊，他曾經寫過這樣一首詩：「春日在天涯，天涯日又斜。鶯啼如有淚，為濕最高花。」（《天涯》）他說，又是一個春天來到了，在這美好的季節，我本該跟自己親近的家人在一起歡聚，可現在我流落天涯，更何況又到了日落黃昏的時候，一天又過去了。「鶯啼」的「啼」本來是說鳥鳴，可「啼」字也可以使人想到啼哭，所以他接着說：假如黃鶯鳥的啼叫真是哭泣，真有眼淚的話，那麼請為了我的緣故，為我這有家不得歸的遊子，把你的眼淚沾濕到最高枝的花朵上——這正是「宦遊人」之「偏驚物候新」，說的是春天節物驚心，宦遊人在天涯的悲哀。

在杜審言這首詩中，他和的是「晉陵陸丞」，對象的身份是「宦遊人」，節候是「早春」，而他把形式跟內容、跟作詩的對象結合得這麼好，寫得這麼美！當然，「物候新」是望中所見的景象，那「物候」怎麼新？他要寫早春，還要遊，還要望哪！你早春時如果關在家裏閉門讀書，那就甚麼也看不到了，連謝靈運都要「褰開暫窺臨」——拉開窗簾一看，才看見「池塘生春草，園柳變鳴禽」（《登池上樓》）的，所以接下來他就要寫「遊望」了。

「雲霞出海曙，梅柳渡江春。」這是很有名的兩句詩。西方語言學家把語言傳達情意的主要作用分為兩種：一種是語序軸上的作用，一種是聯想軸上的作用。語序軸就是說你敘述的口吻，句法、章法的結構（structure），你怎麼樣說的；聯想軸是說語言中的每一語彙都可能引起讀者的多種聯想。從語言學的角度來說，中國詩歌的語言在語序軸上比西方詩歌的語言更富於變化。因為西方的文法很嚴格，甚麼都要說得很清楚，而中國的文法是非常寬鬆的，一句話你可以顛來倒去地說，這樣自然就比較適合於對句，這是中國語文的一個特色。我們一定要知道我們自己的語文特色是怎樣的，才可以把它寫得更美、更豐富，也更具藝術性。

「雲霞出海曙，梅柳渡江春」就是一個很複雜的對句，「曙」是晨光，因為江蘇晉陵靠近海邊，所以是「海曙」。他說，你破曉之前去登山臨水向遠處眺望，你看到太陽是怎麼樣出來的？是從海上出來的。你先是看到東方灰濛濛的一片天空，然後從海面上透出一點紅光，接着越來越亮，最後，一個大火球就跳出來了！這時，滿天的雲彩在朝日的映照下，金色的、紅色的、黃色的變幻着豐富的色彩，這一句寫的是晨光之美。接着，「梅柳渡江春」。他說，你就看到春天來了。春天是怎麼樣來的？是從梅花開、柳樹綠看出來的。因為中國的氣候總是南方比較暖，北方比較冷，所以是江南的梅花先含苞，江南的柳樹先有了朦朧的綠色，然後春天的腳步才慢慢地渡過江來，接着，江北的梅花也開了，柳樹也綠了，春天也來到了。你看這真是藝術！有時候你要仔細觀察就會發現，即使同一棵樹，也是向着太陽的樹枝先開花，背着太陽的樹枝晚開花，大自然的現象確實是如此，而詩人就把這種細緻精微的感受表達出來了。這一聯描寫的景物很複雜，但是他寫得很濃縮。

同時你還要注意，這兩句寫了早春遊望所見，他一方面寫得非常精美，另一方面又寫得非常開闊，有一種「氣象」在裏面。甚麼是「氣象」呢？「氣」就是一種精神，是精神上有一種開闊博大的規模、形式，所以叫「氣象」。同樣是寫早春，南宋的詞人說：「小葉兩三，低傍橫枝偷綠。」他說春天剛剛來，葉子開始綠了。葉子是怎麼綠的？是有兩三個低低的葉芽在一個橫的樹枝上偷偷地綠——在沒有人注意到的時候，它變綠了。也是寫「物候新」，也寫得非常精美真切，可是你看他寫的就顯得太狹窄了。人家杜審言那真是有氣象！有時氣象很難說，中國常常說一個人作詩，就可以從詩中看出你這個人的胸襟、懷抱、品行，甚至於命運和未來。所以有人認為，人在小時候作一首詩，如果開闊博大，那他將來的前途就會遠大；如果一下筆就顯得沒有生氣，那他就不會有甚麼前途了。這個很難說，但這一定是關乎作者的。就作者個人而言，這與你自己的胸襟、氣度、懷抱、修養有關係；同時，就整個時代而言，一個走上坡路的興盛的時代與一個走下坡路的沒落的時代，其作品的氣象是不同的。南宋的後期已經是將近滅亡了，所以這時的作品缺乏一種氣象；而初唐是一個大一統的時代，經過六朝對四聲八病的講求，經過了南北文化的集大成，詩人們對於自己的語言文字的反省，對於其特美的認識越來越清楚，所以初唐詩歌從一開始就表現出一種開闊博大的氣象，形成了這樣一個好的形勢。

「淑氣催黃鳥，晴光轉綠蘋。」甚麼是「淑氣」呢？《詩經》上說「窈窕淑女，君子好逑」，「淑」，是和柔美善的意思；我們說「氣之動物，物之感人」，春至則陽生，所以「淑氣」指的是春天和暖的陽氣。「淑氣」就「催黃鳥」，「黃鳥」即是黃鶯，這一句是說，春天那和暖的陽氣使得黃鶯鳥的叫聲一天比一天多，也一天比一天好聽了。「晴光轉綠蘋」，「晴光」就是日光。日光在哪裏轉動？在綠色的蘋草上。「蘋」是水中的一種植物。他說，水面上綠色的蘋葉隨着水波的流動而搖盪，陽光就在蘋葉上閃動，在水波中反射出美麗的光影。這一聯也是一個很複雜的對句。「淑氣催黃鳥」，你可以說「淑氣」是 subject，「催」是 verb，「黃鳥」是 object，是「淑氣」催促得「黃鳥」都開始叫了；可是「晴光轉綠蘋」並不是說「晴光」轉動了「綠蘋」，而是「晴光」在「綠蘋」上轉動。可見，如果詳細地分別起來，這兩句的性質本來不是完全相同的，只是因為中國的文法比較寬鬆，這個動詞可以顛來倒去地用，所以這兩句也就可以對起來了。

另外，這兩句中「催」和「轉」兩個字用得非常好。在詩裏邊常常會有一個最重要的動詞，能夠使這首詩活起來，我們就管這個字叫「句眼」。人常認為眼睛最重要，孟子說：「存乎人者，莫良於眸子。」用現在比較摩登的話說即「眼睛是心靈的窗口」，就是說一個人，你內心裏有甚麼思想、甚麼感情，你的眼睛最能夠將它表露出來。同樣，詩的句眼能夠把一首詩的精神，把那個感發的生命傳達出來。有一個故事，說宋朝的王安石曾經寫過這樣一句詩「春風又綠江南岸」，當然這是最後改定的一句。在此之前，他寫過「春風又過江南岸」「春風又滿江南岸」，他換了很多字，可都沒有這個「綠」字好。因為你說「過」或者說「滿」，那只是說明春風經過江南岸了，而你用了一個「綠」字，就把它形象化了。因此，「綠」就是這句詩的句眼。同樣，在「晴光轉綠蘋」這一句中，「轉」是句眼。你如果換成「在綠蘋」，那就顯得很死板了。所以王國維在《人間詞話》中特別標舉「境界」一詞。所謂「境界」，就是能夠引起人感動和感發的這樣一個作品中的世界。他在批評宋人的詞時說：「『紅杏枝頭春意鬧』，着一『鬧』字而境界全出。」「鬧」表示花開得很繁盛、顏色很豐美的樣子，他說，宋祁只用了一個「鬧」字，就把那種具體而真切的感受完全表達出來了。接着他說：「『雲破月來花弄影』，着一『弄』字而境界全出矣。」——雲彩散開後，月亮出來了。你如果說「花有影」，那等於廢話，花當然有影子了；可若是說「花弄影」：花在風中擺動，好像花自己在舞弄它的影子一樣，這就使境界活潑起來了。知道了這些，我們再來看杜審言的詩就會發現，他往往能夠找到幾個最恰當的字，把一個原本很複雜的景象寫得那麼濃縮，這是杜審言五律的一個好處。

還不止如此，剛才我們說初唐詩歌講究一種配合的藝術。其實，晉代著名文學批評家陸機在其《文賦》的序中也曾說過類似的問題。他說自己寫文章的時候，「恆患意不稱物，文不逮意」——使我常常感到煩惱的有兩個問題：一個是沒有適當的意思來配合所要寫的題目；一個是有了好的意思，卻不能夠用文章恰當地把它傳達出來。而杜審言詩的另一個好處就是他的「意」跟他的「物」是相稱合的；他的「文」也是能夠恰到好處地傳達他的「意」的。這首詩的題目是《和晉陵陸丞早春遊望》，首聯的「宦遊人」點出來和詩的對象是「晉陵陸丞」，「物候新」點出「早春」的季節；頷、頸兩聯都是寫「遊望」所見的景色，現在就只剩下「和」了。

「忽聞歌古調，歸思欲沾巾。」「歌」就是吟，指吟誦一首詩；「古調」在這裏指晉陵陸丞的原作。中國儒家尊重古代，常常以古為美。比如讚美一個人，說你高古，說你的作品大有古意等等。當然，我們不能忽視古代的傳統，但是你也要瞻望未來，從這個傳統中向前走出去，只不過習慣上以古為美所以這麼說罷了。「思」在這裏讀sì，中國的文字詞性不同時，讀音就不同，剛才我們已經強調了「和」字的讀音。同樣，「思」是動詞時，比如思想一個問題，我們就唸sī；如果是名詞，說你有一種情思，這時就要唸sì了。「忽聞歌古調」就是說，我忽然間聽到你作了如此高古的一首詩，於是引起了我的感動。我們可以想像，一定是晉陵陸丞的詩裏邊寫了懷念家鄉這樣的感情，所以引起了作者的「歸思」——我甚麼時候才能回到我的家鄉去？於是「欲沾巾」——吟誦了你的詩，我忍不住要流下淚來，沾濕了我的巾帕。最後這個「巾」是手巾的巾，有的本子把它寫成「襟」，是不對的。因為這個「襟」跟這個「巾」不在一個韻目裏邊，這點我們一定要注意。

附：

杜審言傳

杜審言，字必簡，襄州襄陽人，晉征南將軍預遠裔。擢進士，為隰城尉，恃才高，以傲世見疾。蘇味道為天官侍郎，審言集判，出謂人曰：「味道必死。」人驚問故，答曰：「彼見吾判，且羞死。」又嘗語人曰：「吾文章當得屈、宋作衙官，吾筆當得王羲之北面。」其矜誕類此。

累遷洛陽丞，坐事貶吉州司户參軍。司馬周季重、司户郭若訥構其罪，繫獄，將殺之。季重等酒酣，審言子並年十三，袖刃刺季重於坐，左右殺並。季重將死，曰：「審言有孝子，吾不知，若訥故誤我。」審言免官，還東都。蘇頲傷並孝烈，志其墓，劉允濟祭以文……

初，審言病甚，宋之問、武平一等省候何如，答曰：「甚為造化小兒相苦，尚何言？然吾在，久壓公等，今且死，固大慰，但恨不見替人」云。少與李嶠、崔融、蘇味道為文章四友，世號「崔、李、蘇、杜」。融之亡，審言為服緦云。

……

審言生子閑，閑生甫。

（節選自《新唐書．文藝．杜審言傳》）

【譯文】

杜審言，字必簡，襄州襄陽人，是晉代征南將軍杜預的後代。他中了進士後，當了隰城縣尉。他依仗自己才學高深而傲岸自大，瞧不起別人，因而很為當時的人們所忌恨。蘇味道任吏部侍郎時，杜審言參加銓選考試，答完卷子一出來，便對人講：「味道必死！」人們很吃驚地問他甚麼原因，他說：「他看了我的卷子，肯定會羞愧而死。」又曾對人說：「我的文章應當讓屈原、宋玉做我的屬官，我的書法應當讓王羲之俯首稱臣。」他的驕傲放蕩大致如此。

杜審言屢次升遷擔任洛陽丞，因事獲罪被貶為吉州司户參軍。司馬周季重、司户郭若訥羅織他的罪名，把他關在監獄裏，將要殺他。季重等人喝酒正酣暢時，審言的兒子杜並，只有十三歲，衣袖裏藏着刀，在座位上刺死了季重，左右的人也殺死了杜並。季重將死，說：「審言有孝子，我不知道，若訥故意耽誤我。」審言因此被免去官職，回到東都洛陽。蘇頲哀痛杜並孝順剛烈，題寫了他的墓志，劉允濟撰寫了祭文祭奠他……

當時，審言病重，宋之問、武平一等人去問候他怎麼樣了，杜審言回答說：「我很被命運那小子忌恨，還有甚麼可說的呢？然而由於我的存在，也把你們大家久久地壓在了下邊。如今我要死了，你們當然會感到快慰，但遺憾的是尚未見到替代我的人出現。」他年輕時與李嶠、崔融、蘇味道被稱為文章四友，世人稱他們「崔、李、蘇、杜」。崔融死的時候，審言為他穿了喪服。

……

審言生了兒子杜閑，杜閑生了杜甫。

工整之中尋突破的王勃

王勃，字子安，生於六五零年，死於六七六年，他只活了二十幾歲。所以，他雖然很有才華，在藝術性方面表現得非常好，可他對於人生沒有太深入的了解，在思想性方面並沒有甚麼深度。而且，王勃還有最應該注意的一個缺點，就是如《孟子》中所說的：「其為人也小有才，未聞君子之大道也，則足以殺其軀而已矣。」（《孟子・盡心下》）他是王績的侄孫，年少而多才。當時很多王公貴人都想羅織人才，沛王看中了王勃的才華，就把他納入自己的門下做了修撰。那時的王公貴人們喜歡「鬥雞」這種遊戲，有一次沛王與英王鬥雞，王勃竟然為沛王寫了一篇檄文（《檄英王雞文》），來討伐英王的雞！結果，皇帝看見後就不高興了，說王勃這樣做，會增加兩個王子之間相互爭鬥的心。所以王勃被革職離開了沛王，到虢州去做參軍。到虢州後，有一個官奴，也就是因犯法而被政府收容管教後來做勞工的人，這個人名叫曹達。他又犯了法，於是跑到王勃那裏請求保護。當時王勃覺得自己很有辦法，就接受了曹達，並把他藏了起來。可是後來，他覺得藏不住了，恐怕連累了自己，就暗地裏把曹達殺死了。王勃因此犯了死罪，幸遇大赦，沒被處死。他的父親受其連累被貶官。王勃出獄後在探望父親的歸途中溺水驚悸而亡。

在藝術性方面，王勃確實是非常有文采的。據說他寫文章時不打草稿，有時蒙上被子，像是在睡覺，起來後下筆立成，被時人謂之「腹稿」。他不但詩寫得好，文章也寫得很不錯。我們知道，唐朝初年是近體詩完成的時代。近體詩講求對偶的精工與平仄的諧調，這種風氣影響到文章的寫作，所以那時的文章也要對偶，也有很嚴格的規律，被稱為「駢文」。「駢」字從馬，本來是說車子由兩匹馬或四匹馬並排來駕，這叫作「駢」；做文章也是一對一對地對起來寫，這樣的文章就叫作「駢文」。初唐是律詩與駢文流行的時代，王勃的駢文就寫得很出色。《古文觀止》這本書中收了他的一篇文章，就是非常有名的《滕王閣序》。滕王閣建在江西南昌附近，有一次，南昌府的都督在滕王閣宴請賓客，宴會上，大家飲酒作詩，收集起來，前面還要寫一篇序文。本來，那個都督事先已經讓他的女婿準備了一篇序文，以便在這次盛會中表現自己的才能。沒想到席間王勃竟自告奮勇地寫了一篇序，都督一生氣，就回去了，可他叫人隨時將王勃所寫的內容告訴他。結果，他發現王勃的文章寫得確實是好，遠在其婿之上。這篇文章裏最有名的兩句是「落霞與孤鶩齊飛，秋水共長天一色」，說的是黃昏時分，將要沉落的晚霞在天際飄飛，伴着一隻獨自飛翔的鶩鳥；澄澈明淨的秋水與高爽蔚藍的秋空相互映照，水光天影融為一色。這兩句當時就深為人們喜愛，傳誦於眾口之中。

由此可見，王勃確實是很有文采的一個人。我們一方面要承認他在藝術上的成就，另一方面也要看到他在思想方面的不足。我常常說，詩裏面要傳達一種感發的生命。同樣使人感動，而這種感發生命卻有厚薄、大小、深淺、高低等種種不同。王勃的詩雖然在藝術性上非常不錯，但他永遠不能成為真正好的第一流詩人，因為他本身感發的生命不夠。這與他死得太早有關，也與他自身性格方面的缺點有關。我們現在是藉着這些小詩人來看中國近體詩的完成，你一定要等到講李白、杜甫這些人時，才能夠真正認識到中國詩歌裏邊那種博大深厚的感發生命在哪裏。

另外，要衡量批評中國的文學，不僅要有微觀的認識，還要有宏觀的認識。前者是說，你要對文學作品有很細微的觀察，對於其藝術性的每一個字、每一個詞、以及這些字、詞的每一個作用，都能夠有清楚的了解與分析；後者是説對於文學要有整體性的理解與把握。做文學批評一定要有宏觀與微觀這兩方面的眼光才夠。如果我們以這樣的眼光來看初唐這些寫近體詩的小詩人，就會發現：在整個文學史發展的長遠的洪流中，這些詩人是不能夠缺少的。假如沒有他們對於聲律的完成，以及對於各種藝術方法的運用，就不可能產生後來像杜甫的《秋興八首》《詠懷古蹟》那樣博大深厚的律詩。他們是詩歌發展旅程上的墊腳石，是一座過渡的橋樑。

我們再講王勃的一首詩，這首詩是他送給朋友的一首應酬之作。

送杜少府之任蜀州

城闕輔三秦，風煙望五津。
與君離別意，同是宦遊人。
海內存知己，天涯若比鄰。
無為在歧路，兒女共沾巾。

我們先看題目。少府，是唐朝的一個官職的稱呼。按照唐朝的習慣，一縣的最高長官——縣令，其尊稱是明府，而對縣尉則稱為少府。蜀州，有的版本是蜀川，但無論哪一個，說的都是四川這個地方。在這裏，作者是在首都長安送別一個將要到四川去做縣尉的友人，這個人姓杜，但究竟是誰，已經不可考了。我們知道初唐五律比較注重藝術性，當時的一些詩人常常用這種體式來寫酬贈、應和的詩篇。他們一方面寫得精美而切合題目，另一方面又表現出一種開闊博大的氣象，這真是一個良好的開端。下面我們就具體來看一下這首詩。

「城闕輔三秦，風煙望五津。」「城闕」指的是城樓，城樓通常有兩層，其下「闕然為道」，它的下面有一個缺口，是一條通道，這兩個字交代了送行的地點。那麼甚麼又是「三秦」呢？大家知道，長安在今陝西省，陝西在那個時候被稱為關中之地，即函谷關以西的地區，這裏是舊日的秦地。秦朝末年，各路諸侯紛紛起兵，其中，項羽的勢力最大，成為諸侯的盟主。項羽滅秦後，就將天下分封給當時起兵的十八個諸侯，而且把舊日的秦地分為雍、塞、翟三國，分給了三個秦國的降將，故稱「三秦」之地。「三秦」是何等的地勢？人常說「關中八百里平川」。我在旅行的時候，曾經坐飛機經過西安附近，那時正值夏天，只見一望無際的平原上生長着大片大片碧綠的莊稼。「輔」，本來指車輔，有輔佐之意，這裏有環繞的意思。作者說，今天我送你遠行，我們登上長安城城樓向下一望，但見四面環繞着的，是三秦廣袤的土地。接着，「風煙望五津」。「五津」，就是杜少府要去的地方，指四川省的岷江自湔堰至犍為一段的五個渡口，包括白華津、萬里津、江首津、涉頭津和江南津，合稱「五津」。這句是說，你就要到四川去了，我向西南望去，望不到你所去之處，那茫茫的遙遠的地方，只有一片風煙而已。杜甫晚年旅居四川時，懷念首都長安，曾寫過《秋興八首》，其中第六首有兩句說：「瞿塘峽口曲江頭，萬里風煙接素秋。」他說，我站在瞿塘峽口，遙望長安的曲江江頭，但見一片風煙相連。我的心是跟長安連在一起的，從瞿塘峽口到曲江江頭，在我的感情上是可以接連起來的，而無論是瞿塘峽口也好，曲江江頭也好，現在都被籠罩在淒涼蕭索的秋色之中。

王勃的詩在藝術性這方面表現得非常好。所謂藝術性，就是說你怎麼樣能夠把它說得好，說得美，說得富於感發性。文學很奇妙，有的時候，它不在於你說的是甚麼，而是在於你怎樣去說，說出來以後的風格是怎樣的。以王勃這首詩為例，首聯二句說的就是在長安送友人到四川去這樣一個簡單的意思，可他語彙豐富，用了一個「三秦」，一個「五津」，這樣就好像有了典故、出處，就顯得文雅了。不止如此，「三」跟「五」都是數字，而數字往往給人一個「數量」的感覺，一種「多」的感覺。李太白不是也常常在詩中用些數字，說甚麼「白髮三千丈」（《秋浦歌十七首》其十五），還說甚麼「百年三萬六千日，一日須傾三百杯」（《襄陽歌》）嗎？還不止如此，「城闕」是很高的，登上城樓去望，能望到很遠的地方。先是「城闕輔三秦」，一下子就給它提高了；然後是「風煙望五津」，一下子又將它推遠了。所以，這兩句詩就使人感覺到有一種氣勢。雖然他只是說在長安送友人赴四川，但他說得好，有一種開闊博大的氣象。

頷聯寫二人離別的情事，也寫得非常切合：「與君離別意，同是宦遊人。」他說，今天我跟你在長安城樓分別，我們心中都充滿着離情別緒，而且我們有共同的一點，即「同是宦遊人」——你是我的好朋友，我不願意你離開，可你又不能不離開；作為好朋友，我願意隨你而去，可我卻不能隨你而去。因為，我們都是仕宦而漂泊的不自由之人，都是身不由己的。在這裏，與朋友離別是第一層悲哀，可如果離別是自由的，二人分別後想甚麼時候去看對方就儘管去看，那也可以。只是「同是宦遊人」，因為此身不自由，所以此地一別，將來能否再相聚，都是渺不可知的，這是第二層的悲哀。

我們知道，如果一首詩是絕句，那麼它的四句是起承轉合的關係；如果是八句的律詩，則首、頷、頸、尾四聯也是起承轉合的關係。對於本詩而言，頷聯寫離別的情事，寫得很悲慨，可到頸聯，他突然間一轉，說：「海內存知己，天涯若比鄰。」中國古代的人總以為自己在世界的中央，周圍都是大海，所以，「海內」是指整個中國。這兩句是說，雖然離別了，可四海之內只要有一個知己存在，那麼即使是遠隔天涯，我們仍舊像是親近的鄰居一樣。

凡是真知己的了解和認識都不是表面上的，那是人與人之間在精神、心靈或是品格方面最精微、最深刻之處的一種相通與默契。不管你的年齡、身份、地位如何，它完全不在這一切外在條件的限制之下。人一旦有了這樣的朋友，即使你在天的那一邊，我在天的這一邊，那又有何妨呢？因為我們在心靈上是相通的。所以他接着說：「無為在歧路，兒女共沾巾。」「無為」是說不要這樣做，後邊的「在歧路」應該與「兒女共沾巾」連在一起。「歧路」就是岔路，指分手的地方。「兒女」在這裏是指年輕的男女。我們常常說「兒女之情」，就是年輕人彼此之間的戀情。這兩句是說，我們雖然離別了，但是我們應該把眼光放得遠一點，不要在臨分手的路上，像那些自命為多情浪漫的少男少女們一樣，一下子就傷心落淚了。

通過以上的講解，我們也能看出，王勃這首詩所描繪的形象和敍寫的口吻都很感人，具有很高的藝術性。同時，他在形式上的變化也有一些值得注意的地方。下面，我們就先來看一看他在聲律上的變化。

我們知道，按照基本形式，律詩的第一句不押韻。如果第一句押韻了，那麼這句的最後一個字就變成了平聲。為了保持平衡，就要使這句的第三個字，也就是可平可仄的那個字必須是仄聲。這個問題，我們在講杜審言那首詩時已經說過了。王勃這首詩的第一句同樣如此：「城闕輔三秦」，按照仄起仄收式，本應該是——｜｜—，可是經過上述變化後，就成了｜——｜｜，第一個字可平可仄，可以不管。接着，從第二句到第六句，依次是：｜｜——｜。—｜｜——，｜

——||。——||—，||——|。這都是符合基本格律形式的。最後兩句「無為在歧路，兒女共沾巾」，問題又出現了。如果按照基本形式，這兩句的平仄應為：|||——，———||，可是，這第七句卻變成了||—|—。我們知道，律詩中每句的第二、四個字的平仄是不可以隨便換的。現在，這句的第四個字由仄變成了平，為了保持平衡，就要把上邊一個字跟着它改過來，也就成了||—|—了。這種情形有一個特別的名字，叫「拗救」。「拗」是曲折的意思，也就是說，它不是很順利地下來，而是在中間有一個曲折、倒轉之處。當然，拗句不是隨便在哪裏都可以出現的。一般而言，凡是你要用拗句的時候，一定是在倒數的第二句，拗的那個字一定是倒數的第二個字。如果這個字由仄變成了平，它就叫作「拗」；上邊一字隨着由平變成了仄，它就叫作「救」。你這裏拗折了，格律不合了，就要在另一個地方把它救回來。有「拗」就必須有「救」，原則上是要keep一個balance，這是中國詩的一種格律變化的情形，現在我就以王勃這首詩為例，簡單給大家介紹一下。

除了聲律上的變化技巧之外，王勃這首詩在對偶上也玩了一些花樣。大家知道，凡是律詩，其頷聯、頸聯應該是對偶的。可是，王勃這首詩的首聯就對起來了。「城闕輔三秦，風煙望五津。」「城闕」對「風煙」，「三秦」對「五津」，「輔」對「望」，每一對詞都是平仄相反，詞性相同。接着二句，「與君離別意，同是宦遊人。」在這一聯中，「離別意」與「宦遊人」還可以說是相對的，可「與君」跟「同是」則是完全不對的。因為他在首聯先對了，所以頷聯就放鬆了。這種形式有一個特別的名稱，叫作「偷春格」。春天是美好的意思，把本來應該等到頷聯才出現的美麗的對偶「偷」出來提到首聯先對了，就是「偷春」。可是，你如果首、頷、頸三聯都是對偶，那又太多了，所以頷聯就要放鬆一步。放鬆一步是否就完全不對了呢？也不是，其「離別意」與「宦遊人」還是對的，這中間有着非常微妙的變化。最重要的一點是：凡是你要把格律破壞的時候，你一定要知道從哪裏把它抓回來。

頸聯二句，「海內存知己，天涯若比鄰。」同樣是對句，這兩句與王績《野望》中的兩組對句不同。王績的《野望》中，「樹樹皆秋色，山山唯落暉」，分別說的是兩種景色；「牧童驅犢返，獵馬帶禽歸」，前一句說的是牧童的事情，後一句說的是獵人的事情，二句之間是平衡的，彼此不必有甚麼關係。王勃這兩句則不然。

他說，只要海內有一知己存在，雖然我們遠隔天涯，也像是親近的鄰居。二句在形式上對偶，可意思上卻是上下相承的關係。這樣的對偶也有一個特別的名稱，叫作「流水對」。由此可見，王勃的詩在對偶方面也是有許多變化技巧的。總的來說，唐詩在開始時非常注重工整切合，然而天下事分久必合合久必分，所以當一些詩人在注重工整切合的同時，就已經發現了可以從這種工整之中有一個突破。

附：

別薛華

送送多窮路，遑遑獨問津。
悲涼千里道，淒斷百年身。
心事同漂泊，生涯共苦辛。
無論去與住，俱是夢中人。

這首詩作於王勃因戲撰《檄英王雞文》被革職的失意落魄之時。詩歌表面着意於與友人的惜別之情，實則蘊含着深厚的自我意識。本詩首聯採用單音疊詞「送送」和「遑遑」，前者抒寫了送別路上的難捨難分，渲染了窮路送摯友的悲苦；後者表現了踽踽獨行的無助和心事重重。頷聯「悲涼千里道，淒斷百年身」，詩人深知出蜀的路途多艱，然而想想此刻的別離，想想友人的漂泊在外，想想今生都有可能獨自前行，悲切的身世之感令人神傷。「生年不滿百，常懷千歲憂」，在詩人眼中人生不過是悲涼與淒苦同在，這份淒苦會迫使你不得不放棄長生之念。尾聯「無論去與住，俱是夢中人」看似寬解之語，卻反將悲切的身世之感推至無所不在。

講究「煉字」亦是本詩的突出特點，「窮」與「獨」兩字既是作者心境，也是友人薛華心情的寫照；「同」與「共」兩相照應，既是同情與勸慰對方，也聊以自慰。

與《送杜少府之任蜀州》比較，兩首離別詩各有千秋，一首淒苦綿長，頗具情韻之美；一首豁達明朗，頗具風骨之美。

少即有才的駱賓王

駱賓王（六四零—六八四），婺州義烏（今屬浙江）人。曾為道王下屬，後來入朝為侍御史。我們知道，王勃做過沛王的下屬，他曾經替沛王寫了一篇檄文《檄英王雞文》，來討伐英王的雞不是嗎？你看王勃在沛王府的時候，那是處處炫耀自己的才能，而駱賓王在道王府又是怎麼做的呢？有一次，道王下了一個命令，讓所有在他王府的屬官每人寫一篇文章，而且特別要表現出自己的才能，把自己的好處、優點都說出來，於是大家紛紛說自己怎麼好怎麼好。當時只有駱賓王認為這種競爭不好，所以堅持不寫。當然，在現在的西方社會看起來，這種競爭也沒有甚麼不對。你自己有才能，你可以表現出來。在外國，這是很公平的競爭。可是有的人，他們炫耀自己，就一定要把別人打倒，或者是說得很不真誠，或者是很誇大。所以，駱賓王拒絕做這種事情。

後來，駱賓王入朝做了侍御史，曾經屢次諫勸過武則天，因為不合乎當時的潮流，被貶為臨海縣的縣丞。那時，有一個名叫徐敬業的人要起兵討伐武氏。這個人的祖父叫徐勣，又叫李勣。他曾跟隨唐高祖、唐太宗等人爭奪天下，有戰陣的功勞，後來封贈的官位很高，而且被賜姓李。李勣死後，他的孫子復姓為徐，並起兵討伐武則天。駱賓王也反對武氏專權，於是投到了徐敬業的手下，還寫了一篇傳誦一時的文章——《討武曌檄》。徐敬業失敗後，駱賓王下落不明。有人說他被殺了，有人說他自殺了，還有人說他逃走後不知所終了。

清代陳熙晉的《駱臨海集箋註》是最好的本子，其中記載了一段關於駱賓王逃亡以後行蹤的傳說。相傳武則天失敗以後，曾依附她的宋之問被貶得很遠。有一次，他經過杭州，在靈隱寺裏過夜。那天晚上的月色很好，他出來散步時，突然間得了兩句詩：「鷲嶺鬱岧嶢，龍宮鎖寂寥。」「鷲嶺」，就是靈隱寺對面的一座山峰，據說是從印度的靈鷲山飛到杭州來的，所以叫「飛來峰」；「岧嶢」是山高的樣子。他說，在靈隱寺就看到對面高大雄偉的鷲嶺。「龍宮」，由於靈隱寺在西湖旁邊，而西湖的水中相傳有龍王，又因為是夜裏，所以顯得格外寂靜、寥廓。這兩句詩氣象確實不錯，可是他怎麼也作不出下兩句來了，就在走廊上一邊徘徊一邊唸誦。這時，過來一個老和尚，問宋之問在幹甚麼。等他說明情況後，那老和尚就說：「好，我給你接兩句：『樓觀滄海日，門對浙江潮。』」他說，站在寺樓上可以看到東海的日出，而靈隱寺的寺門正對着那邊的浙江潮，是那海水入潮的地方。宋之問認為這老和尚的詩作得果然是好，第二天早晨打算再去拜望此人，卻不知道他到哪裏去了。有人傳說這老和尚就是當年的駱賓王，他討伐武則天失敗後，就隱藏起來做了和尚。當然這只是一個傳說，正史上並沒有記載，我們不可完全取信。

總而言之，這是駱賓王的一段簡單生平。下面我們要講的是他的《在獄詠蟬》。

在獄詠蟬

西陸蟬聲唱，南冠客思侵。
那堪玄鬢影，來對白頭吟。
露重飛難進，風多響易沉。
無人信高潔，誰為表予心？

這是作者在唐高宗儀鳳三年（六七八），因為上書議論政事，觸忤了皇后武曌，因此被誣以貪贓的罪名而下獄，在獄中所作的一首詩。在初唐那種複雜的政治背景下，讀書人所採取的立場是不同的。有的人站在中間的立場；有的人看到武后的權力大，就去依附她；而還有一些人比較正直，他們看到當時的政治有不對的地方，就上書諫勸，結果往往因此而獲罪，被那些一心想討好武后的人打到監獄裏邊去。駱賓王就屬於最後一類人，他遭陷害而入獄的那一年秋天，有一次聽到外面蟬叫的聲音，就寫了這首《在獄詠蟬》。

他說：「西陸蟬聲唱，南冠客思侵。」這兩句是相對的。「西陸」對「南冠」，「西」「南」都表示方向；「陸」「冠」都是名詞。「蟬聲」合起來是個名詞，指蟬的叫聲；「客思」也是名詞，指這個人內心的情思。「唱」是動詞；「侵」，當然也是動詞，可有的版本是「深」，好像是個形容詞的樣子。這裏你要注意，在中國的詩歌裏邊，無論形容詞或者動詞，它都是一個述語——可以補足完成一個敍述的，所以它們的性質相近，可以相對。這首詩的首聯就是對句，我們上次已經講過，這叫「偷春格」。

另外我們知道，中國詩歌有賦、比、興三種寫作方法，而這首詩是屬於比的。為甚麼這樣說呢？從形象上看，他雖然是從蟬聲寫起的，可是他實際是用蟬這個形象來比喻人，來寄託自己的情志。從結構上看，第一句「西陸蟬聲唱」寫的是「物」，也就是蟬；第二句「南冠客思侵」寫的是「人」，即作者自己。在這兩句之間，人與物是對舉的。當然，你要欣賞詩歌，就必須注意它的形象和結構，這是古今中外之所同。不過，欣賞中國的詩還要注意一點，就是以前我常常提到的「傳統」的問題。這在西方詩歌中也有，但與中國不同。因為中國古代的詩人都是由同一種教育培養訓練出來的，他們讀書的背景也大致相同，因此閱讀時能產生一種傳統的共鳴。這是欣賞中國詩歌很重要的一點，也是西方人讀中國詩歌感到困難的一點。

我們來看駱賓王的這首詩，他說「西陸蟬聲唱」，「西陸」指秋天，「西陸蟬聲」說的是秋天的蟬聲。在中國古典詩歌裏邊，「秋蟬」是有一個傳統的。漢代的《古詩十九首》中就說過「秋蟬鳴樹間」，這首詩寫的是孤獨、寂寞與悲哀；到了曹魏時期，曹植在《贈白馬王彪》中也寫道「寒蟬鳴我側」，而這首詩同樣表現的是悲哀的情感。還不止如此，如果我們考證一下這首詩的寫作背景就會發現，曹植在表現這種悲哀之中還有一點暗示的意思。因為當時曹丕做了皇帝，非常擔心他的兄弟們跟他奪權，他對曹植、曹彪很不諒解，處處監視他們的行動，限制他們的自由，所以曹植這首詩在表現悲哀中還暗示了受迫害的意思。這就是「秋蟬」在中國詩歌中的傳統——凡是說到秋天的蟬，就會使人聯想到悲哀、孤寂，聯想到受迫害。在這首詩中，作者駱賓王在獄中聽到蟬的鳴叫，同樣引起了這樣一種共鳴，所以他接下來說「南冠客思侵」。「南冠」是囚犯的代稱；「客」是一個人，實際上就是作者自己，但他不說「我」，而說「客」，是為了推遠一步距離。中國人常常用一兩個個別的字來代替「我」，比如有些女孩子在男友面前撒嬌，她不說「你為甚麼不給我怎麼樣」，而是說「你為甚麼不給人家怎麼樣」，「人家」其實就是她自己！

「西陸蟬聲唱，南冠客思侵。」這兩句是說，我聽到秋蟬的鳴叫，就引起我做囚徒的客思。「侵」是擾亂的意思，作者的情懷顯然被蟬鳴聲擾亂了，這還不只因為「蟬聲」這一典故能引起人悲哀的感覺。如果你在中國北方住過的話，你就會發現，夏天的蟬，牠吵得很響；而秋天的蟬，牠總是這麼斷斷續續地叫，那個聲音本身就給人一種淒涼的感覺。所以在這樣的背景下，那淒涼的蟬聲自然引起了作者內心的許多感慨。

現在就有一個問題出現了，因為這樣說起來，由西陸的蟬聲引起我內心的愁思，這不是「興」嗎？可是，你若從整首詩來看就會發現，他不是很自然的感發，而是有心地在「比」，他是用蟬來比喻人。比與興有時候很難截然劃分開，如果用兩個圈來代表，它們中間是可以交叉在一起的。你看朱熹在講《詩經》的註解時說「興而比也」，「比而興也」。他認為「比」和「興」可以結合起來：它是「興」，但它中間有「比」的意思，這是「興而比」；有時候，它雖然是有心在「比」，可它是用感發的形式表現出來的，這是「比而興」，駱賓王這首詩就是這樣的。

頷聯兩句：「那堪玄鬢影，來對白頭吟。」上次講王勃的那首《送杜少府之任蜀州》時，我們說它的首聯相對，用的是「偷春格」，所以其頷聯的對仗就相對放鬆了一些；還說其尾聯的「無為」兩個字貫穿下來，「無為」甚麼？是「在歧路兒女共沾巾」，是不要這樣做。現在駱賓王這首詩也是如此。他說「那堪」——使我悲哀到不能忍受的是甚麼？是「玄鬢影來對白頭吟」。可以看出，這兩句不是左右的平衡，而是上下的相接，屬於「流水對」。「玄鬢」，曹魏時有一個宮女，把頭髮梳成蟬翼的樣子，被稱為「蟬鬢」；蟬是黑色的，人的頭髮也是黑色的，所以他這裏就用「玄鬢」——黑色的鬢來代表蟬了。「玄鬢影」，中國古人說到好的頭髮，常常說是「鬢影」，比如形容一個女子，說她有「衣香鬢影」。對於蟬本身而言，當然無所謂甚麼影不影，可是他用「玄鬢影」代表蟬，是來對「白頭吟」的。這個「白頭」指的是人，「玄鬢」指的是蟬，兩個連起來：我所不能忍受的，就是牠對着我來鳴叫。你看，首聯那兩句之間雖然有關係，是蟬聲引起我內心情思的擾亂，可它的關係不是明白的，你可以把它分開：「西陸蟬聲唱」是一件事情，「南冠客思侵」是另一件事情。但是在頷聯這兩句中，物與人結合起來，他們之間就有了一個比較直接的關係了。

另外，關於「白頭吟」還有兩個出處。一個是漢樂府的雜曲歌辭中有古歌一首：「座中何人，誰不懷憂？令我白頭！」他說，座中之人誰的內心沒有憂傷呢？而憂傷使得我的頭髮都白了。當然他此時並不見得真的「白頭」了，這只是以白頭來表示他憂心的深重。還有一個典故是西漢卓文君的故事。卓文君本是四川大富商卓王孫的女兒，新寡後回到娘家居住。有一次卓王孫在家裏宴請當時一個很有名的文學家——司馬相如，其間司馬相如彈奏了一支《鳳求凰》的曲子。那卓文君早就聽說過司馬相如的文名，這次偷偷一看，結果發現這個人的人品、才華、琴藝，一切都好！於是半夜跑到司馬相如那裏。後來兩個人就結婚了，可是不久，司馬相如喜歡上了另外一個女子，卓文君很悲傷，就寫了一首題為《白頭吟》的詩。詩中說，我本希望能跟你白頭偕老，可沒想到現在你對我的感情竟然改變了！所以，這「白頭吟」三個字還是一首詩的題目。「那堪玄鬢影，來對白頭吟」，如果按照嚴格的文法，「影」是名詞，「吟」是動詞，二者不能相對。可是在這裏，「玄鬢影」之所以能與「白頭吟」相對，是因為「玄鬢影」三個字結合，可以成為一個名詞；而「白頭吟」因為有一個出處，它同時也就相當於一個名詞了，這就是中國詩歌複雜的變化之處了。

這首詩確實很妙！我們說首聯一句寫物，一句寫人；到了頷聯，人、物並舉，彼此之間發生了直接的關係，但蟬還是蟬，人還是人，二者仍舊可以分開。

現在我們來看頸聯兩句：「露重飛難進，風多響易沉。」這兩句的結構，以及整首詩的變化，就又深一層了。「露重」是景物，到了秋天，晚上的露水已經很濃了。那濃重的露水沾濕了蟬的翅膀，牠要想飛起來的時候，是「飛難進」——再也飛不動，不能向前進了；秋季多風，秋風的力量越來越強，所以蟬所發出來的悲哀的鳴叫就「易沉」，它很容易被風吹散，沒有人再聽得到了。這兩句表面上寫的都是物，可實際上完全在喻託，是即物即人。他所說的是甚麼？「露重」，其實就表示他當時所處環境的惡劣——武則天專政，那個政治方面的壓力很重，他想要有所作為，卻不能夠成功。所以說蟬「飛難進」，就是說他自己沒有辦法在政治上進取；「風多」，這個「風」表示外界對他的迫害和摧殘，他不是被人誣陷而下到監獄裏了嗎？「響易沉」，他不是也曾上書武則天，提出一些忠言的勸告嗎？但結果怎樣？還不是一樣沒有人聽，一樣沉落消散了！可見，他雖然表面上是在說蟬，而事實上每一句說的都是他自己。

最後兩句：「無人信高潔，誰為表予心？」好，他現在是寫人了，「予」，明明就是「我」的意思嘛。不過，他雖然表面上像是在寫人，但實際也是在寫蟬。他說，沒有人相信我的高潔，同時也可以指蟬的高潔。為甚麼說蟬高潔呢？因為蟬住在樹枝上，當然是高了。而且，據說蟬餐風飲露，從來就不吃昆蟲之類的東西，所以牠沒有污穢。我們知道，老虎是肉食動物，牠不吃肉就不能生活。你如果與那些非吃肉不可的老虎說居然可以不吃肉，牠決不會相信的，這怎麼可能呢？同樣，蟬從不吃污穢的東西，可誰又相信牠的高潔呢？

講到這裏，我想起我從前看過的一本小說，是一個猶太裔的德語作家 Franz Kafka（弗蘭茨．卡夫卡）所寫的，名為《飢餓藝術家》。他說有一個藝術家從來不吃飯，結果大家都不相信，就把他送到馬戲團，用鐵籠子圈起來，當作一個怪物來展覽。沒有人給他送飯吃，他自然也不能出來。就這樣，大家還是猜測，說一定是夜裏有人趁我們都不在的時候，偷偷地給他送飯了。後來，這個藝術家被放出來，人們拿了很多好東西給他吃，他說：「我不是故意不吃，也不是故意要表演我的不吃給你們看，而是我看到這些食物就嘔吐——我根本不能吃！」卡夫卡的這篇小說完全是一個比喻。《左傳》上就說過「肉食者鄙」——那些每天只知道搜刮錢財、爭權奪利的人是卑鄙的。如果周圍都是些爭權奪利之人，而你卻說你不爭權奪利，你有你的理想，那些人是不會相信的。

所以駱賓王說：「無人信高潔，誰為表予心。」我真的是高潔的，可是沒有一個人相信我的高潔；我真的不吃肉，可是也沒有人相信我不吃肉。我為了誰，又向誰來表白我這一份高潔的情意呢？「予心」，這個「予」指的是駱賓王自己，同時也是蟬，是即人即蟬。

在這首詩中，物與人起初是分開的，然後慢慢地並舉，慢慢地合攏，最後蟬與人完全混合在一起，即蟬即人，即人即蟬，他是一步一步向前推進的。

附：

駱賓王的《帝京篇》與盧照鄰的《長安古意》交相輝映，堪稱歌行雙璧。《帝京篇》為樂府曲辭名，唐太宗曾作《帝京篇》十首，為五言八句。駱賓王則將《帝京篇》擴展為長篇巨製。詩歌突破了樂府舊題歌功頌德的束縛，描繪京城的繁榮、宮室的華美、貴族的奢靡、官場的傾軋、世情的無常等等，內容豐富，展示了全盛時代的氣度風貌，又給予世人居安思危的警示與思考。因文采出眾，當時傳遍京城，被譽為「絕唱」。

帝京篇（節選）

古來榮利若浮雲，人生倚伏信難分。
始見田竇相移奪，俄聞衛霍有功勳。[1]
未厭金陵氣，先開石椁文。
朱門無復張公子，灞亭誰畏李將軍。[2]
相顧百齡皆有待，居然萬化咸應改。

桂枝芳氣已銷亡，柏梁高宴今何在？[3]
春去春來苦自馳，爭名爭利徒爾為。
久留郎署終難遇，空掃相門誰見知。[4]
莫矜一旦擅豪華，自言千載長驕奢。
倏忽摶風生羽翼，須臾失浪委泥沙。[5]

註釋

1 這兩句寫剛見田蚡和竇嬰相互爭權，不久便聽到衛青和霍去病得封將軍。

2 這兩句大意是顯貴之中再無張放張公子，灞亭無人懼怕李廣李將軍。

3 這兩句大意是美人香消玉殞，置酒柏梁台、群臣和詩的盛況不再。桂枝，指貴夫人。漢武帝《傷悼李夫人賦》：「桂枝落而銷亡。」

4 這兩句中詩人借顏駟「三世不遇，老於郎署」，魏勃為丞相掃門以求引薦來表達自己懷才不遇。

5 這兩句大意是沉浮在頃刻之間。摶風，旋風。失浪，比喻失勢。

「才名括天地」的陳子昂

陳子昂，字伯玉，梓州射洪（今四川射洪）人。射在這裏不唸 shè，做地名時應唸 yè。他在武后初當政時，上《大周受命頌》，得到武后的重視，並授以官職。初任麟台正字，後遷右拾遺。「遺」就是遺失、遺漏；「拾」是把它撿起來。也就是說，你看到國家的政治有甚麼缺點、疏失之處，就要進行諫勸，這是一種監察性的官職。在唐朝的詩人裏邊還有一個人也做過拾遺的官，就是杜甫，他做的是左拾遺。你看，有這麼多的拾遺，左邊也「拾」，右邊也「拾」，可還是「遺」了那麼多，唐朝的政治還是有那麼多缺失與錯誤。做了右拾遺以後，陳子昂屢次上書言事。陳子昂的上書「言多切直」，他說話非常懇切、直率，應該說甚麼就說甚麼；他不怕「觸忤權貴」，不害怕得罪當時的當權派。他議論「益國」——對國家有好處、「利民」——對人民有好處、「刑獄」——應該怎麼樣秉公執法、「邊事」——對於邊疆少數民族的一些戰爭等等問題，都能夠針對事實，提出自己的見解，而不是書生的空言。他曾經主張「息兵」，就是不要常常打仗，要使人民有安定的生活。可是，他並不反對所有戰爭，對於契丹的叛亂，他曾經自請從軍征討；但對於中國人從亞洲去攻外邊的羌人，他極力勸阻，認為無緣無故地去侵犯別人，不僅對國家人民有害，而且對於奸臣貪夫有利，因為有些人會借戰爭來發財。可見，他反對的是不義的戰爭。所有這些都證明他是有識見的。

萬歲通天（武則天年號）元年，陳子昂自請從軍，跟隨武攸宜去北方與契丹作戰。武攸宜是武則天本家的侄子——很多人做官都是靠裙帶關係，中國自古以來就是如此的。可是，依靠裙帶、依靠權勢攀緣上去的人往往沒有甚麼真才實學，武攸宜這個人就是很昏庸的。陳子昂看到武攸宜帶兵做了很多不該做的壞事，就請求武攸宜分配給他一萬人作為前驅，一再進言，被武攸宜所憎惡，並受到降職的處分。後來，他就辭官回到了故鄉。據說，陳子昂事親甚孝，是當地有名的孝子。本來，他回到故鄉，遠離了政治的漩渦，按理說就應該平安無事了。但是你要知道，政治上的迫害有時是非常殘酷的。我們說陳子昂不是與武氏家族結下了仇怨嗎？當時武攸宜是在外領兵打仗的；在朝廷裏掌權的也是武家的人，名叫武三思。所以，當陳子昂回到梓州老家之後，武三思、武攸宜這些人就買通了梓州射洪縣的縣令段簡，誣陷陳子昂，說他家裏的錢財是不正當的。就這樣，他們以莫須有的罪名把陳子昂下到監獄，後來他就死在監獄裏了。

下面，我們來結合當時的文學特點說說陳子昂的詩歌創作。

總的說來，初唐詩人是注重聲律的。可是，當聲律剛剛形成的時候，由於作者運用得還不純熟，他們比較容易受對偶、平仄等很多方面的拘束，所以就把注意力重點放在詩歌的形式上，這樣做的結果，就是使得詩歌中的感發力量相對減少了。

歷史的演進總是正反合這樣一個不斷發展的過程，詩歌史的演進也是如此。所以，當初唐近體詩的發展出現了過於講究形式這樣的偏頗時，陳子昂便提出了「復古」的主張。他在《修竹篇序》中說：「漢魏風骨，晉宋莫傳……齊梁間詩，采麗競繁，而興寄都絕。」陳子昂認為，漢魏時代的詩歌有「風骨」。那甚麼是「風骨」呢？中國傳統的文學批評不像西方文學批評那樣有非常周密的理論系統，它不是很邏輯性，很理論性的，而是很印象式的。它常常喜歡用一些非常抽象的詞彙，比如「風骨」「風力」「風神」「風采」等等。甚麼是「風」？甚麼是「骨」？

齊梁時期，中國的文學批評有了很大的發展，產生了兩部非常重要的文學批評著作——鍾嶸的《詩品》與劉勰的《文心雕龍》。在這兩部書裏，他們就特別地提出「風」「骨」兩個字。「風」，如果用科學的解釋，就是指空氣的流動。不但風本身是活動的，而且風碰到物，也會使物活動起來：風吹在樹葉上，樹葉就搖動了；風吹在水上，水面就起波紋了。所以，「風」是一種動力。**在具體作品中，「風」就是一種感發的力量，這是我對「風」字的比較現代化的解釋。**對於這種感發力量，中國古人沒有用這麼很理性、很明白的話說出來。在漢魏之間，在齊梁之間，他們說這個是「風」；到了宋朝的嚴羽，就說詩裏邊要有「興趣」；再到清朝的王士禛，又說詩裏邊要有「神韻」。其實歸結起來，所謂的「風」「興趣」「神韻」等等，其主要的要素都是說詩歌裏邊要有一種感發的力量，只是他們所用的名詞不同，所說的感發力量的範圍也不一樣。

形成感發力量的因素很多，其中的一種因素是「骨」，那甚麼是「骨」呢？對於人和動物而言，骨是使之能夠站立起來的一種支柱。**那甚麼東西使你的作品挺立起來呢？一個是要有非常真切、實在的內容；再一個就是要有很好的組織結構。所**

以「風骨」就是由內容思想結合了句法、章法而傳達出來的一種感發的力量。我們講詩歌的結構（structure），說它不僅要有平平仄仄、仄仄平平這些外表文字的結構，還要有一個情意進行的情意的結構，而漢魏詩歌的感發力量，正是從它情意本質這個主幹產生的。像「行行重行行，與君生別離。相去萬餘里，各在天一涯」，它雖然沒有平仄，沒有對偶，但仍然能夠從其情意主幹、句法結構中傳達出一種強大的感發力量。這就是陳子昂所要提倡的「漢魏風骨」，而這種傳統到了晉、宋時期，就「莫傳」了，它沒能繼承下來。

當然，也不是說凡晉、宋之間的詩人都受到這種影響。因為詩歌的演進是一種有生命的演進，其中有時代的因素，也有個人的因素；而真正傑出的天才，往往能以其個人因素打破時代因素的局限。陶淵明就是這樣一個作者，他完全超越了一些外表的形式，而直接寫出了自己的本心。所以你一定要知道，雖然陳子昂說「漢魏風骨，晉宋莫傳」，但有少數人是可以在時代中超越出來的。

接着他說，「齊梁間詩，采麗競繁，而興寄都絕」。晉宋以後就是齊梁，而齊梁之間，就到了沈約他們講「四聲八病」的時候了。陳子昂批評這時的詩風，說是

「采麗競繁，興寄都絕」。「采」是辭藻；「競」是說大家比賽，看誰寫得更美；「興」就是我們所說的感發；「寄」是指詩歌裏邊有深刻的含義。齊梁之際，人們只注重外表辭藻的華麗與聲調的和諧，結果就產生了一種流弊——有句無篇，也就是說，他只會寫一兩句漂亮的對偶，卻沒有整篇的內容與結構的組織，沒有整篇的感發的力量，是死板的文字。針對這種流弊，陳子昂就提出要恢復「漢魏風骨」。

本來，詩是寫志言情的。由於大自然的物象與人事界的事象引起人內心的感動，在心為志，發言為詩，這是很自然的一種感發。我們知道，由外物引起人內心的感動是「興」；內心有了感動，用外物來做比喻是「比」，這個本來很單純，可是漢儒們解釋《詩經》中的「比興」時，卻增加了一些內容。比如他們說「興」，就是「見今之美，嫌於媚諛」，也就是說，現在的時代有美好的政治，而一天到晚地歌功頌德，這樣直接來讚美就覺得沒有意思了。所以為了避嫌疑，就用外物來起興。「關關雎鳩，在河之洲。窈窕淑女，君子好逑」，就是說因為看到外界的鳥成雙成對，從而聯想到人也應該有美好的伴侶；但中國一向比較注重倫理道德，認為不應該談愛情，於是漢儒就將《關雎》一篇說成是「后妃之德」。這還不是說那「窈寵淑女」可以做皇后或可以做皇妃，而是說「后妃」們不妒忌，要替君王選擇這樣的「淑女」做嬪妃。因為「見今之美，嫌於媚諛」，所以就用一個形象——在沙洲上嬉戲和鳴的一對關雎鳥來起興。那麼「比」呢？他們認為，「比」是「見今之失，不敢斥言」。也就是說，現在的政治不好了，而你因為怕獲罪，不敢直接批評它，所以就用別的事物來比喻。像《碩鼠》：「碩鼠碩鼠，無食我黍。三歲貫女，莫我肯顧。」他本來寫的是那些身居上位的剝削者，可不敢直說，便用一隻大老鼠來做比喻。所以經過漢儒的解釋，比、興就有了美刺或諷喻的政治意味了。這個傳統影響到詩歌的創作及批評方面，人們就認為，如果一首詩只寫一個外物的形式而沒有諷喻美刺的意思，那就是膚淺。

關於「比興」已如上面所述，那甚麼是「風雅」呢？「風雅」就是指《詩經》裏邊的《國風》以及大、小《雅》的詩篇。從《國風》中可以看到當時的民俗與人民的生活，大、小《雅》則關係到當時的政事。而且，《風》《雅》裏邊有很多是有寄託的作品，像我們前面所舉的《碩鼠》就是例證。

陳子昂主張追步建安、正始時代的作者。建安的詩風一般說起來，也是關心時事，而且有所寄託的。正始時代，最有名的作者就是阮籍和嵇康二人。嵇康的詩比較直率，阮籍的詩則寄慨遙深。阮籍寫了《詠懷》八十一首，所謂「詠懷」，就是抒發自己內心的一種感發的情意。這些詩雖然表面上寫的都是眼前身畔的風景情事，可裏邊卻有很深刻的寄託，這對陳子昂產生了很大的影響。我們説陳子昂主張復古，但任何時代都不可能是完全復古的。歷史的車輪永遠不會倒回來轉，它不會再回到那個原始的起點。陳子昂不會完全回復到阮籍的那個「古」。那麼，他到底回到哪裏去了呢？既然他開始注重感發的情意，那究竟是誰感發的情意？我們説這當然是陳子昂自己感發的情意。就是説一個詩人，要寫你自己心中真正使你感動的情意，而不是把你的精神完全放在甚麼平平仄仄、仄仄平平的對偶上去。陳子昂之後，李白、杜甫都是從這裏轉出來的，他們也重視到自己感發的情意了。所以陳子昂的口號雖然是復古，可他實實在在是創新了。

陳子昂的文學主張在唐代產生了很大的影響。後來的韓愈説：只有當陳子昂出現後，才帶領人們走上了一個更高遠的詩歌創作的境界（《薦士》「國朝盛文章，子昂始高蹈」）。可以説，陳子昂是從初唐到盛唐的一個轉折型人物。

在詩歌創作方面，陳子昂標舉「風雅」「比興」「漢魏風骨」，《感遇》詩三十八首代表了他實踐的成績。他或者感慨身世，或者諷諫朝政，寫得慷慨沉鬱，裏面蘊藏了深厚的感發力量，類似於阮籍的《詠懷》。中國古代有這麼一個傳統，就是凡抒寫自己情志的詩篇，合起來給它起一個名字，叫作《感遇》啦，《詠懷》啦，《古風》啦等等，這樣一寫就是好幾十首。當然，這幾十首詩也不是說一天就寫出來的，而是平常哪天有感慨就寫幾首，最後歸到一組裏邊去。陳子昂的三十多首《感遇》詩都是寫自己的情意，難免會「辭繁意複」——辭、意有重複之處，有時甚至「不免於拙率」——因過於不雕琢而顯得比較淺薄、粗率了，但是因為這些詩的內容具有深刻的現實意義，所以不能不承認它們是革新風氣的優秀作品。也正因為如此，陳子昂的詩為後來的現實主義大詩人杜甫以及主張「為時」「為事」而寫詩的白居易所極為稱道。

下面我們就具體看一首陳子昂的《感遇》詩：

感遇（其二）

蘭若生春夏，芊蔚何青青。
幽獨空林色，朱蕤冒紫莖。
遲遲白日晚，裊裊秋風生。
歲華盡搖落，芳意竟何成？

我們先看題目：甚麼是《感遇》？中國傳統上一直很重視所謂的「知遇」，「遇」就是遇人知用的意思——你得到一個被人了解、被人欣賞的機會，這就是遇。當然，人有很多時候是「不遇」，就是說你終生也沒有碰到一個真正了解並欣賞你的人。人生有遇有不遇，「不遇」當然是一種悲哀，可「遇」就一定是幸運嗎？世界上的事情不是這麼簡單的。即使你遇了，也要看一看你所遇的是甚麼人。如果你遇而沒有遇到一個好人，那同樣是一種悲哀。武則天被中國舊傳統認為是叛逆的、不道德的，如果武則天用你，你被用還是不被用呢？這是很重要的一種抉擇和考驗。陳子昂生在武后的時代，除非他甘心終生被埋沒，那他就不用出來做官了，但是他偏偏不甘心！他是一個有才能、有理想的人，也希望自己的才智能夠有所用，他一定要實現自己治國平天下的理想。最終，他出來做官了，而武則天也欣賞他了。可是，他遭到了甚麼樣的結果？他不是被貶官了嗎？後來，他不是選擇了隱，辭職回家去了嗎？他回家後的下場又如何？他不是還被下到監獄裏，最後就死在監獄裏了嗎？所以中國古代的讀書人，他們在遇與不遇之間所面臨的仕和隱的抉擇與考驗，確實有很多令人悲慨的地方，這正是陳子昂之所以寫《感遇》的道理。

這首詩是從物象寫起的，但是，陳子昂並非只寫了眼中所見的物象。

「蘭若生春夏，芊蔚何青青。」「蘭」是蘭花，「若」是杜若，二者都屬於香草，是芬芳美好的植物，而用香草來代表美好的生命、才能和理想，早在《楚辭》中就出現了。屈原在《離騷》中說：「余既滋蘭之九畹兮，又樹蕙之百畝。」在《湘夫人》中他又說：「搴汀洲兮杜若，將以遺兮遠者。」諸如此類，在《楚辭》裏面常可以見到。而且，這些美人香草往往是用來比喻品德美好的君子的，這是中國詩歌的一個傳統。「蘭若生春夏」，他說，蘭花與杜若這兩種香草生長在春夏之間。春天是生命萌發的季節，蘭若在春天發芽長葉，到夏天就長得很茂盛了，所以，「芊蔚何青青」。「芊蔚」是指草木茂盛的樣子；「何」是嘆美之辭，也就是我們現在所說的「多麼」；「青青」二字通「菁菁」，讀作jīng jīng，也是指草木茂盛的樣子。他說，你看那些蘭花與杜若，它們在春夏之間生長得多麼茂盛！

在這裏我還要補充說明一點。我們不是說陳子昂主張復古嗎？他一方面用了《詩經》中比興的傳統，一方面用了《楚辭》中美人香草的傳統；不止如此，他還用了《古詩十九首》中疊字的傳統。《古詩十九首》的第一首是《行行重行行》，第二首是《青青河畔草》，第三首是《青青陵上柏》。當然，用疊字也不是從《古詩十九首》才開始的，早在《詩經》中，像甚麼「關關雎鳩」「蒹葭蒼蒼」等等，就已經開始用疊字了。所以，我們說陳子昂提倡復古，他不僅有理論，而且有實踐，他的「復古」絕不是一個空洞的口號。

「幽獨空林色」，這一句的句法相當凝練複雜，而這正是初唐近體詩的風格。「空林」，是說空寂的山林。如果有人問，那山林中又有蘭花，又有杜若，怎麼能算是空？我們說，既然說是林，自然就有一大片樹；有一片樹，就會有草木鳥獸，這當然不空。所謂「空者，無人之謂也」。沒有人來往的山林是寂寞的山林，所以是「空林」。「空林」怎麼樣？「空林」有一種境界，有一種情趣。它是「幽獨」的。甚麼是「幽獨」？謝靈運說：「潛虬媚幽姿，飛鴻響遠音。」（《登池上樓》）王維說：「獨坐幽篁裏，彈琴復長嘯。」（《竹里館》）「幽」就是幽靜；「獨」就是孤獨。空林之中久無人到，自然是幽靜的；蘭若生長其中，無人欣賞，當然是孤獨的。甚麼又是「空林色」呢？我們說蘭若在空寂的山林之中，幽寂而且孤獨，而這種幽寂與孤獨就形成了蘭若的一種品質、一種丰姿，這就是它的色。你如果仔細觀察周圍的人就會發現，有些人能夠做到安心自處，看上去和悦而且安詳，像陶淵明說的：「託身已得所，千載不相違。」（《飲酒》）可是有些人做不到這一點，他的神色永遠是不安定的。因為他沒有找到自己安身立命的所在，他不知道自己究竟在哪裏，他總是向外馳逐，被一切外在的事物所影響、所轉移。蘭若也有它的「色」，有它的品質與丰姿。中國古人常說：「蘭生空谷，不為無人而不芳。」儘管生在無人的山谷中，沒有人欣賞它，可它依舊是美麗而芬芳的，它有一種安於寂寞、不求人知的境界和情趣。如果有人欣賞，那當然好；如果沒有人欣賞，它也不會因此而自暴自棄，覺得反正也沒有人欣賞自己，於是甘心墮落，就此壞下去了。

不過話又說回來，對於一個美好的生命而言，畢竟應該有人欣賞它，才不至於辜負它的一生。

接着一句：「朱蕤冒紫莖。」「朱」是紅色；「蕤」，本來指草木的花葉茂盛而且下垂的樣子。如果是剛剛含苞的花蕾，它是不會下垂的，所以這裏的「蕤」指的是盛開的花朵。「冒」是說長出來，從哪裏長出來？從「紫莖」——紫色的花莖上長出來的。我們知道，凡是很鮮嫩的草木，它的梗上常常在綠色中透着一點點暗紫的顏色，所以這兩句是說，蘭若在春夏之間長得很茂盛，它的紅色的花朵是從那綠色透紫的花莖上長出來的。好，從第一句「蘭若生春夏」一直到第四句「朱蕤冒紫莖」，他都是在講花的美好，接着後邊兩句，就有了一個突然的轉折：「遲遲白日晚，裊裊秋風生。」假如我們將這首詩整個的情意結構畫一個圖解的話，當他寫到第四句時，就達到了一個頂峰，然後忽然間一跌——「遲遲白日晚」，就「裊裊秋風生」。這個轉折傳達出很強的感發力量，他前面給了你一個美好的形象，可是忽然間一個打擊——都完了。《離騷》中說：「日月忽其不淹兮，春與秋其代序。惟草木之零落兮，恐美人之遲暮。」積時成日、積日成月，慢慢地，一天天過去了。

在早晨太陽剛出來的時候，你也許覺得這一天還有很長時間，那太陽似乎移動得很慢。可是，就在這慢慢的移動之間，這一天就過去了，而且永遠不會再回來了。「遲遲白日晚」只是說一天的消逝，而「裊裊秋風生」則是說一年之將終。「裊裊」是風吹動的樣子，前面說蘭若生長在春夏之間，當春天夏天都過去後，那裊裊的秋風吹起來了。如此日復一日、年復一年，人生轉眼便到了遲暮之年。

這兩句在形式上是排比的，不僅是由一天到一年，而且接連兩個都是消逝，加起來後，感發的力量就非常強大。另外，這兩句是對偶的，其平仄為｜｜｜——，——｜｜——。如果是律詩，其平仄應該是｜｜——｜，——｜｜——，其中，第三字的平仄不太嚴格。我們說陳子昂提倡復古，而一般說起來，古詩裏邊的對偶句，其平仄不像律詩中的對偶句那樣嚴格，所以這兩句詩就不是十分的律詩的聲調，而是有一點古詩的味道了。前面我們說陳子昂在其詩中用了《詩經》《楚辭》中的傳統，而他的詩也確實體現了初唐詩歌的一些風氣，他把古詩的一些特色與唐詩的一些特色、古人的寄託與他自己的生平結合得非常好。

最後兩句：「歲華盡搖落，芳意竟何成？」這兩句寫得真是悲哀！「歲華」

是一年的芳華，整整一年有多少美麗的花？我們說春天從最早的迎春開到最後的荼蘼，一共有二十四番花信！然後是夏天的荷花、秋天的菊花，一年之中不斷有花朵開放。可是等到冬天，不管你是蘭花，不管你是杜若，就算你是再美的花，也「盡搖落」——都完全零落了。屈原在《離騷》中曾說：「余既滋蘭之九畹兮，又樹蕙之百畝。」他說，我辛辛苦苦地種了這些花草，可是結果怎麼樣？都枯乾了，都爛死了。後邊他又說：「雖萎絕其亦何傷兮？哀眾芳之蕪穢。」就算我種的九畹蘭、百畝蕙都枯死了、滅絕了，但我悲哀的還不是這些，而是所有的花草都死了。為甚麼這樣的人間竟不能讓一朵花開放？為甚麼所有美麗的花草都被風霜摧殘而死了呢？這是屈原的悲哀。到了盛唐的杜甫，他寫了兩首《秋雨嘆》，其中有幾句說：「雨中百草秋爛死，階下決明顏色鮮。」他說各種花草都在秋雨中爛死了，只有台階下的一棵決明依舊開得很美麗。可是它真的能夠活下去嗎？「涼風蕭蕭吹汝急，恐汝後時難獨立。」雖然你現在開得還很好，但風雨沒有停止，那蕭蕭的涼風吹到你的身上，不但是「吹」，而且「吹汝急」，多麼強烈地吹在你的身上，所以我擔心你是否能夠再支撐下去，你還能支撐多久？恐怕過不了幾天，你再也不能獨自開放，於是跟別的花草一樣爛死了。最後他說：「堂上書生空白頭，臨風三嗅馨香泣。」這真是神來之筆！本來是寫草木的凋零，卻忽然間筆鋒一轉，說，我很同情你，我希望能夠把你留下來，可是我一個讀書人，白白地過了半輩子，現在頭髮都白了。我甚至連自己都不能保全，又有甚麼辦法挽救你生命的凋零呢？所以，當涼風把你的花香吹過來的時候，我聞到你那麼多的馨香；想到如此美好的生命卻沒有辦法保全，眼看着你零落卻沒有辦法挽救，我不由得流下淚來。

所以你看，中國的詩真是很奇妙。從《楚辭》中屈原的感慨，到陳子昂的感慨，再到杜甫的感慨，他們所傳達的都是因為美好生命的凋傷而引起的生命共感。現在我們還回到陳子昂這首詩中來，他說：「遲遲白日晚，裊裊秋風生。」這兩句帶着一種警動的力量。也就是說，它使人的心裏感到一種警覺。在日月的推移中，在秋風的吹動下，所有的蘭花與杜若都凋零了。你開的時候不是很芬芳嗎？那芬芳不是你的品質與心意嗎？你有這麼芬芳美好的心意和品質，你也很珍惜它，也想在這一生一世中好好地完成自我，可結果卻都在裊裊秋風的摧殘下完全凋落了，你的「芳意」——由本質到理想所結合起來的那種美好的情意，是「竟何成」呢？這句的「竟」

與上一句的「盡」都是很有力量的字。「竟」是說到底，你到底完成了一些甚麼？生長在一個空寂的沒有人的山林之中，你美好的資質得到過人的欣賞沒有？你發生過甚麼作用？沒有，你白白地開了，又白白地謝了。

我們說陳子昂復古。在魏晉之間，有一個叫左思的人就寫過這樣的一句詩：「鉛刀貴一割。」他說，刀的用處是割東西。就算你不是鋼刀，只是一把鉛刀，你既然叫作刀，也總應該割一下；不然，你就失去了作為刀的意義和價值了。所以一個人，不管你做甚麼事情，你要能夠把你自己最好的品質和能力表現出來，完成些甚麼，這才是好的。可是，你不見得有這樣的機會。有的人一生沒有遇到這樣的機會，所以就「歲華盡搖落，芳意竟何成」。如此看來，陳子昂這首詩毫無疑問地表現了一種不遇的悲哀。

附：

登幽州台歌

前不見古人，後不見來者。
念天地之悠悠，獨愴然而涕下。

一般的五言詩每一句都是二、三的停頓，像「青山——橫北郭，白水——繞東城」「雲霞——出海曙，梅柳——渡江春」等等都是如此。可是陳子昂的「前不見古人，後不見來者」雖然也是五字句，但它的停頓，是「前——不見古人，後——不見來者」，或者是「前——不見——古人，後——不見——來者」，也就是一、四或三、二的停頓。所以它最後一個節奏就是兩個字或四個字了。**我們按照詩句最後一個節奏中字數的奇偶，把奇數的句子叫「單式句」，偶數的句子叫「雙式句」。因為五言詩基本上是二、三的停頓，七言詩基本上是二、二、三或者四、三的停頓，這都是單式的。陳子昂這首詩用的是雙式句，**

所以是詩中的一個例外。

「念天地之悠悠，獨愴然而涕下。」本來，「念天地悠悠，獨愴然涕下」就可以了，可陳子昂在這兩句中加了兩個虛字——「之」和「而」，表示了某種語氣。一般的詩句往往是名詞、動詞、形容詞等實詞組合而成的，它不用甚麼「之、乎、者、也、已、焉、哉」之類的虛詞，虛詞常常出現在散文之中。現在，這兩句詩用了類似於散文的句法，這是第二個例外。

可見，這首詩之所以有特色，一個原因是它的字數不整齊，屬於「雜言」；另一個原因是它的節奏屬於「雙式」的停頓；再有一個就是它用了類似於散文的句法。正是由於這首詩用的不是陳言濫調，它與一般的詩有很多不同之處，所以它才給了我們一種很直接、很鮮銳的感受。

和雅清淡的張九齡

張九齡，字子壽，韶州曲江（今廣東韶關）人，擢進士後又以道侔伊呂科策高第。「擢」，就是通過進士的考試。在唐代，一個人考中了進士以後，並不是馬上就可以給他官做的。所謂考中進士，就是說你夠進士的資格了，如果要讓你擔任一定的官職，還需要再經過一次考試。張九齡考中進士後，又參加了「道侔伊呂科」的考試。「策」也叫「策問」或「對策」，是唐朝的一種考試的方法。通常是先出一個與國家的政治、經濟等問題有關的題目，讓你來回答相應的對策。看一看除了讀書讀得不錯以外，你在行政方面還有甚麼能力。這種「對策」分為很多特科，你參加並通過了哪科的考試，將來就要按照這一科來分配給你一定的官職。張九齡參加的是「道侔伊呂科」。「道」是指一個人各方面的修養；「侔」是說相等；「道」與誰「侔」？與「伊呂」。「伊」指伊尹，他是輔佐商朝開國的一個最好的臣子；「呂」指呂尚，也就是姜太公，他是輔佐周朝開國的一個最好的臣子。在這科的考試中，張九齡名次很高，後來授官為左拾遺，累官至中書侍郎同平章事，這就相當於宰相的地位了，所以孟浩然有一首《望洞庭湖贈張丞相》，就是寫給張九齡的。

張九齡為官直言敢諫，是玄宗朝有聲譽的宰相之一。他曾經預料到安祿山一定會謀反，並主張早一點消除這個隱患，可是玄宗沒聽他的話。後來安祿山真的叛亂了，玄宗已是後悔莫及。玄宗晚年時寵信口蜜腹劍的李林甫，而張九齡被李林甫所忌恨、排擠，最終被罷免了宰相之職，去荊州做了長史。

張九齡的作品不事雕琢，不求華艷，超越了當時的風氣，一向為世人所推重，大家都以為他的文章詩篇真的有挽救時世的功效。當時的另一位文人張説曾經讚美張九齡的文章，説它如「輕縑素練」，也就是説，它好像一疋輕軟的絲綢、潔白的絲練，並不是織得很花俏，染得很絢麗，卻有其實實在在的用途；他還説張九齡的詩「和雅清淡」，也就是寫得很平和、淡雅而且清麗。有人認為，他開了王（維）、孟（浩然）、儲（光羲）、韋（應物）等山水田園詩人這一派比較輕逸的作風。他也寫了一些《感遇》詩，大多運用比興來寄託諷喻，繼承了魏晉的優良傳統。他的作品收入了《曲江集》。

我們知道，初唐詩歌注重平仄對偶的形式，但缺少了思想情感的內容，為此，陳子昂提倡復古。張九齡正是受陳子昂所提倡的復古風氣影響的一個作者。可是我還要補充一點，就是一般說起來，張九齡的作品可分為前、後兩期。他前期因為在朝廷做官做得很大，所以寫了很多應制的詩篇。所謂應制，就是陪着皇帝作詩。陪皇帝作詩，就要歌功頌德，那根本不能寫出自己真正的思想感情，所以他在這一階段所寫的詩歌並不是很好的。被貶荊州以後，他就可以寫自己內心真正的思想感情了，這一時期的詩篇表現出鮮明的個性，我們從中可以看到，他確實受了陳子昂的影響。

下面，我們就來看他的一首《感遇》詩：

感遇

蘭葉春葳蕤，桂華秋皎潔。
欣欣此生意，自爾為佳節。
誰知林棲者，聞風坐相悅。

草木有本心，何求美人折？

「蘭葉春葳蕤，桂華秋皎潔。」前面我們說，形象與情意之間的關係永遠是詩歌中最重要的問題之一。這首詩同樣是以兩個對舉的形象開頭的：一個是蘭，一個是桂；一個是葉子，一個是花朵；一個是春天，一個是秋天。這兩句寫得非常簡勁，而且它的概括性很強，它雖然只說了一蘭一桂，卻代表了不同時節的各種草木植物：有蘭也有桂，有花也有葉，有春也有秋。「葳蕤」，是形容草木茂盛的樣子。蘭葉在春天長得很茂盛，而且這種葉子本身就帶有香氣。「皎潔」是有光彩的樣子，桂花在秋天開放，多是黃白色的，所以看上去顯得很有光彩。

接着，「欣欣此生意，自爾為佳節。」我們都說草木欣欣向榮，所以「欣欣」是指生命蓬勃而有生意的樣子。無論是蘭葉的葳蕤還是桂花的皎潔，不管是春天還是秋天，它們都是欣欣向榮，表現了一種生命的力量。「自爾」，「自」是自己，「爾」是對方，「自爾」就是彼此、各自的意思，「自爾為佳節」就是說它們各自形成了一個屬於自己的最美好的季節。這一句說得很有哲理：蘭花，你不用跟桂花去比，你在你自己應該生長的季節——春天，好好地生長，完成你的使命就可以了。同樣，如果是荷花，它只是在夏天的幾個月中開得最美好，它也完成了自己。它並沒有跟蘭花去比，說：「你在春天就開花了，那時候我怎麼還沒有長出來呢？」它也沒有跟桂花去比，說：「你到秋天還在開放，可到那時我卻零落了。」它只是在它應該開花的六七月間開得很完美，這樣就已經完成了它自己美好的生命、美好的季節。人也是如此，我們不必跟別人去比，也不必向外去求，關鍵一點是看你有沒有把自己最美好的本質發展和完成。

「誰知林棲者，聞風坐相悅。」本來草木的開花是草木生命本身的一種規律，可是誰想到有「林棲者」——那些在山林之中隱居的人，就「聞風坐相悅」。「聞風」在這裏有事實的和比喻的兩個意思：事實的意思是說，因為蘭葉與桂花本身就有芳香，所以吹過蘭、桂的風自然是香風，於是這種香風就被林棲者真的聞到了；至於比喻的意思則是說，這種「風」即蘭桂的風格——一種芬芳美好的品格，所以這裏的聞就不一定是用鼻子聞，而是說他們知道並欣賞了這種美好的品格、美好的事物。「聞風」怎麼樣？就「坐相悅」，「坐」是因此；「悅」是愛慕欣賞。

賞愛的結果如何？一般人愛花，往往要把花折下來，插在自己的花瓶中；或把它從山裏挖出來，種在自家的花盆裏。因為凡是帶有愛賞感情的同時，往往也就帶有某種程度的自私心理，我們不是常常說「愛是自私的」嗎？他愛賞了，就想據為己有。所以這兩句是說，它們沒有想到，那些隱居山林的人聞到蘭葉桂花的香風，產生了一種愛賞的心理，就要把它折走，移到自己的家裏去。

最後，「草木有本心，何求美人折？」我們說蘭桂開花是為了別人的欣賞嗎？是為了讓別人把它折下來作為裝飾嗎？當然不是，草木有它的本性，它開花是它的一種本能。中國古人說：「蘭生空谷，不為無人而不芳。」蘭花即使生在一個空寂無人的山谷中，它也不會因為無人欣賞就不香了，因為芳香是它的本性。屈原在《離騷》中也曾經說：「不吾知其亦已兮，苟余情其信芳。」他說，如果我的感情確實芬芳美好，就算你們都不了解我，那也就算了，這都是向內求的。所以張九齡說：「何求美人折？」何必要求有一個美人把你折去？不用說不好的人，就算是好的人——美人來折你，你也不需要了，因為你已經完成了自己。

從這首詩中我們可以看出，張九齡確實受到了陳子昂的影響。只是陳子昂所寫的都是向外追求，有待於人才能完成的自我價值；而張九齡所寫的，則是無待於人，不需要別人欣賞而自己完成自己的價值。

附：

望月懷遠

海上生明月，天涯共此時。
情人怨遙夜[1]，竟夕起相思。
滅燭憐光滿，披衣覺露滋。
不堪盈手贈[2]，還寢夢佳期[3]。

「海上生明月，天涯共此時」出句寫景，點明詩題中的「望月」；對句由景入情，點明「懷遠」。接下來，詩人不寫自己望月思念對方，而是懸想對方望月思念自己的情狀，構思奇巧。詩中還運用了「遙夜」「竟夕」「露滋」這些反映時間變化的意象來表現詩人細膩入微的情感。

結合張九齡受李林甫排擠，被貶為荊州長史的遭遇，本詩不僅僅是一首帶給我們感動和啟發的情詩，它恐怕還寄寓了詩人對融洽和諧的封建君臣關係的渴望，也因為如此，它被前人認為是「五律中《離騷》」。

註釋

1 情人：有情誼之人。遙夜：長夜。
2 不堪：不能。盈手：滿手，指把月光捧滿手中。
3 還寢：回去睡覺。

詩中隱士孟浩然

孟浩然，湖北襄陽人。傳記上記載得很簡單，只是說他生於武后永昌元年，卒於玄宗開元二十八年。早年隱居在湖北的鹿門山，四十歲以後才來到首都長安求仕，失意而歸等等。

我們現在看孟浩然的生平，雖然書上寫得很簡單，但是你如果真的讀過孟浩然的詩，再結合他的詩來看他的生平，就知道這裏邊有非常複雜的情況。一般以為孟浩然是一位不甘隱淪卻以隱淪終老的詩人，這不完全正確。我們從一開始講唐詩，就提到中國讀書人的意念中所不能擺脱的仕與隱的情意結：你是求仕呢？還是求隱呢？我認為，就其本性來說，孟浩然是喜歡自然放曠的隱士生活的。事實上，他早年也一直在鹿門山過着隱居的生活。而且，孟浩然的故鄉——襄陽這個地方的風景很美。在中國古代，這是一個隱居的風氣特別盛的地方。

關於孟浩然自然放曠這方面的天性，我們可以引用與之同時代的其他詩人對他的評價來證明。王士源與孟浩然處於同一時期，他比較年輕，也是湖北人，非常仰慕孟浩然的才華。孟浩然死後，他覺得孟浩然既然沒有正式做過官，歷史上不一定會有他的傳記，而這麼風流文采的一個人，從歷史上默默無聞地消失了，是件很可惜的事情。所以他就搜集孟浩然散佚的詩篇，編成了一本詩集，這樣才使孟浩然的詩得以流傳下來。在這本集子的序中，王士源是這樣敍寫孟浩然的，他説，這個人「骨貌淑清，風神散朗」。所謂「貌」，是指人外表的形貌；「骨」，是指人的風骨精神，是由內向外表現出來的一個人的整體風度。「淑」是美善的意思，《詩經》上説「窈窕淑女，君子好逑」，所以這個「淑」不只是形體之美，而是一種品格之美，是美與善的結合。「清」就是很清秀而不落塵俗的樣子。有的人，你一看就是兇惡的面貌；而有的人，一看就是和善的面貌，這就是骨貌的差異了。再看「散朗」。「散」，是不受拘束、瀟灑自然的樣子。有些人當然人品不錯，也很規矩，可是太缺少情趣、太死板了。你跟他説話時，因為他不自在，你也就跟着他一起不自在了。「朗」，就是光明磊落。有的人，你一看他，或者一跟他説話，就覺得他怎麼老是鈎心鬥角、隱隱藏藏的？中國儒家説「君子坦蕩蕩」，「小人」才「常戚戚」

呢。因為君子「仰不愧於天，俯不怍於人」（《孟子．盡心上》），你內心沒有虧欠，表現出來才是光明磊落的樣子。從王士源這兩句話可以看出，孟浩然不管是內在的骨，還是外在的貌，都給人一種瀟灑自然、不落塵俗的印象。

接着說他做文章「文不為仕，佇興而作，故或遲」，他寫文章不是為了求做官，也不去寫那些時髦的追隨風尚的文章，而是等到自己內心真的有了感發才寫，所以他不是寫得很多很快的那類詩人。後邊接着寫孟浩然的為人，他說：「行不為飾，動以求真，故似誕。」他無論做甚麼事情，都不虛偽，不做外表的裝飾，一舉一動都是真誠的，所以一般的世俗人看來，就覺得他好像太放誕了。

最後說他的交遊：「遊不為利，期以放性，故常貧。」中國人說，「遊」有幾種情形：一個是宦遊，這在以前講王勃、杜審言時我提到過了；另一個是遊學或交遊，就是交朋友的意思；再有，我們現在不是常常說旅遊、遊覽嗎？而「遊不為利」的遊，在這裏應該指交遊。他說，孟浩然交朋友不是為了一些自私自利的目的，他無論到哪裏去，都不是為了升官發財，也不是為了找機會賺錢。他雖然也到過很多地方，結交了很多朋友，但那都是任憑自己天性的自然——我喜歡誰就是誰，我願意怎麼做就怎麼做。有些人交朋友總是看對方有沒有可利用的價值，而孟浩然不是這樣，結果遊來遊去，越來越窮。這就是王士源筆下的孟浩然，從以上描寫可以看出，他是很欣賞孟浩然的。

不但王士源這樣讚美他，就連被稱為「謫仙」的天才詩人李太白，都寫過這樣一首詩來讚美他：

吾愛孟夫子，風流天下聞。
紅顏棄軒冕，白首臥松雲。
醉月頻中聖，迷花不事君。
高山安可仰，徒此挹清芬。

從李白、王士源等人的描寫中我們不難看出，孟浩然早年的隱逸並不是故作高姿態，是他果然有風流浪漫、任性適意的一面，他在本質上確實有喜愛自然放曠的接近於隱居生活的那種性情。所以，孟浩然早年的求隱並不是虛偽的，我們很難說這不是出於他自己的選擇。

可是，現在問題就出來了。你既然不願意受束縛，一直隱居在鹿門山，詩作得好，人又瀟灑，可為甚麼在四十歲時忽然來到長安，而且表現出很強烈的求仕的願望呢？

一個原因可能是因為他恐怕生命的落空，像陳子昂所說的「遲遲白日晚，裊裊秋風生。歲華盡搖落，芳意竟何成」，當人生開始走下坡路的時候，他忽然想要出來做一點事情。另外一個原因，可能是因為他的「家貧親老」。據歷史上記載，孟浩然中年以後，「慈親羸老」，他的母親病弱而且衰老了。當然，求仕的動機有很多，一般來講，第一是為了實現治國平天下的政治理想，可是還有別的情形呢。孟子就曾經說過：「仕非為貧也，而有時乎為貧。」（《孟子．萬章下》）也就是說，讀書人求仕本來不是為了解決貧窮問題，你不應該把做官當成賺錢的手段；但是有的時候，人確實是因為貧窮，為了養家才出來做官的。尤其是中國儒家的傳統非常講究孝道，你說你自己甘願挨餓受凍，這個別人無話可說，可是你怎麼能忍心讓你的父母跟你一起挨餓受凍呢？那就是不孝了。所以，「家貧親老」可能是孟浩然出來求仕的第二個原因。那麼第三個原因呢？我認為，第三個原因與當時的歷史背景有關。孟浩然早年隱居襄陽時，正是武后當權、朝廷多亂的時候。到了後來，玄宗繼位，開元年間的政治清明，可比美於太宗的「貞觀之治」，所以被稱為「盛世」，這個時候，你出來還是不出來？《論語》上說：「邦無道，富且貴焉，恥也。」如果皇帝昏庸，政治腐敗，你在這個時候為了個人的私利去做官、去逢迎拍馬，雖然富貴了，但這是可恥的。又說：「邦有道，貧且賤焉，恥也。」如果皇帝重用賢人，勵精圖治，真的要使國家走向美好的道路，這時候你應該出來做些事情，而你不肯盡你的力量，你沒有出來，以至於貧賤，這也是可恥的。中國古人從小就讀《論語》《孟子》等書，滿腦子裏都是這些古聖先賢的話，孟浩然當然也不例外，所以無論是他早年的求隱，還是中年以後的求仕，我認為這都與當時的政治背景有很密切的關係。

既然孟浩然的本性並不適合求仕，而他終於出來求仕了，那麼求仕的結果又如何呢？

我們知道，孟浩然詩寫得好，人的風度也好，所以他來到長安後，馬上就得到很多人的欣賞，像王維、張九齡、張說、王昌齡以及我們剛才提到的李太白等，都是非常欣賞他的人。歷史上記載了這樣一件事情，說是有一天，孟浩然與京師的很多人在省中聚會。甚麼是「省中」呢？在唐朝，中央政府的機關有三大部門，分別是中書省、尚書省和門下省，大致相當於現在中央的各部。因為當時王維、張九齡等人都在中央政府工作，而孟浩然是他們的朋友，所以才有機會一同來省中聚會。那時正值秋天，秋霄雨霽，於是他們就要即景聯句，聯到孟浩然這裏，他唸道：「微雲淡河漢，疏雨滴梧桐。」這兩句詩沒有雕琢造作，沒有用甚麼漂亮的辭藻，而是用很平淡的句子，把秋霄雨霽這樣的景物寫得自然貼切、高曠廣遠而且不落塵俗，他真的是能夠一下子就掌握到大自然中的一種精神美麗的地方。所以，當他說完這兩句後，「舉坐嗟其清絕，咸閣筆不復為繼」（《孟浩然集．序》），在座所有的人都慨嘆地說：「啊，這兩句太好了。」都很佩服他，於是紛紛放下筆，不敢再往下聯了。由這件事可以看出，來到長安後，孟浩然確實以其風流文采使首都的文人為之傾倒了。

孟浩然一共到過京師兩次，第一次去參加考試，他本以為自己能夠考中，結果偏偏落榜了。當他失意而歸，經過河南南陽時，天又下了大雪。此時此刻，阻雪對於他來說，一方面是阻礙，另一方面也未嘗不是一個藉口——因為阻雪，我可以暫且守在這裏徘徊，考慮考慮究竟是回去還是不回去。所以不久以後，他又回到長安，做了第二次的努力。可是，他一直沒有能夠找到一個做官的機會。

有這樣一個傳說。一次，孟浩然去省中拜訪王維，不料玄宗皇帝親自到這裏來視察了。本來，省中是辦公的地方，怎麼可以隨便招待朋友呢？所以王維就讓孟浩然暫時藏在床底下——因為工作人員有時要值夜，所以省中有床，這在唐朝是有記載的。等到皇帝來了以後，王維一想，我把他藏起來，有一天萬一被皇帝知道了，這可是欺君之罪。於是他馬上就向玄宗稟報說，今天有一個朋友孟浩然來這裏了，他知道本不該來，不敢見您，所以藏在了床下。玄宗說，我也聽說過孟浩然，這人的詩寫得不錯，叫他出來好了。等孟浩然出來後，玄宗就讓他唸一首詩給自己聽，孟浩然就唸了一首《歲暮歸南山》：

歲暮歸南山

北闕休上書，南山歸敝廬。
不才明主棄，多病故人疏。
白髮催年老，青陽逼歲除。
永懷愁不寐，松月夜窗虛。

「北闕」是指北方的朝廷。因為他來到長安考試沒有考上，所以很不得意。他說，從此後我不要再上書求仕了，我要回南山隱居到我的草廬之中。我這個人真的是沒有甚麼才幹，所以雖然是聖明的君主也不用我；因為我體弱多病，老朋友們也跟我疏遠不來往了。現在，我頭上已經長了白髮，催促着我一步步走向衰老了。春天已經來到，和暖的陽氣逼走了舊年的寒冷。我心中有一種長久的懷思嚮往，這使我不能成眠。晚上輾轉床榻間，就看到窗外月光下的松樹的影子，只覺得一片空虛。這本來是他貧窮、衰老、不得志的一些牢騷話，結果皇帝聽罷就說：「卿自不求仕，朕何嘗棄卿！」——當初是你自己不出來做官，不參加科舉考試，怎麼說是我拋棄了你呢？所以玄宗很不高興，而孟浩然也一直沒能得到一個做官的機會，他的第二次長安求仕又失敗了。

當然，孟浩然也曾經向當時的一些有權位的人求過機會，比如他曾經干謁過張九齡，但張九齡做丞相時並沒有機會給他安排一個職務，等到張九齡在政治鬥爭中失敗而被貶到荊州後，才聘請他在自己手下做過短時期的一個卑微的小官。後來，張九齡離開了荊州，他也就失去了這個職務。所以，孟浩然平生沒有甚麼仕宦。起初，他恥還故園，到處漂泊，因為他出來是想解決家裏的貧窮問題，可遊來遊去，不僅貧窮問題沒有解決，一官半職都沒得到，就連帶出來的路費也花光了，因此他曾經貧困潦倒，在旅途上漂泊了很久。最後，他實在不得已，終於又回到了故鄉。孟浩然在晚年真的是有一種落空的悲哀：不但精神上有落空的悲哀，而且在物質生活上也是極度的貧窮。

杜甫曾寫詩說：「吾憐孟浩然，裋褐即長夜。」他說，我真的很同情孟浩然，他老年時貧病交迫，窮到甚麼程度？在冬天寒冷的夜晚，他連被子都沒有，凍得不能安眠，於是披着「褐」——一種粗布衣，眼睜睜地守住那漫長的冬夜，等待天亮。

同是寫孟浩然，你看前面我們講過的李白那首詩，他說：「吾愛孟夫子，風流天下聞。」李白比杜甫大十一歲，他所寫的還是比較追求隱居的早期的孟浩然，他看到了孟浩然性格中瀟灑放曠的一面；可是杜甫寫的是求仕失敗後的孟浩然，他看到了孟浩然落魄失意的那一面。所以，不同性格、不同經歷的人，即使在同一個環境中，他們對於生活的反映和吸收也是不同的。杜甫這個人能夠注意到民間的疾苦，因此他的詩常常反映的是人間的艱苦患難的生活；而且杜甫本人也曾經流離失所，備嘗生活的艱辛，所以他眼中的孟浩然自然不同於李白眼中的孟浩然了。

就在這種貧苦不幸、仕隱兩失的折磨中，孟浩然在故鄉襄陽度過了自己的殘年。禍不單行，後來他背上又生了疽。「疽」就是一種毒瘡，北京的俗語稱之為「搭背瘡」，據說長了這種瘡很不容易治好，而且這種病人不能吃海鮮之類的食物。開元二十八年，詩人王昌齡來襄陽拜訪他，二人相聚甚歡。因為襄陽這裏盛產魚類，所以孟浩然吃了一些海鮮，致使本來已經稍稍平復的毒瘡重新發作，不久便死去了。那一年，他六十二歲。

下面我們來看他的一首詩，題目是《早寒江上有懷》。這首詩沒有一句是落空的、失敗的，它每一句都有每一句的感發作用，句與句之間互相生發，連成一個感發的整體，所以是很完整的一首詩。

早寒江上有懷

木落雁南渡，北風江上寒。
我家襄水曲，遙隔楚雲端。
鄉淚客中盡，孤帆天際看。
迷津欲有問，平海夕漫漫。

這真是孟浩然開拓了盛唐詩風的一首詩。盛唐詩風的特色在哪裏？你要掌握一個人，就一定要掌握他的時代。唐朝有這麼多詩人，同樣寫山水田園，王、孟、韋、柳每個人都不一樣，更何況山水田園之外的李、杜呢？所以各人有各人的詩風，這就如同天下人都是兩隻眼睛、一個鼻子，可人人不同。若自其異者而觀之，每一個個體都是「個相」，是不同的生命；若自共同者而觀之，則一個時代有一個時代所形成的共同詩風的一種「共相」。當然，也不是說每個時代都是如此，一定是這個時代有它自己的開創和拓新，而且一定要有多數的作者。一個人，你怎麼能形成一個時代的詩風呢？在中國詩歌史中，如果說有形成共同詩風的時代，而且引起後人共同注意的，有兩個時代，一個是建安時代的五言古詩，另一個就是盛唐的詩風。

先說建安時代。我們知道，《詩經》是四言的。從漢朝有了樂府詩開始，就有了五言詩的興起，而建安時期是五言詩成熟的時代。此時的詩風很盛，作者眾多，有三曹父子來提倡，建安七子等很多人追隨他們，於是形成了建安的詩風。建安的詩風是甚麼？就是所謂的「漢魏風骨」。關於「風骨」，我們在以前講陳子昂時已說得很詳細了，這裏不再重述；至於盛唐時的詩風，我們要詳細介紹一下。

大家知道，初唐是從齊梁近體詩到盛唐詩的一個過渡，盛唐則是近體詩成熟的時代。近體詩是講韻律和聲調的，而中國古代的詩人一向注重吟誦的傳統。所以當他們吟誦的時候，他的情思的感發，就結合着聲調和韻律的感發一起出來了。凡是真正有作詩經驗的人都是如此，所以杜甫說「新詩改罷自長吟」，又說「詩罷能吟不復聽」。如果說漢魏詩的特色是以「風骨」為好，那麼盛唐詩的特色則是以「興象」為主。甚麼是「興象」？就是結合了內心感發的大自然的景象。盛唐的近體詩最注重直接的感發，它往往不是思索出來的。你看陳子昂的《感遇》詩，他注重思想性，用了「比」的手法；可盛唐的詩歌常常是由大自然的景象引起詩人內心的一種感動，「興」的成份比較多。不但如此，盛唐的開元盛世，整個國家這麼強大，開闊博大的政治氣象自然影響了詩人及其作品的風貌。還不只是說寫高興的，寫崇高偉大的詩有這種氣象，就算是寫悲哀，他們的悲哀也是開闊博大的。所以一個國家，一個時代的運命，常常與文學的風氣結合在一起。

「木落雁南渡」，古人講「木落」的「木」，就是樹葉的意思。《淮南子》中說「木葉落，長年悲」，當樹葉黃落的時候，年齡大的人就會感到悲哀。中國自古以來就有悲秋的傳統，從屈原、宋玉到我們剛剛講過的陳子昂都曾有過這樣的悲慨。所以你看，他雖然寫的是景物，但「木落」兩個字本身，在中國就有這麼久遠的傳統。另外，中國的古書中還常常說到雁。早在《漢書．蘇武傳》中，就有這樣一段記載，說蘇武本是漢朝人，他作為使者去了匈奴，匈奴逼迫他投降，他不肯，於是被扣留在匈奴最北邊的一個湖旁，據説就是現在的貝加爾湖附近，當時叫作北海。後來，漢朝的人聽説蘇武還活着，就派使者去匈奴要人，匈奴人説蘇武已經死了。漢人説，我們曾經在天子的上林苑中打獵，射中了一隻雁，雁足上繫着一封帛書——因為雁是候鳥，所以牠從北方的匈奴飛到南方的漢朝來了。於是匈奴人放了蘇武，蘇武回到了漢朝。所以此後凡説到雁，就容易引起鴻雁傳書的聯想。此外，曹丕寫過一首《燕歌行》，寫一個女子在南方，而她的丈夫到北方的燕地當兵去了，其中有這樣一句：「群燕辭歸雁南翔，念君客遊思斷腸。」天上的雁可以自由自在地飛來飛去，而客居他鄉的人卻不能像鴻雁一樣，想回家便可以回家，所以這就又多了一重聯想。「木落雁南渡」就是説，當樹葉黃落的時候，天氣轉涼了，這時北雁南飛。牠可以找到一個溫暖的地方棲居，而我甚麼時候才能歸去呢？在這一句中，「木落」是時間上的感覺；「雁南渡」是空間上的感覺，簡單的五個字，雖沒有一字言情，卻在景物中蘊含了這麼久遠的傳統，帶出一種感發力量來。

接着，「北風江上寒」。他説，當北風吹起來的時候，我，一個在江邊的旅客，就特別感覺到寒冷——這種寒冷還不只是身體上的寒冷，而且有心靈上孤寂寒冷的感覺。此時，北風的寒冷，江邊的孤曠，時間的無常，空間的漂泊，都凝聚在這兩句詩所描繪的背景中了，自然能引起人的感動，所以他接着說：「我家襄水曲，遙隔楚雲端。」在古代，湖北是楚國的地方。中國東南部地勢低，所以長江從西到東，一直向下游流去。如果從長江下游回望上游，那就是往高處望，也就如同在「楚雲端」了。他說，我家就在襄水的水邊上，從長江下游回望家鄉，彷彿隔着天上人間那麼遙遠；我望不到家鄉，只看到水天相接處的一片白雲。

這兩句不就是直接的敍述句？可是他寫得非常好。我們先看他敍述的口吻「我家襄水曲」，這是直接的，而且很平常的幾個字，先是「我家」。有的詩裏邊用了很多典故，像王勃的那首《送杜少府之任蜀州》，說「城闕輔三秦，風煙望五津」，他用典用得不錯，這當然很好；而孟浩然這句詩沒有用任何典故，寫來卻是如此的親切。所以凡是文學或者藝術，沒有絕對的好壞。不是說都用古典就好，也不是說都寫得通俗就好；應該古典的時候就用古典，應該白話的時候就用白話。再看「襄水曲」，那真是寫得美！「襄水」是很美的名字；「曲」是水邊，你可以想像那裏的風景之美，而且襄陽果然是一個山水風景非常優美的地方。這句話把自己的家鄉寫得那麼親切，那麼可愛，充滿了懷念的感情，但是後邊馬上說「遙隔楚雲端」——如此美好的家鄉，卻被遠遠地隔在楚雲的那一邊。

「鄉淚客中盡，孤帆天際看。」「鄉淚」是思鄉的眼淚。當一個人剛剛與親人離別，忽然到了一個人生地疏的地方，甚麼生活習慣都不一樣了，這時你回憶起你在故鄉的日子，有那麼多可懷念的人和事，所以就流下淚來了。越是在離別不久的日子，你的這種感情就越強烈，如果已經在外鄉漂泊了很久，再談到故鄉，也就不會那麼容易激動了。所以他說，我已經飄零了這麼久，眼淚都在旅途中流盡了。這是更深一層寫自己的悲哀。「孤帆天際看」，我的家在襄水的水邊上，而我現在卻在長江的下游，我可以坐船回去，可究竟坐哪一條船呢？我甚麼時候回去？我看到廣闊的江面上，一艘孤獨的船帆向南方飄去了，於是我目送它的船影一直流到了天邊。

剛才我說過，這首詩的前兩句寫景，但景裏邊充滿了感發——它先帶給你一種孤獨寒冷的感覺；三四句是景、情之間的一個過渡，有了這四句，後面「鄉淚客中盡，孤帆天際看」才更加使你感動，因為詩人把他自己眼中所見的景物，身上所感的感覺，先傳達給你，於是把你也帶到了他的環境之中。

最後兩句：「迷津欲有問，平海夕漫漫。」這兩句把景與情完全結合在一起了。首先，「津」是指江邊的碼頭、渡口。我不知道從哪一個渡口上船，也不知道坐哪一條船回去。這本來是現實的，可是他在「津」前加上一個「迷」字，就不只是說他在現實中找不到一個渡口了，而是說他在感情上也找不到一條出路——我到底是求仕還是求隱呢？如果求隱，家貧親老，而自己已經過了四十歲，難道一生就此落空了嗎？如果求仕，哪裏又有一個機會讓我去仕？活了大半輩子，忽然間覺得自己已經無路可走，這真是一種悲哀。所以我常常說，一個人，你應該知道如何完成你自己。像陶淵明，他雖然也貧窮，可是他在精神上最終完成了自我，他沒有迷失，那就不再是「迷津」。可孟浩然當時真的是無可奈何，他說，我想問一個人，我應該怎麼辦呢？但我所面對的是甚麼？「平海夕漫漫」。「平海」，指長江下游快要進海處寬闊的水面。一般說來，江水入海的地方，江面都很廣闊，所以古稱鎮江以下的長江為「海門」，也就是入海的海口。那甚麼是「平海」呢？其實，海沒有平的，江也沒有平的，「平海」是極言其廣遠的意思。這一句是說，已經黃昏了，我面前是那麼茫茫的一片大海，我究竟應該走哪一條路呢？總之，這首詩表達了孟浩然求隱和求仕兩方面落空的悲哀，而他把這種茫然的、落空的悲慨寫得非常好。「迷津欲有問，平海夕漫漫」，情與景完全結合到一起了。

綜合起來，孟浩然寫景的詩有三種：第一種是只寫景物的形狀而沒有情意的感動；第二種寫的還是風景，可是從外表的形狀引起了內心的感動，在寫實中表現了某種感受；第三種既是寫實，也是象徵，從表面的寫實之中表現了象徵的意思。所以孟浩然的詩很難講，就是因為他表現了不同的層次、不同的方面。

知道了他如何寫景，下面我們再看他如何寫情。像「欲濟無舟楫，端居恥聖明」（《望洞庭湖贈張丞相》）這樣的句子，他寫情只是一種說明，也就是直接敍寫自己的情意，如同寫風景只描寫外表一樣，這是他寫情的第一種。第二種是情景相生，把景物與感情打成一片來寫，比如「我家襄水曲，遙隔楚雲端」（《早寒江上有懷》），這兩句他想說的是甚麼？思鄉。可是他並沒有說：「思鄉欲斷腸。」除此之外，孟浩然寫情還有第三種方式，就是寫情的本身。他不假借風景，也不劃定框框來說明，而只是單純寫感情的活動，就自然透出一種感發的力量。比如「人事有代謝，往來成古今」（《與諸子登峴山》），不但寫出了個人的悲慨，更寫盡了人世間所有的盛衰變化，表現了一種古今循環不斷的哲理。表面上看起來，這兩句雖然是說明，可是他所說的是人世間一個最普遍的現象，所以它不但引發了詩人弔古傷今之情，也能給讀者很多的感興，任何時代的讀者，在這種現象的包籠之中，都可以因讀此詩而產生一種共鳴。

附：

與諸子登峴山[1]

人事有代謝[2]，往來成古今。
江山留勝跡，我輩復登臨。
水落魚梁淺[3]，天寒夢澤深[4]。
羊公碑尚在[5]，讀罷淚沾襟。

這首詩借古抒懷。首聯以議論破題，「起得高古」。頷聯點題，寫登臨峴山。「江山留勝跡」承上句之「古」，「我輩復登臨」承上句之「今」。頸聯為登山所見之景，水落天寒、洲淺澤深，烘托作者心境。尾聯寫對碑垂淚，慨嘆羊公不在，感慨自己蹉跎無成。

註釋

1 峴（xiàn）山：一名峴首山，在今湖北襄陽。
2 代謝：交替。
3 魚梁：沙洲名，在今湖北襄陽。《水經注・沔水》載：「沔水中有魚梁洲。龐德公所居。」沔水即漢江，龐德公乃東漢襄陽名士、隱士。
4 夢澤：即雲夢澤。古時有「雲」「夢」二澤，在今湖北南部、湖南北部的長江沿岸一帶低窪地區，後大部份因泥沙淤積成為陸地。
5 羊公碑：指羊祜垂淚碑。據《晉書・羊祜傳》記載，西晉名將羊祜鎮荊襄時，常登峴山置酒賦詩，他對同遊者慨嘆道：「自有宇宙，便有此山。由來賢達勝士，登此遠望，如我與卿者多矣；皆湮沒無聞，使人悲傷。如百歲後有知，魂魄猶應登此也。」羊祜死後，百姓感念其功德，在山上建碑祭祀。「望其碑者，莫不流涕」，所以又叫「墮淚碑」。

王維：禪悟入詩

王維，字摩詰，人稱摩詰居士，太原祁人。中國古人除去有姓名外，往往還有字和號。比如王維，他的名與字合起來是維摩詰，這是梵文的音譯，本來是指一個印度人的名字，這個人是佛在世時的居士。所謂居士者，就是相信佛法，但沒有出家剃度而在家修行的人。出家就要離開家庭，離開人世間的一切關係和罣礙；而且出家的人就不能再要自己本來的姓氏而以釋迦牟尼佛的姓為姓，比如釋法雲、釋皎然等等。釋迦牟尼本來是淨飯王的太子，他看到人間的生老病死，有這麼多痛苦，於是離家去修行，結果成佛了。在他還活在世間的時候，有一個叫維摩詰的居士。我為甚麼要講王維的名字，而且特別介紹他的名與字之間的關係呢？因為我要提醒大家，王維是一個信佛的人，而王維之信佛有他家庭的因素。

中國古代很講究門第，唐以前的魏晉時代還沒有科舉考試，選拔人才用所謂的「九品中正制」。就是把人分成上、中、下三品，然後每品再繼續劃分出上、中、下三等，所以共有九個品級。當時流傳着這麼一句話：「上品無寒門，下品無世族。」也就是説，凡是分到上品的人，沒有一個貧苦人家的子弟；出身於名門貴族的人，也不會被分到下品中去。我們知道，王維是太原人，而太原王氏是很有名望的家族。他母親又是博陵崔氏，都屬於世家望族，而且他母親篤信佛教，這是一種潛存的因素，對王維以後做人、作詩都產生了相當大的影響。

王維的母親信佛，所以王維受母親的影響也信佛，但年輕人有年輕人的理想志意，所以他早年還是去積極求仕了。唐朝雖然有了科舉考試，但一個人能否考中仍然受到有名或者沒名的影響。如果你有名，就容易考中，否則很可能屢試不第，於是考生在考試之前，總是先要打出個知名度來。當時流行着「行卷」的風氣。甚麼叫「行卷」呢？因為唐代的文字都是寫在絲帛上然後捲起來的，所以有些考生事先把自己的詩文寫下來，然後一卷一卷地送給當時的名公巨卿，這叫作「行卷」。

當然，打出知名度的手段很多，像我們以前講過的陳子昂，他的做法更妙。我們知道，王維出身於名門望族，要出名相對容易些；而陳子昂是四川人，你讀李白的《蜀道難》就知道蜀地向來是與外界交通十分不便的地方。而且，陳子昂是四川射洪一個土財主家的子弟，十八九歲才用功讀書，你從四川經過千山萬水來到長安，誰認識你陳子昂呢？可是，陳子昂這個人非常聰明。來到長安後，他在大街上閑逛，看見有人賣一張古琴，價值千金，大家都在那裏觀望，卻沒有人買得起。他家裏不是有錢嗎？所以他當場把琴買了，並且對大家說，我特別懂得音樂，知道這是一張好琴，明天某個時間我會到這裏來表演。於是這件事很快傳開了，第二天果然去了一大群聽琴的人。陳子昂拿着琴對眾人說，這不過是小小的才藝，有甚麼了不起？我本來有更大的理想，更高的才智。接着他拿出自己的文章分送給大家。就這樣，一日之間，他在長安城便聲名顯赫了。

那麼王維是怎麼樣打出知名度的？你看他有這麼多本錢：工書、善畫、能詩、能文，又懂得音樂，而且在進京考進士之前，就已經在鄉試中考取了第一名的解元了。所以他來到長安以後，就與王子公主們交往，人家都很欣賞他。據說有一次，岐王叫王維扮成一個音樂家的樣子，把他帶到公主府中，演奏了一支叫作《鬱輪袍》的曲子。他演奏得很動聽，演奏完畢，他又拿出自己的詩文來。公主覺得這個年輕人真是博學多才，就極力推薦他，於是王維高中進士。那是開元九年，他當時不過只有二十歲。

王維因為有音樂的天才，所以做了太樂丞，太樂丞是掌管皇家音樂的官職，本來他可以一帆風順地做高官做下去的，可中間經過了一段挫折，因為他排演了一個黃獅舞的表演。中國的舞獅由來已久，但黃獅舞是不可以隨便舞給任何人看的。在古代社會，等級劃分得很嚴格，不但是舞獅子，就是人，你穿甚麼樣的衣服，上邊有甚麼樣的花紋，也是不可以隨便亂穿的。所以，黃獅只能舞給皇帝看，而王維私自舞了黃獅，因此就獲罪被貶到濟州，這是他第一次受到挫折。

可是，年輕人總是想再追求的。恰好那時的宰相是張九齡，而張九齡是玄宗朝一個非常有作為的宰相，於是王維給他寫了很多書信，希望得到援引。張九齡當然也很欣賞王維，不久，在張九齡的幫助下，王維回朝做了右拾遺。後來，張九齡在與李林甫的政治鬥爭中失敗，被貶到荊州，這對王維來說也是一個打擊。在給張九齡的詩中，王維對他表示了同情，但王維沒有隨他一起隱退。王維對於自己不喜歡的，甚至是厭惡的東西不能夠採取一種決裂的態度，他始終不能放下他的官位。他是張九齡所推薦的，當張九齡被貶以後，他一樣給李林甫寫詩，與他應酬周旋。本來，玄宗早期的政治是很好的，可是自從張九齡被罷免，李林甫專權以後，國勢日漸衰落。即使在李林甫做宰相的時候，王維仍然保持着自己的官爵，而且越升越高，以至做到了監察御史。

等安祿山攻佔長安以後，這些沒隨玄宗離開的人淪陷賊中，安祿山逼迫這些人給他做官。一方面，王維當然不甘心依附安祿山侍奉偽朝，但他沒有勇氣去犧牲，只能做到消極抵抗，當時他吃了一種藥，服藥後「佯喑」，就裝作不能講話了。但另一方面，他還是接受了安祿山所授予他的給事中的官職。儘管事實上他以生病為理由不去執事，但名義上畢竟是接受了偽署。長安收復以後，按照律法，凡在淪陷區曾接受過偽署的人都要被三等定罪。王維雖做過偽朝的給事中，卻沒有被定罪：一是玄宗認為他對朝廷還是有一份忠愛之情的；二是因為王維的弟弟王縉沒有淪陷在賊中，後來他參加了收復失地的戰爭，是個功臣，他替哥哥求情，所以王維就這樣被赦免了。不但如此，朝廷還授予他太子中允的官職，乾元年間任尚書右丞。

另一方面，王維雖然做着官，卻一直有隱退之志。他曾經兩度去山中隱居：一次是在終南山，還有一次在藍田的輞川。所以，他既有做官的俸祿，又有隱居的閑適，那當然是仕隱兩得了。終南山，是距離首都長安不遠處的一座山；輞川在陝西藍田附近，離長安也不太遠，這裏本來有宋之問的別墅。宋之問用逢迎討好的辦法贏得張易之、張昌宗兄弟的信任，所以在當時很有財勢，於是在輞川置了一處田莊。後來王維就把這處田莊買下來，建造了他的輞川別墅，並在其中設置了很多景點。他常常請他的一位朋友裴迪到這裏來遊山玩水。兩個人以那些景點的名字為題目，吟詠酬唱，各寫了二十首五言絕句的小詩，編成一本集子，叫作《輞川集》。這是王維最有特色的一組詩，而且是前無古人的。

這一組寫山水的小詩確實是別人沒有而為他所特有的一種成就。我們現在既然說他的這一類詩超過了古人，就先要對古人有一個大概的認識，看一看古人寫了怎樣的山水詩。

一開始我就說過，中國詩歌是以抒情言志為傳統的。所謂「詩者，志之所之也」，「情動於中而形於言」。那麼，甚麼使人「情動於中」呢？一個是自然界的物象，一個是人事界的事象。如果再進一步分析，鳥獸草木是自然界的一種物象，山水也是自然界的一種物象，可是這兩種物象又有所不同。因為鳥獸屬於動物，草木屬於植物，不論植物還是動物，只要是有生命的，你就可以看到它有一個從生到死的過程，你就容易與它產生一種生命的共感。所以，當你看到草木零落，就會想到美人遲暮，想到人的衰老與死亡。可是山水呢？它是無生命，沒有生命的過程，不給人生命的共感，因此在中國早期的詩歌裏邊，寫山水的非常少。你看《詩經》，像甚麼「關關雎鳩」「桃之夭夭」「碩鼠碩鼠」等等，這都是從自然界的現象引起人的感動的，但他所寫的都是草木鳥獸，而這些草木鳥獸的物象，也只是作為人表達內心感動的一種媒介。比如《關雎》，他真正要寫的不是雎鳩鳥，而是「窈窕淑女，君子好逑」。所以中國最早的詩歌沒有單純寫山水花鳥的，儘管有些詩中寫了草木鳥獸，它也是作為「比興」的媒介出現的。

那麼甚麼時候開始有了以寫景為重點的詩呢？是在魏晉以後。劉勰在《文心雕龍》的《明詩》篇中把中國詩歌發展的歷史做了一個簡單的介紹，其中有一句說：「宋初文詠，體有因革；莊老告退，而山水方滋。」他說當老莊思想從詩歌中減少了，山水詩的內容就逐漸增加了。他為甚麼這樣説呢？我們知道，東漢末年，群雄蜂起，魏、蜀、吳三足鼎立，然後是曹魏滅蜀篡漢，司馬氏又篡魏平吳，建立晉朝。

後來晉朝發生了內亂，中國北方就此淪陷在外族人手中；而東晉偏安南方，後來被宋滅掉，接下來的宋、齊、梁、陳都是非常短暫的朝代，所以這是中國歷史上變亂頻繁的一個時代。在這樣的時代背景中，人們開始對人生有了一種反省和思索，自然滋生了一種消極的思想。這時的士大夫們也不再以儒家修身齊家治國平天下作為人生的重點，而是熱衷於清談玄理，於是老莊哲學盛行起來。不僅如此，那些士大夫們一天到晚覺得這個世界太俗了，為了表示超然的態度，他們還要服食一種叫作「五石散」的藥。這種藥是用很多種礦石提煉出來的，據說吃了以後可以長生。可是，吃這種藥還會引起身體上的反應，感到全身從裏到外都發熱。這時，皮膚就變得特別敏感，如果穿的衣服裏邊有一點不平的地方，都會使人覺得痛苦。所以你看魏晉人物的服裝常常是寬袍大袖，看起來好像挺逍遙自在的，實際上都是他們身體的需要，非這麼寬鬆不可。

現在我們就要講了，那些魏晉名士們講究養生，想要隱居、求仙，而在中國，凡提到隱士，總讓人聯想到神仙，因為他們隱居、修煉、求長生，就是希望能夠成為神仙一樣的人物。本來，老莊思想還只是單純的哲學，並不是迷信，可是自從道家思想和古代方士們的修煉方法結合後，就產生了道教。道教認為你可以服食、可以長生、可以羽化而登仙。東晉文學家郭璞曾寫過一組「遊仙詩」。

一般說來，「遊仙詩」主要寫山居的生活，寫山水自然、道家哲學等等。因為他們吃了五石散以後不能久坐，而要去散步，這叫作「行散」。「行散」就要在山水之間徜徉，他們看到的都是大自然的山水景物，所以他們在詩歌裏不再只寫有生命的草木鳥獸，也開始寫無生命的山水了。於是中國詩歌裏描寫山水景物的成分越來越多，山水詩慢慢發展起來了，這就是劉勰為甚麼說「莊老告退，而山水方滋」的緣故。當然，早期的山水詩並不是單純只寫山水，而是常常與神仙宗教的信仰、與老莊的哲理結合在一起的。

出生於世家的謝靈運，性情任縱，喜歡奢華，不願過那種謙卑委屈的生活。他在劉宋朝廷中放言高論，批評新朝，被貶為永嘉太守。因為仕宦不得意，他滿腔悲憤，曾經一度學佛，也曾清談老莊的玄理，但這一切都沒有使他得到寧靜。他想通過遊山玩水來排遣心中的憤怨，結果還是徒勞。

謝靈運寫山水只是刻畫形貌，他寫得非常仔細、繁富而且美麗，對仗也很工整，這種作風與王維是不同的。王維與謝靈運的山水詩的不同風格，就好像繪畫中的兩種不同的風格流派。你看王維的詩，所描寫的景物都是平淡幽靜的，他的畫所描繪的，也都是平淡悠遠的水墨山水，筆致非常空靈。那麼謝靈運呢？他的風格是密麗工整，一切都展示在眼前，讓你看得很清楚，而且色彩鮮明。唐朝有兩種繪畫的流派：一個是王維這一派，我們稱之為南宗山水；另一派是李思訓的北宗山水。你看李思訓的畫，都是塗了顏色的金碧山水，亭台樓閣密密麻麻的一大片。**所以王維的詩接近於南宗平靜淡遠的水墨山水，而謝靈運的詩更接近於北派密麗工整的金碧山水，這是他們最主要的不同之處。**

一般說起來，在王維的詩作中，五言詩比七言詩寫得好，絕句比長篇寫得好。甚麼緣故呢？因為王維是以感覺取勝的詩人，而感覺都是剎那間的直覺，你不能把它擴展。因此，王維的詩在思想感情方面就缺少了一種深度和廣度。

下面我們介紹《輞川集》中的作品。

欒家瀨

颯颯秋雨中，淺淺石溜瀉。
跳波自相濺，白鷺驚復下。

「瀨」是水石相擊之所，如果只是平靜的水流或只有岩石而沒有流水，都不能叫「瀨」。至於它叫「欒家瀨」，可能是有甚麼姓欒的人曾在這裏住過。總之，這裏是以水石相擊為景物特色的。

「颯颯秋雨中」，「颯颯」是風雨之聲，當秋雨颯颯而至的時候，雨水從山石間嘩啦嘩啦地流下來。「淺淺石溜瀉」，「淺淺」是說這不是一條很深的河，只是淺淺的流水。一般說來，越是淺水，從石上流下來，水石相擊的聲音就越大。「颯颯秋雨中」，是耳之所聞；「淺淺石溜瀉」，是目之所見。還不止如此，「跳波自相濺」，當水從上邊的石頭流到下邊的石頭時，水波就跳起來，所謂「自相濺」，是說這邊的水珠濺到那裏，那邊的水珠濺到這裏，兩邊的水珠就這麼跳來跳去。這時，一隻白色的鷺鷥鳥被濺動的水珠驚起，在天上飛了一圈又落下來了。

這首小詩真的是妙！它寫的是靜態之中的一種動態，是大自然生命本身的一種活動。這裏邊有沒有人的感發？有，但是別人一寫，就有了自己的喜怒哀樂。這首詩裏也有喜怒哀樂嗎？沒有，它是喜怒哀樂之未發。你說既然沒有喜怒哀樂，那麼他的心是動的還是靜的，是活的還是死的？有人說，喜怒哀樂都沒有，那他跟石頭一樣沒有感情，他的心是死的。可是這首詩，妙就妙在他寫出了大自然的生命動態之中人心裏的動，雖沒有形成喜怒哀樂的感情，但我們確實能感到他的心是動的，而這種心動，我實在要說，在日本的俳句中也有類似的表現。像松尾芭蕉曾寫過這樣的俳句：「青蛙躍入古池中，撲通一聲！」「青蛙躍入古池」與你何干？你聽到「撲通一聲」後心中有沒有喜怒哀樂？沒有啊，就是大自然的生命活動引起人內心的一動，它沒有喜怒哀樂，這是很微妙的一種境界。而王維的這一類小詩最能夠表現出這樣的境界，這是別人沒有寫過而為王維所特有的成就。我們看一個詩人，一定要對中國詩歌的演進有一個整體的認識，然後把他放在整個歷史背景中，看他究竟佔怎樣的地位。我們已經介紹了在王維以前中國山水詩發展的概況：魏晉六朝人寫山水詩並不是純粹寫山水，而是從山水自然過渡到哲理；唐朝人寫山水往往從山水自然過渡到感情。那麼王維呢？王維寫山水既不需要過渡到哲理，也不需要過渡到感情，他的特色就是把本來沒有生命的山水自然寫出生命來。在這一點上，他既不同於謝靈運的刻畫形貌，也不同於孟浩然的情景相生。像《輞川集》這樣的小詩，可以說是王維藝術家的手眼與禪理的妙悟相結合了。

下面我們再看輞川絕句中的另外幾首詩，先看《鹿柴》：

鹿柴

空山不見人，但聞人語響。
返景入深林，復照青苔上。

「鹿柴」也是輞川別墅中的一個景點，「柴」字讀 zhài，與「砦」意思相同，就是我們普通說的籬笆，「鹿柴」可能是一個養鹿的地方。這首詩也是押上聲韻，韻字是「響」和「上」，「上」在這裏讀 shǎng。上聲是普通話的第三聲，我們說不同的聲調有不同的聲音效果：平聲比較平，是拖長的；入聲有一個收尾，不拖長；去聲是降下來的；而上聲好像是沉下去再高起來，中間有一個轉折，這一轉折就有了一種悠遠的感覺。詩歌之所以能喚起人的感發，除了形象以外，就是它的聲音，聲音跟形象結合得好，才能算是好詩。這首《鹿柴》正是聲音與形象結合得很好的一首小詩。

「空山不見人」，「空山」就是寂靜無人的山。「但聞人語響」，我認為王維這句詩有兩種可能的解釋：一種是現實的，山中有很多峰巒澗谷，有很多轉折之處，有時候你看不見人影，卻聽得到人說話的聲音，而且山裏的回聲很大，有時你能聽到很清晰的回聲，卻找不到說話的人，這是現實的；還有一種是非現實的，就是說在空山之中，你雖然看不見人，可是你彷彿聽到有人講話的聲音，這只是感受、想像的真實，而不是現實的真實。

接着，「返景入深林，復照青苔上。」「返景」是落日的餘暉，也就是太陽快要沉下去時反射回來的日光。他說，反射回來的日光照到深林之中；山石上長滿青苔，所以那日光又照在青苔之上。這兩句寫的是寂靜之中的一點動態，暮色之中的一點亮光，就是我剛才說的，突然間使你的內心有一種感動和警醒。這個很難說，也很難表達，但王維卻把它很微妙地傳達出來了。

王維詩的好處，就在於他既有畫家對色彩、光影的細微的觀察，又有音樂家對於聲音的敏銳的感受，所以能夠把大自然本身的生命掌握住。不只是掌握大自然的活動，他也能把自己內心喜怒哀樂之未發時的活動寫出來，這才是他的詩最大的特色。

下面我們再看一首《辛夷塢》：

辛夷塢

木末芙蓉花，山中發紅萼。
澗户寂無人，紛紛開且落。

「木末」就是樹杪、樹梢的意思。他說，在很高的樹的枝頭開着花，好像是芙蓉。一般中國人所說的芙蓉有兩種：一種是木芙蓉，一種是水芙蓉。水芙蓉就是荷花；木芙蓉是種在陸地上的。這一句中的「芙蓉花」既非木芙蓉也非水芙蓉，而是辛夷花，因為這一處景點種的主要是辛夷花，所以才叫辛夷塢；因為辛夷花的顏色與芙蓉相近，所以他才説「木末芙蓉花」。「木末」極言其高，而「芙蓉」花朵較大，色澤鮮明，在那麼高的地方，開着那麼鮮艷的花朵，它的目標很明顯，不是嗎？同樣寫高處的花，杜甫怎麼説的？「花近高樓傷客心」，杜甫與王維絕對不一樣，你看他接下來就是人的感情了：「萬方多難此登臨。」整個國家都在災難之中，多少百姓飢寒交迫、流離失所，而現在春天這麼美麗，高處的花朵又開了。杜甫不是為自己傷心，是為「萬方多難」而傷心。「國破山河在，城春草木深。感時花濺淚，恨別鳥驚心。」花這麼美，大自然這麼美，更顯出人間的悲慘！這就是杜甫，他一張口，感情就投入了。而王維呢？「木末芙蓉花」就是「木末芙蓉花」，是傷心？是快樂？他都沒有説，可是不管怎麼樣，有一點是共同的，杜甫説「花近高樓」，所以才「傷客心」，就是説高處的花朵，它的形象和位置明顯，特別引人注目。

接着王維又説了：「山中發紅萼。」這首詩跟前面兩首有一點不同：《欒家瀨》和《鹿柴》寫大自然就是大自然，你無須聯想到人間任何的感情，它本身就有一種自足的詩意和美感。這首《辛夷塢》是另外一種，它第一層的意思雖然沒有喜怒哀樂，但是它可以引起你喜怒哀樂的聯想。哪裏可以引起你的聯想？「山中發紅萼。」剛才我說了，辛夷的花瓣鮮明而濃艷，是非常美麗的，可是它開在山中。山中怎麼樣？山中是寂寞的。所以這一句透露了一種寂寞的感情。何以見得？第三句就點明了他的寂寞：「澗戶寂無人」，「澗」是山澗；「戶」是兩山中間凹下去的山口。他說，這片花開在山中的澗戶之間，雖然這麼美麗，可是沒有人欣賞，就「紛紛開且落」了。「紛紛」是多的樣子，辛夷花開了，過了一段時間花季過去，它們又紛紛零落了。有人看見嗎？沒有，它是自開自落的。

這首詩與前面的兩首詩不一樣，因為它透露了一點點感情：不僅有生命的寂寞之感，而且是一種生命從生長到凋零的整個過程——一個美好的生命就這樣結束了。王國維有一首詠楊花的《水龍吟》，開頭兩句說：「開時不與人看，如何一霎濛濛墜！」你看到哪棵樹上開了很多楊花？沒有看見過，因為楊花、柳絮只要一開，就被風吹走了，你看不到它在樹上開放。它開的時候沒有給一個人看見，為甚麼這麼短的時間就濛濛墜落了？王國維把沒有感情的楊花當作有感情的對象來寫，他很清楚地寫出了一種生命沒有得到知賞的寂寞與悲哀，我們一眼就可以看出來。但王維的這首《辛夷塢》，它的第一層意思沒有表現出喜怒哀樂的感情，它只是一種平靜的敍述，而這種敍述可以引起讀者的某種聯想，這一類小詩也是王維很有特色的作品。

附：

夫詩有別材[1]，非關書也；詩有別趣，非關理也。然非多讀書、多窮理，則不能極其至，所謂不涉理路不落言筌者[2]上也。詩者，吟詠情性也。盛唐諸人，惟在興趣；羚羊掛角[3]，無跡可求。故其妙處，透徹玲瓏，不可湊泊[4]。如空中之音，相中之色，水中之月，鏡中之象，言有盡而意無窮。

（節選自《滄浪詩話》）

【譯文】

作詩有特別的才能，與讀書多少無關；詩歌有特別的趣味，與闡述道理無關。然而，如果不能多讀書、多思考道理，就不能理解透徹，進而超越這個層面，不闡釋道理、不雕琢語言的境界是最高的境界。詩歌是用來抒發感情的。盛唐的名家注重個人的興致和詩歌的趣味；他們的作品好像羚羊掛角，沒有留下可供模仿的痕跡。所以他們的長處，就在於透徹玲瓏，不是簡單地拼湊就能達到的。好像空中傳來的聲音，外在的形貌，水中的月亮，鏡子裏的形象，言語不多而含義無窮。

【賞析】

「妙悟說」最早是由宋朝的嚴羽提出來的，他在《滄浪詩話》中說：「大抵禪道惟在妙悟，詩道亦在妙悟。」「妙悟」就是忽然間得到一種超妙的覺悟。詩，最可貴的是你要有一種真正的精神感情上的覺悟。嚴羽舉了一個例子，他說譬如「羚羊掛角，無跡可求」。據說羚羊在休息的時候要把犄角掛在樹上，牠的身體是懸空的，所以是「無跡可求」——你在地上找不到牠的形跡。這個譬喻與禪宗所說的「不立文字」「直指本心」是一樣的意思。你讀了一首詩以後，心裏有一種感覺、一種體會，而這種體會不是訴諸筆端的文字所講的內容，而是你內心對文字以外的一種覺悟。

註釋

1 材：同「才」，才能。

2 言筌：刻意雕琢語言而留下的痕跡。語出《莊子．外物》：「筌者所以在魚，得魚而忘筌……言者所以在意，得意而忘言。」筌是用來捕魚的竹器，是一種工具，捕到魚之後就用不着筌了。這裏用魚和筌的關係來類比內容和語言的關係，意思是語言只是一種途徑，要自然、準確地反映內容，而不留下刻意雕琢語言的痕跡。

3 羚羊掛角：傳説羚羊晚上睡覺時把角掛在樹杈上，四蹄懸空，別的野獸夠不到牠，以此來保證安全。本是佛教用語，這裏形容詩歌語言不留斧鑿痕跡，意境超脱。

4 湊泊：聚合，拼湊。

想落天外的「謫仙」李白

如果說世上有天才的話，那麼現在就有一個真正的天才作家出現了，那就是李白。不過，天才也有不同的類型。李白這個天才是屬於「不羈」類型的天才。這個「羈」字上邊從「網」，下邊一個「馬」字，一個「革」字。「網」是網羅的網，「革」是皮帶。就是說，在馬的身上加以一種約束，比方說給牠加上絡頭和韁繩，然後就可以駕馭驅使了。然而李白的類型屬於「不羈」——他就像一匹野馬，是不肯受羈束的。李白第一次到長安時碰到一個人，叫賀知章。此人很有名，官居太子賓客，也很有文學才能。賀知章見到李白並讀了他的詩文之後就說：「子謫仙人也！」甚麼是「謫仙人」？「謫」一般指做官的人被貶降，他說李白是從天上被貶降到人間的一個仙人。也就是說，李白本來是屬於天上而不屬於人間的。在中國古代的詩人中，有兩個人得到過「仙人」的評價：一個是李白，一個是蘇東坡。蘇東坡被稱為「坡仙」，他的文章、詩詞、書法都非常好，古人說他有「逸懷浩氣」——一種超出了塵世一般之人的、遼闊高遠的精神氣質；説他的詩像「天風海雨」——天上那種無拘無束的風，海上那種沒有邊際的雨。可是倘若以李白和蘇東坡相比，還是有一個分別的，我認為這個分別在於：李白是「仙而人者」，蘇東坡是「人而仙者」。

甚麼是「仙而人者」？我們説，李白生來就屬於那種不受任何約束的天才，可是他不幸落到人間，人間到處都是約束，到處都是痛苦，到處都是罪惡，就像一張大網，緊緊地把他罩在裏邊。他當然不甘心生活在網中，所以他的一生，包括他的詩，所表現的就是在人世網羅之中的一種騰躍的掙扎。他拚命地飛騰跳躍，可是卻無法突破這個網羅。因此他一生都處在痛苦的掙扎之中。而蘇東坡呢？他本來是一個人，卻帶有幾分「仙氣」，因此他能夠憑藉他的「仙氣」來解脱人生的痛苦，這和李白是完全不同的。

李白之所以成為一個不受約束的天才，和他與眾不同的成長環境也有一定關係。關於李白，有許多不同的傳説，其中之一就是他的籍貫。據一些歷史資料記載，李白一家曾經生活在西域的條支碎葉。在他五歲的時候，他的父親李客帶領全家遷徙入蜀，在綿州彰明縣的青蓮鄉安家。他家在西域時本不姓李，後來他的父親

「指天枝而覆姓」。「天枝」，指帝室的支派，就是說，他們和大唐帝室是同宗。而且他父親的名字「李客」也很奇怪：「客」是客居的意思，說不清是真名還是對客居者的泛稱。所以李白的家世一直是個疑問，很多人曾對此做過考證。有的人認為李白不是漢人，是西域胡人；有的人認為他家是流居西域的漢族商旅；有的人認為他的祖先是因獲罪被流放到西域的，但又有人說，條支碎葉在唐朝早期並不屬於中國版圖，怎麼能把罪人流放到國外去？那麼李白自己怎麼說呢？他說自己是隴西李氏。隴西是郡望，隴西李氏是漢將李廣的後代，與大唐皇室同宗。不過古人喜歡自託顯赫的郡望，李白自己的說法也不一定就完全可靠。台灣還有一位學者說，李白可能是建成或元吉的後代，建成和元吉被李世民殺死之後，他們的後代就改名換姓逃到西域去了，直到神龍初年才回來。現在我們不必管這些說法哪個是真哪個是假，也不必管李白到底是漢人還是西域胡人，總而言之，我們從這裏可以知道李白幼年所受的家庭教育與一般的中原家庭是不同的。一般中原家庭的小孩子先要讀孔子的書，學儒家的禮法，而李白說他自己是「五歲誦六甲，十歲觀百家」（《上安州裴長史書》）。「六甲」是講道術的書，「百家」當然不止於儒家。此外他還說過，他「十五好劍術」（《與韓荊州書》）。可見李白小時候所受的教育就是一種不受拘束的教育。那麼李白難道完全沒有接受儒家思想？當然不是。所謂「十歲觀百家」，其中自然也包括儒家的書。對儒家，李白有肯定的一面，也有否定的一面。

他否定的是甚麼？是那種拘守禮法的「俗儒」。他常常在詩中嘲笑儒生的迂腐，甚至說「我本楚狂人，鳳歌笑孔丘」（《廬山謠寄盧侍御虛舟》），對孔子也不怎麼尊敬。這是因為他本身是一個「不羈」的天才，所以不願意遵守那些死板的禮法。可是儒家思想中有一樣東西打動了他，那就是儒家用世的志意。儒家是追求不朽的，一個人怎樣才能不朽呢？儒家認為「太上有立德，其次有立功，其次有立言」（《左傳・襄公二十四年》）。最高一級的不朽是立德，像孔子有偉大的品德，可以成為萬世的師表，所以是不朽的。再次一等是建立不朽的功業。再次一等還有立言，如果你有好的作品流傳後世，那也可以不朽。總之你為人在世，不能白白度過這一輩子，你要給這個世界留下你的貢獻，這是儒家所追求的。李白的求仕，大致可以總結為三個原因：第一，是出於追求不朽的願望，這顯然受儒家影響；第二，他是一個天才，他不甘心使自己的生命落空；第三，在李白生活的時代，前有李林甫、楊國忠對朝政的敗壞，後有安史之亂的戰爭，可以說是一個亟待拯救的危亂時代。所謂「才生於世，世實須才」（劉琨《答盧諶書》），他是把拯救時代危亂視為自身使命的。

李白一生都在追求為世所用的機會。他第一次的遇合是玄宗請他到長安做翰林待詔，但他後來不是辭官不做了嗎？這第一次的追求是落空了，不過這次雖然是失敗，卻不失為一個光榮的失敗。而他第二次的追求，即參加永王李璘的軍隊，又失敗了。這一次就是一個恥辱的失敗了，因為他為此而成了叛逆，受到了懲罰。但儘管遭受了這麼大的挫折，李白的用世之心卻至死未改。在他六十一歲的時候，李光弼率領大軍出鎮臨淮，追擊安史叛軍的殘餘勢力。李白還想做第三次的嘗試。可是這一次也沒有成功，他在半路上得了病，只得返回。第二年，他就病死在他的族叔、安徽當涂縣令李陽冰處。關於李白的死也有不同的傳說，有的人說他是因喝醉了酒，跳到水中去撈月亮而被淹死的。總之，這位絕世的天才，本身也是一個具有傳奇色彩的人物。李太白臨死的時候還寫了一首《臨終歌》，「大鵬飛兮振八裔，中天摧兮力不濟」，把自己比作一隻在中天摧折的大鵬鳥。

杜甫曾經寫過一首《贈李白》的詩，我以為，這首詩真正把握了李白的特點，為這位不羈的天才勾畫了一幅傳神的小像。現在我們簡單地看一下這首詩：

贈李白

秋來相顧尚飄蓬，未就丹砂愧葛洪。
痛飲狂歌空度日，飛揚跋扈為誰雄。

我們欣賞一首詩，不僅要對它的文字有細微的分辨，對它內容的情意有敏銳的感受，而且一定要和中國悠久的歷史文化傳統結合起來。在中國文化中有一個「悲秋」的傳統：屈原《離騷》說「日月忽其不淹兮，春與秋其代序。惟草木之零落兮，恐美人之遲暮」，陳子昂《感遇》說「遲遲白日晚，裊裊秋風生。歲華盡搖落，芳意竟何成」，都是在秋天草木搖落的時候感受到生命落空無成的悲哀。杜甫與李白相識於天寶三載，那正是李白自翰林放歸之時。天子已經欣賞了李白，給了他玉堂金馬的厚遇，難道可以說他「不遇」嗎？可是，那些榮華富貴並不是他所追求的。

他的理想是要像謝安那樣為天下蒼生建功立業，然後像魯仲連那樣飄然而去。李白本是神仙中的人物，並不了解人世的艱難；他抱着天才的狂想，卻一次又一次折辱於現實之中；他的理想太純潔、太高遠，根本無法在現實中實現。因此，他的落空無成，是命運早就注定了的。所以這「秋來相顧尚飄蓬」一句，不但是對這位不幸的天才的深深的理解，而且道盡了他的追求落空和飄零落拓的悲哀。這是寫李白「求仕」的失敗。

第二句「未就丹砂愧葛洪」，是寫他求隱的失敗。李白的學道求仙，既有他天才的狂想，也有受時代影響的因素。中國從戰國時代就開始有方士，他們的煉丹和煉金術可以說是最早的化學實驗。在漢朝的時候，方士的方術和中國的道家結合起來了，於是就產生了道教。到了唐朝，由於皇帝姓李，道家的始祖老子也姓李，所以就特別尊崇道教。上至王公貴族，下至平民百姓，很多人都燒金煉丹或者出家學道，渴望成為長生不死的神仙。李白在感情上也有對神仙的嚮往，他煉過丹，甚至還受過「道籙」。可是從理智上，他卻很明白神仙是不可得的。他曾諷刺秦始皇的求仙，說：「徐市載秦女，樓船幾時回？但見三泉下，金棺葬寒灰。」（《古風・

其三》）那麼他既然不相信有長生不老，為甚麼還追求神仙呢？這就要從更深的一層去探究了。在古代，求隱和求仙常常是結合起來的，古人往往把求仙作為失望於塵世之後的精神寄託。李白對神仙的追求，未始沒有一份努力掙扎以求解脱的深意，但他並不是一個能夠冥心學道的人。他既失望於世，又不能棄世；既不能棄世，又懷有對神仙的嚮往；既懷有對神仙的嚮往，又明白求仙之事的虛妄。「未就丹砂愧葛洪」，正是寫他這一番掙扎的徒勞和失敗。

所以你看杜甫這首詩，第一句是寫他求仕的失敗，第二句是寫他求隱的失敗。那麼他還剩下甚麼？那就是「痛飲狂歌空度日」了。這真是杜甫對他這位天才朋友的深刻了解！這種了解是抓住了重點的。杜甫還有一首《寄李十二白二十韻》說：「昔年有狂客，號爾謫仙人。筆落驚風雨，詩成泣鬼神。」「狂客」指賀知章，賀知章自號四明狂客。他說，當年賀知章一見到你就說你是從天上貶降下來的神仙，你一寫出詩來，不但我們所有的人都被你感動，連天地間都會發生狂風暴雨，連鬼神都會感動得流下淚來。「五四」時期有名的詩人聞一多曾經說，李白和杜甫的相遇是中國文學史上的一件大事，就像太陽和月亮在天空中走到了一起，我們應該敲三通鑼，打三通鼓，來慶祝這兩位大詩人的相逢。古人說「文人相輕」，文人總是抬高自己，貶低別人。這是一種對同行的嫉妒。但凡這樣的人都不是大家，因為他自己的才情確實有比不上人家的地方，所以才會嫉妒。而真正的天才，一定有他自己的東西，並不需要跟別人去比較。而且，一般的人往往不能認識一個天才的好處，只有才氣相近的人才能理解真正的天才。所以，真正的天才必然是互相欣賞的。杜甫和李白就是如此。他們兩個人雖然初次見面，卻好像很久之前就有交往一樣。李白這個人高談闊論，愛喝酒，有的人因此不喜歡他，可是杜甫說，我就是賞愛你這種純真、豪放和不受約束的作風！他們兩人相識之後，曾一起高談闊論，飲酒賦詩，度過了一段千古以下猶使人們艷羨不已的相知相得的日子。

一個人在痛苦的時候應該有一個辦法來安慰自己。像蘇東坡，他就有一種哲學的境界。無論在甚麼樣的挫折和患難之中，他能夠換一種眼光、換一個角度來看這個世界，因而能在苦難中超脫出來。可是李白不行，他唯一的方法就是借沉醉來遺忘他的痛苦。在李白的詩中，凡是寫「酒」的時候往往同時也寫「愁」。比如，「抽刀斷水水更流，舉杯銷愁愁更愁」（《宣州謝朓樓餞別校書叔雲》），「呼兒將出換美酒，與爾同銷萬古愁」（《將進酒》）。但酒真的能夠使他從塵網中解脱出來嗎？杜甫在「痛飲狂歌」之下接以「空度日」，這真是極為沉痛的三個字。李白既失望於人世，又幻滅於神仙，除了「痛飲狂歌」之外已經一無所有。然而，「痛飲狂歌」也只是一種暫時的逃避，並不能抵消那種人生落空的悲哀與痛苦。

第四句「飛揚跋扈為誰雄」，則是繼這種人生落空的悲苦之後，寫這位絕世天才的寂寞。李白年輕的時候寫過一篇《大鵬賦》。大鵬的典故出於《莊子．逍遙遊》。所謂「逍遙遊」，是説要使你的精神進入一種逍遙自在的境界，擺脱塵世間一切羈絆，不受塵世間一切挫折和憂患的損傷。莊子的那隻大鵬鳥，是由北海的一條叫作鯤的大魚變的，牠的背有幾千里那麼寬，牠張開翅膀飛起來的時候，那翅膀就像天上的雲。牠用翅膀在海水上一拍，那水就射出去有三千里遠，牠一飛起來，就有九萬里那麼高。李白所嚮往的，就是這樣一隻大鵬鳥。他説，北海那條大魚化作鳥之後，張開牠巨大的翅膀，在海水中把羽毛沖洗乾淨，在早晨的陽光下把羽毛曬乾。牠一飛起來，整個宇宙都被牠震動了。而這麼大的一隻鳥，「怒無所搏，雄無所爭」——世界上沒有一個與牠相近的同類，甚至想找一個搏鬥的對手也沒有。

這是多麼寂寞！後來牠終於有了一個被稱為「希有鳥」的朋友，這兩隻大鳥「我呼爾遊，爾同我翔」，一起飛上了高天，「而斥鷃之輩空見笑於藩籬」。「鷃」是一種小鳥，牠最高只能飛到籬笆牆上，所以牠們都不明白兩隻大鳥為甚麼要飛那麼高那麼遠。這是世俗與天才的對比，世俗是永遠也不能夠理解天才的。李白喜歡以大鵬鳥自比，這裏邊懷有一種天才的恣縱與自信。可是他在騰躍和掙扎了一生之後，終於寂寞地隕落了。塵世中並沒有大鵬所期待的天風海濤，也沒有可以相伴的「希有鳥」，只有那無知竊笑的「鷃」。他的一生都生活在寂寞中。孔子曾說：「沽之哉，沽之哉，我待賈者也。」（《論語・子罕》）宋代晏殊說：「若有知音見采，不辭遍唱陽春。」（《山亭柳》）而李白的「飛揚跋扈」，又有幾個人能夠相知相賞呢？杜甫這短短的四句詩，真是淋漓盡致地寫出了李白這一位不羈的天才和天才的悲劇。

介紹了李白的生平之後，現在我們要看他的樂府詩。

下面要講的《長相思》和《行路難》，都屬於古樂府的詩題。以前講中國詩的發展時講過樂府詩，它起源於漢朝，漢朝官府有專門負責音樂的部門，叫作樂府，樂府把很多歌詞都配上音樂來唱，叫作樂府詩。可是後來到了唐朝的時候，有些音樂已經不存在了，但詩還在，還有很多樂府詩的題目保留下來，這就是樂府舊題。像《遠別離》《古別離》《長別離》《生別離》，這些都是寫別離的樂府舊題。李白就常常喜歡用古樂府的舊題來寫他自己的新詩。在唐朝的樂府詩中，除了李太白的這一類舊題樂府之外，還有另外一些詩人寫新題樂府。像杜甫的「三吏」「三別」，白居易的《賣炭翁》，都是古樂府裏沒有的題目，而這些詩在內容上大多反映民間的疾苦，在風格上比較樸素，常常是直接的敍事。因此可以說，他們是模仿了古樂府的內容和風格，卻沒有模仿古樂府的題目。李白的樂府詩則是模仿了古樂府的題目，卻沒有模仿古樂府的內容和風格。

《長相思》屬於古樂府的「雜曲歌辭」，多寫思婦之情，就是女子在家中思念久戍不歸的丈夫。但李白這首詩寫得很飛揚，很瀟灑，因此有的人認為，這首詩實際上是寫他自己對理想的追求及理想不能實現的苦悶悲哀。這種看法，不為無見。

長相思（其一）

長相思，在長安。絡緯秋啼金井闌，微霜淒淒簟色寒。孤燈不明思欲絕，卷帷望月空長嘆，美人如花隔雲端。上有青冥之高天，下有淥水之波瀾。天長路遠魂飛苦，夢魂不到關山難。長相思，摧心肝！

長相思（其二）

日色欲盡花含煙，月明如素愁不眠。趙瑟初停鳳凰柱，蜀琴欲奏鴛鴦弦。此曲有意無人傳，願隨春風寄燕然。憶君迢迢隔青天，昔時橫波目，今作流淚泉。不信妾腸斷，歸來看取明鏡前。

我們先來看第二首詩的口吻。所謂「願隨春風寄燕然」是說，春天到了，我要讓春風把我的相思懷念帶給你，而你在哪裏？你在北方的燕然山。燕然山，是東漢竇憲征討匈奴曾經到過的地方，在現在的蒙古人民共和國境內。所謂「橫波目」，是形容女子的眼睛。一個美麗女子的眼睛，往往清澈、明亮、流動，就像秋水的水波一樣。他說，當初那美麗的眼睛，現在已經變成淚水的源泉了。他還說，要是你不相信我為懷念你而悲慟欲絕，那麼等你回來的時候你就看一看坐在鏡子前邊化妝的我吧，那時的我肯定是憔悴、消瘦的，不再像過去的我了。這是甚麼人的口吻？完全是女子的口吻。這第二首詩毫無疑問是寫女子懷念男子。可是第一首詩就不同，因為中間有這樣一句，「美人如花隔雲端」。他說，我所思念的那個人像花一樣美麗，她現在離我很遠，就像隔着天上的雲彩一樣。美人，一般來說是指女子。當然在中國詩歌的傳統裏，美人也可以作為象喻的寓託。屈原的《離騷》曾以美人來比喻君主和賢臣，有時也用來指代他自己或指代某種理想之中的美好事物。可是一般來說，女子懷念丈夫，不會說丈夫是「美人如花」。所以儘管「美人」可以成為各種人或事物的象喻，可是它表層的、第一層的含義仍然是男子思念女子。所以第一首詩是寫男子懷念女子。因此，《唐詩三百首》把這兩首《長相思》排在一起很有意思。第一首說「絡緯秋啼金井闌，微霜淒淒簟色寒」，寫的是秋天；第二首說「願隨春風寄燕然」，寫的是春天，這也是很妙的。這兩首詩，一首寫秋天，一首寫春天；一首寫男子對女子的懷念，一首寫女子對男子的懷念。在中國，凡是春與秋對舉的時候，就有一種周遍的意思，是包括了周而復始的春夏秋冬所有的日子。也就是說，那種相思是長存永在的。因此，這樣的排列就更突出了作者所寫的這種相思已經超越了寫實而具有某種象徵的意味。

事實上，李白的《長相思》和《行路難》都具有超越現實的、象喻的含義，因為他所寫的，都是一種追求嚮往的感情。但同樣是追求嚮往，不同詩人的表現又有所不同。孟浩然和李白都追求為世所用，孟浩然是怎麼說的？他說：「坐觀垂釣者，徒有羨魚情。」（《望洞庭湖贈張丞相》）他還說：「不才明主棄，多病故人疏。」（《歲暮歸南山》）同樣是求仕，孟浩然寫得就比較落實，而且有一種乞求的口吻。可是你再看看人家李白是怎麼寫的？《長相思》說，「美人如花隔雲端」——多麼美麗，多麼高遠；《行路難》說，「閑來垂釣碧溪上，忽復乘舟夢日邊」——多麼飛揚，多麼瀟灑！

現在，我先來講第一首《長相思》。

「長相思，在長安。」從表面看起來這是很尋常的兩句話，但實在寫得很好。所謂「長相思」，是永遠也不斷絕、不改變的相思。而「在長安」，是誰在長安？

是懷念人的這個人在長安，還是被懷念的那個人在長安？這又是中國詩歌的另外一個妙處。十九世紀末二十世紀初有一位英國學者 William Empson 寫了一本書叫 *Seven Types of Ambiguity*，ambiguity 這個詞的意思是「曖昧」或「模糊不清」。作者認為，這種 ambiguity 的現象有時候不是壞事而是一件好事，因為它使詩有了更豐富的、可以同時並存的多方面含義。李太白的這首詩妙就妙在其含義都是兩層的：他可以是寫男女的相思懷念，也可以是寫對理想的追求嚮往；可以是思念人的人在長安，也可以是被思念的人在長安。而長安是甚麼？長安是國家的首都啊！所以僅僅「長安」就又有了兩層意思：它可以是現實中的男女相思，也可以是對朝廷和君主的某種思念。而且還不僅如此，這兩句還直接給人一種聲音的美感。兩個「長」字，使你從直覺上覺得這相思果然是很長，很長。「長相思，在長安」，那種相思相念的悠遠纏綿之意都表現出來了；那種寄託象徵的意思也都表現出來了。

「絡緯秋啼金井闌。」「絡緯」是秋天的一種昆蟲，俗名紡織娘。甚麼是「金井闌」？古代沒有自來水，但一般人家都有井，井周圍一般有鐵欄杆。古人常常把鐵的東西都美稱為金，如鐵的鎧甲就叫「金甲」，所以鐵的井欄杆就叫「金井欄」。「闌」，同「欄」。紡織娘的聲音本來可以說「鳴」，可以說「叫」，但他用了個「啼」字。「啼」也是鳴，可是「啼」還有一個意思是「哭泣」。所以他不用「鳴」而用「啼」，就使人感到這種昆蟲的叫聲是很淒涼的，好像哭泣一樣。而在中國舊詩的傳統中，一提到「金井」，往往就有秋天的象徵。所謂「金井梧桐」，你一看到這些詞，就會有秋天的感覺。我們常說，寫詩要「情景相生」。你說你有一百二十萬分的懷念，我們無法感受到你那是怎樣一種懷念。要想把讀者帶到你相思懷念的環境中去，就要有景。你的「情」和「景」要互相生發，才能夠感動讀者。「絡緯秋啼金井闌」就是寫景了。這句是寫窗外的景，是耳聞。而下邊一句「微霜淒淒簟色寒」則是窗內的景，是眼見。甚麼是「簟色」？「簟」，是床上鋪的竹席。這個「色」不僅僅是顏色。佛家說「色即是空，空即是色」，「色」是一種事物整體感覺的呈現。夏天天氣熱，你看到床上鋪着竹席就感到涼快；秋天天氣漸漸涼了，你床上鋪的竹席還沒有撤換，這時候它給你一個整體的感覺就是寒冷，你不用摸它就覺得冷。你看，李太白寫詩的效果真是好。剛才我說這兩首詩一首寫秋一首寫春，包含有周遍的意思。而這裏一句寫窗外的耳聞，一句寫窗內的眼見，也產生一種周遍的意思。就是說，不管窗外還是窗內，不管耳聞還是眼見，到處都是淒清寒冷的。這就造成了一種很強烈的效果。而且「簟色寒」這三個字之中還含有一個暗示：席子是鋪在床上的，席子的寒冷暗示了床上的空曠和寒冷，而床上的空曠和寒冷又暗示了征人和思婦的孤單和不得團圓。

所以下邊就說了，「孤燈不明思欲絕」。「思」，是接着第一句「長相思」的「思」。「欲絕」，是相思到極點已經要絕望了的樣子。這「孤燈不明」好像是說閨房之中的女子對着孤燈思念丈夫。然而那也不是絕對的，男子也可以對着孤燈思念妻子。所以這裏又有一種模糊不清的 ambiguity，是多義的。這是在屋裏，接下來就要向外邊望一望，「卷帷望月空長嘆」。「帷」是帳子，把帳子捲起來看一看天上的明月。為甚麼？這是一個反襯的對比。蘇東坡《水調歌頭》說，明月「何事長向別時圓」？另外古人還說，「隔千里兮共明月」。相隔千里的兩個人互相之間不能見面，但有一個東西是他們能共同看見的，那就是天上的月亮。所以在懷念人的時候，很多人都寫相思望月。兩個人在千里之外都看着同一個月亮，這只能更增加相思懷念之苦，所以是「空長嘆」。於是，接下來很容易就過渡到「美人如花隔雲端」。不管那「美人」是一個男子也好，是一個女子也好，是一種理想追求也好，總而言之是一個非常美好的象喻。「美人如花」是明喻，說女人美得像花一樣，那是很俗的比喻，然而這四個字放在這首詩裏卻使人覺得非常美好，因為它後邊隱藏着多層的含義，並不給人濫俗的感覺。「美人如花隔雲端」——她離我這麼遙遠！而且還不光是遙遠，其中還有許多的阻隔，是「上有青冥之高天，下有淥水之波瀾」。「青冥」，「青」是天的顏色；「冥」有深遠的意思。這個「淥」和「綠」不一樣，「綠」是說顏色，而「淥」是指水的清澈。天上那一片深藍色深得看不見盡頭，我沒有辦法飛上去；而地上又有那麼多江河的阻隔，我也沒有辦法超越。而且，「天長路遠魂飛苦，夢魂不到關山難。」不但我的人到不了你那裏，就是我的魂都飛不到你那裏！因此，這種追求就是永遠也不能實現的了。所以就「長相思，摧心肝」！「摧」是摧折、毀傷的意思。這種永不斷絕的相思，就足以使人腸斷心碎，足以毀傷一個人賴以生存的信念。

下邊我們來看《行路難》。李白的《行路難》一共有三首，我們只看其中的第一首。

行路難

金樽清酒斗十千，玉盤珍羞直萬錢。
停杯投箸不能食，拔劍四顧心茫然。
欲渡黃河冰塞川，將登太行雪滿山。
閑來垂釣碧溪上，忽復乘舟夢日邊。
行路難！行路難！多歧路，今安在？
長風破浪會有時，直掛雲帆濟滄海。

對李白，你一定要從兩個方面來認識才是完整的。他有他飛揚瀟灑的一面，也有他悲哀的一面。他的這兩面，也許在《行路難》中表現得更為突出。一般的人寫悲哀就是悲哀，可李太白不是的，他總是把他的悲哀寂寞寫得飛揚瀟灑。我們看這首詩開頭的兩句：「金樽清酒斗十千，玉盤珍羞直萬錢。」「金樽」是黃金做的酒杯，這是多麼貴重的東西！在唐朝恐怕沒有多少人有資格用金樽來喝酒。「清酒」是清醇的酒，有的本子作「美酒」，因為這裏用了一個成句：曹植《名都篇》有「歸來宴平樂，美酒斗十千」。由於是用成句，所以這「十千」不一定就是唐代的酒價，他只是說這酒是價錢最貴的好酒。「玉盤」是玉製的盤子，「珍羞」是珍美的菜餚。「直」，在古代與「值」是通用的。「萬錢」也不一定是實指，也是表示價錢很貴的意思。你看他重重疊疊羅列了這麼多好東西，若是一個普通的人，有了這種享受早就滿足了。因為普通人所追求的就是這種物質上的滿足。然而李太白不是，他說：「停杯投箸不能食，拔劍四顧心茫然。」有這麼好的酒，有這麼好的菜，可是我放下我的酒杯和筷子，沒有心情享用這些好東西。你看，這就是李太白！他一下子飛起來，一下子又落下去。古代詩人提起劍，往往是和雄心壯志相聯繫的。南宋詞人辛稼軒在他的一首《水龍吟》裏說：「舉頭西北浮雲，倚天萬里須長劍。」辛稼軒的雄心壯志，是收復北方淪陷的國土。他說，當我向西北望去的時候，我就想到我們現在最需要的是一把最長的寶劍，去趕走西北的浮雲，收復那裏的領土。李白說：「拔劍四顧心茫然。」由於他的題目是《行路難》，所以這「茫然」當然是找不到路的意思；而「拔劍」是說他的才能，也就是他的雄心壯志。這「拔劍」和「茫然」結合得很好，形成了一個強烈的對比：我不是一個沒有才能和雄心壯志的人，我也有我的寶劍，可是我向哪裏去施展我的才能？有誰用我的劍？前邊哪一條路是我可以走的路？那麼，為甚麼前邊沒有他走的路呢？因為每一條路都堵塞住了，都是走不通的：「欲渡黃河冰塞川，將登太行雪滿山。」他說，我想要渡過黃河，可是黃河已經冰封了。既然水路走不通，那麼就走陸路好了。可是，我要登上太行山，太行山上的路也完全被冰雪覆蓋了。這兩個形象並不一定是真的，而是比喻。比喻甚麼？比喻的就是行路難。如果是一般人寫這首詩的話，接下來一定是悲哀啦、腸斷啦之類的，但人家李白不是這樣。他說甚麼？真是很妙的兩句：「閑來垂釣碧溪上，忽復乘舟夢日邊。」

李太白寫詩寫得真是好，他把他的悲哀失意都寫得這樣飛揚、美麗！這兩句詩，其文字的姿態和內容完全是相反的。他說，既然沒有路，那麼就不要走好了，舒舒服服過悠閑的日子豈不很好？我可以在美麗的溪水邊釣魚；有的時候我就夢見我坐着一隻船飛上天去，飛過了太陽的旁邊。剛才我說，這首詩從一開始就一下子飛起來，一下子落下去，而現在從表面上看，這兩句是又飛起來了。不過，這只是從它們意態、聲音的瀟灑飛揚來判斷的。它們實在的內容是甚麼？如果你知道這裏邊隱含着的兩個典故你就會明白：瀟灑飛揚只是它的外表，而它的內容實在是失意的悲哀。

姜子牙的故事是大家都知道的，他名尚，字子牙。但有人也叫他呂尚。那是因為姜是他的姓，呂是他的氏。上古時代，氏是姓的分支，用以區別子孫之所自出。呂尚八十多歲的時候還沒有得到一個被任用的機會，所以他就在渭水的磻溪垂釣，結果在那裏遇到文王，文王任用了他，他才得到一個施展才能的機會，輔佐武王推翻了商朝的最後一個君主紂王，開創了周朝八百年的天下。後來他被封於齊，成為齊國的始祖。伊尹的故事大家可能也知道，他輔佐商湯推翻了夏朝的最後一個君主夏桀，開創了商朝。據古代傳說，伊尹在將要遇到商湯的時候曾做了一個夢，夢見自己乘船經過日月的旁邊。所以你看，李白他是在碧溪旁閑適地釣魚嗎？不是，他是用了姜太公的典故，而下一句他是用了伊尹的典故。他希望能夠像姜太公遇到文王、伊尹遇到商湯一樣得到一個仕用的機會，他相信自己也能像這兩位古人一樣建立不世的功業。與此同時，這兩句還有另外的一層意思。那就是說，讓我過這種閑散的生活我是不甘心的，即使我在碧溪邊垂釣的時候，我也會夢見乘船跑到天上去。「忽復乘舟夢日邊」的「忽復」兩個字，用得非常好。所謂「忽復」，是我想忘記都不能忘記，想擺脱都不能擺脱。我坐下來垂釣本來是想努力擺脱那種仕用的念頭，可是我沒有辦法，我明知那種念頭只能給我帶來痛苦，可是我擺脱不掉。

所以他後邊就發出了重複的嘆息：「行路難！行路難！多歧路，今安在？」「行路難」，我已經説過了，這是樂府的詩題，它表面上是寫旅途的艱難，實際上是寫人生之途的艱難，這裏尤其是寫仕途的艱難。所謂「歧路」，古人説「歧路亡羊」。世界上有這麼多不同的道路，每個人在世界上都有自己的生活道路，很多人都安於自己的生活道路，在自己的路上走得很愉快。可是我李太白現在在甚麼地方？我的路在哪裏？

但李太白這個人是不甘心在悲哀失意中沉沒的，他總是要飛起來。你看他結尾兩句寫得多麼好：「長風破浪會有時，直掛雲帆濟滄海。」這就是李太白！他不相信像他這樣一個人會永遠失意。他説，總有一天我會趁着強風，衝破大浪，升起我高高的帆，渡過那遙遠的大海。「長風破浪」又是一個典故。南朝宗愨少年時，他的叔父問他有甚麼志向，他回答説：「願乘長風破萬里浪。」李太白自己也説過「天生我材必有用」；他還以大鵬鳥自比，寫過《大鵬賦》，説牠「脱鬐鬣於海島，張羽毛於天門」，當牠飛起的時候「五嶽為之震蕩，百川為之崩奔」。李白深信，這樣的機會總有一天會到來。

附：

比較閱讀《玉階怨》

《玉階怨》也是一個樂府舊題，內容都是寫貴族女子或宮中女子的哀怨。所謂「玉階」，是玉石的台階，它一定是在貴族的庭院或皇宮內院。生活在這裏的女子雖然不愁衣食卻更不自由。她們永遠處於被男子所選擇、所拋棄的地位，很多人一生永遠在等待。現在請大家欣賞鑑別一下三首同題詩。

玉階怨

紫藤拂花樹，黃鳥度青枝。
思君一嘆息，苦淚應言垂。

第一首詩的作者叫虞炎，南朝齊梁之間的詩人。「紫藤拂花樹」中的「紫藤」，特指一種蔓生的植物，又叫藤蘿；而「花樹」是泛指有花的樹。這兩個名詞不能使讀者產生某種集中的、定向的感動。下一句中的「黃鳥」和「青枝」也是如此，雖然有色彩有形象，但它們是破碎的，不能集中起來傳達一種感情。為了做比較，我們可以看杜甫的兩句寫景的詩：「桃花細逐楊花落，黃鳥時兼白鳥飛。」（《曲江對酒》）杜甫這兩句詩寫在他政治上失意的時候。作為諫官，他曾給肅宗提了很多意見，肅宗不但不接受，反而準備貶謫他。他獨坐在曲江江頭，悶悶不樂，寫了這首《曲江對酒》。這時候春天已過，他所看到的是桃花柳絮紛紛而落，黃鶯白鷺相逐而飛。這兩句詩，在句法之中就形成了一種感發作用，把杜甫心中的迷茫和寂寞表現出來了。你要是設身處地於他的情景之中，也會被感動。

而「紫藤拂花樹，黃鳥度青枝」這兩句，不僅形象的感發不集中，而且所用的動詞也不好。「拂」是飄拂，一定要很長很柔軟的、可飄動的東西才能「拂」。所以，一般提到「拂」，給人的聯想就是柳。那柳條的飄動就撩起一種春天的感情。而「紫藤拂花樹」的「拂」，就不能引起這種感情。因為藤給人的聯想不是「拂」，而是「纏」，藤是一種只能攀緣纏繞的植物。「黃鳥度青枝」的「度」字也不好，是飛過去了，還是在樹枝上散步、慢慢地走過去？

下邊兩句虞炎說：「思君一嘆息，苦淚應言垂。」他說，我因懷念你而嘆息，在我嘆息的時候，眼淚就流下來了。這兩句的缺點是甚麼？缺點在於他是說明，而不是呈現。他只是說：「我悲哀痛苦，我流淚了。」並不能引起讀者的感動。再加上他前邊的形象又那麼破碎，因此不能把讀者帶入他所要表現的氣氛之中。

玉階怨

夕殿下珠簾，流螢飛復息。
長夜縫羅衣，思君此何極。

第二首《玉階怨》的作者是謝朓。「夕殿下珠簾」所傳達的是甚麼？是一種對愛情的期待與盼望。「夕殿」「珠簾」和「玉階」相呼應，是美麗的、奢華的，但又是隔絕的、寂寞的。「流螢飛復息」，是螢火蟲在這裏亮一下，又在那裏亮一下。這是黑暗和寂寞之中一個光影的出現，它與人何干？在寂靜中的一個聲音，在黑暗中的一點閃光，正所謂「物色之動，心亦搖焉」（劉勰《文心雕龍·物色》），它使你的內心產生了一種感動。所以，這「流螢飛復息」那一點點光亮的閃動，就成了這女子內心感發的來源。「長夜縫羅衣」寫得也很好。我們常說，歡娛嫌夜短，寂寞恨更長，所以是「長夜」。這個女子在相思在等待，因此就不能成眠。而她在這長夜之中做甚麼？是「縫羅衣」。「羅」，是多麼輕柔、精緻、貴重的一種衣料；「縫」，是多麼女性化的一種動作，縫的動作是何等反覆，何等纏綿。而「縫」了多久？是「長夜」，整個的不眠之夜。所以，謝脁詩中的每一個詞語、每一個情景，都是引起相思感情的一種因素。它們集中起來，就引出了最後一句，「思君此何極」。在這樣的環境氣氛之中，我對你的相思懷念是沒有盡頭的。

玉階怨

玉階生白露，夜久侵羅襪。
卻下水精簾，玲瓏望秋月。

第三首詩的作者是李白。這首詩把相思懷念的現實情事提升了，使它產生了一種有象徵意味的意境。小詩裏有很多形象：「玉階」「白露」「水精簾」「玲瓏」的「秋月」，它們共同的特點是具有晶瑩、寒冷、皎潔的特質，於是，所有這些形象就結合成了一個整體的背景，形成了一種晶瑩的、寒冷的、皎潔的意境。

「玉階生白露」的「生」字用得極好，「生」有生長、增加、進行的意思，是說台階上的露水越來越濃重了。而白露的增生意味着甚麼？第一是寒冷的增生，第二是時間的增生，第三是由此而來的怨情的增生。而這個「生」字，就生發出下一句的「久」字。這女子為甚麼在玉階上站這麼久？因為她有所期待。「侵羅襪」是露水濕透了女子的羅襪。那麼她為甚麼要佇立良久，任憑白露的侵襲呢？這就表現了一種不肯放棄的忠貞和期待。「卻下水精簾」，放下簾子是暗示期待的落空。謝朓的「珠簾」只是襯托了那種美麗、奢華而又隔絕、寂寞的環境，而李白是「水精簾」。「水精」就是水晶。水晶的品質是皎潔的、晶瑩的，同時又是堅硬的。也就是說，同樣寫相思和寂寞，但李白在傳達感情的同時也傳達了一種品質。末句中的「望月」是甚麼意思？中國詩人常把望月和懷人放在一起，「望」字有多層的意思，首先是眼中所望，然後是心中所望。在望而不得的時候，自然會產生一種怨情，這怨情也可以叫作「怨望」。而且，「望」與「秋月」的結合，就使所思念的對象產生了一種昇華，使人感到他是那麼光明皎潔，那麼高遠。這裏邊，就有了一種象徵的意味，使人產生一種對光明皎潔的嚮往。

所以說，三首相同內容的詩，虞炎那一首是失敗的。謝朓在傳達感情上是成功了，但他所傳達的只是題內之意，他寫女子的怨情就是女子的怨情，並不給讀者以更高遠的聯想。李白的《玉階怨》不但傳達了題內之意，而且可以引起讀者的題外之想。也就是說，他創造出一種思想感情的境界，能夠使讀者的內心也為之生發、感動。這就是李太白的詩之所以好的緣故。

七絕聖手王昌齡

歷史上記載王昌齡生平事蹟的很少。我們只知道他在仕宦方面很不得意，雖然考中了進士，但大部份時間是在外地做很小的官。他曾被貶官到嶺南，回來後又被貶作江寧丞，天寶七年又被貶為龍標尉，所以人們稱他王江寧或王龍標。

關於他的籍貫有不同說法，有的說他是京兆長安人，可是殷璠的《河岳英靈集》說他是太原人。殷璠是唐朝人，與王昌齡同時代，他的說法應該是不錯的。而且王昌齡自己有一首詩說：「舊居太行北，遠宦滄溟東。」（《洛陽尉劉晏與府掾諸公茶集天宮寺岸道上人房》）太行北，應該就是指的太原。所以我覺得還是太原人比較可信。

安史之亂時期，他從龍標回鄉路過亳州，被刺史閭丘曉所殺，但他被殺的原因我們也不知道。總之，王昌齡這個人在性格上應該是比較狂放，不拘小節，可能會得罪很多人，因此才多次被貶官。他的被殺，大概也與此有關。

王昌齡雖然仕宦很不得意，可是他的詩才是大家公認的。有一個「旗亭畫壁」的故事，不知道大家聽過沒有？說的是有一天王昌齡、高適和王之渙等朋友一起到酒樓喝酒，正好進來一群歌女也在這裏喝酒唱歌，於是三個人就商量好各自畫壁記數，看一看誰的詩被唱得最多，那就說明誰的詩最流行。等了一下那些歌女就唱了，第一首唱的是王昌齡的，第二首唱的是高適的，第三首唱的還是王昌齡的。王之渙就覺得有些不好意思了，他就說，你們看，那些歌女裏邊有一個最年輕最漂亮的女孩子，她始終還沒有開口唱，等一下她唱的時候如果不是唱我的詩，我就再也不敢與你們爭雄了。等了一會兒，那女孩子果然唱起了王之渙的「黃河遠上白雲間」。

七言絕句在唐朝是可以配合音樂來歌唱的，曾經盛行一時，王昌齡的七言絕句寫得最好，曾被稱為「詩家天子」。

我先講一首王昌齡的「宮怨」之詞。

甚麼是「宮怨」？就是後宮女子被冷落而產生的哀怨。白居易《長恨歌》說：「後宮佳麗三千人，三千寵愛在一身。」皇帝只有一個，分身無術，不能滿足後宮這麼多佳麗的愛情要求，所以後宮很多人都是被冷落的。有的人從十六七歲被選入宮到六七十歲老死宮中，都沒見過皇帝一面；有的人得寵一時不久便被冷落。這些女子的命運是令人同情的。寫這些宮中女子被冷落的哀怨，就是「宮怨」。唐代很多詩人都寫過宮怨的詩。我們先看《長信秋詞》：

長信秋詞

奉帚平明金殿開，暫將團扇共徘徊。
玉顏不及寒鴉色，猶帶昭陽日影來。

這首詩説的是漢成帝的妃子班婕妤。班婕妤才德姿容兼備，開始很受寵愛，但後來成帝寵愛趙飛燕姐妹，就冷落了她。傳説她曾寫過一首《怨歌行》，又叫《團扇詩》：

怨歌行

新裂齊紈素，皎潔如霜雪。
裁成合歡扇，團團似明月。

出入君懷袖，動搖微風發。
常恐秋節至，涼飆奪炎熱。
棄捐篋笥中，恩情中道絕。

這首詩完全是用團扇來做比喻，寫得很好。不過，在西漢的時候五言詩還沒有成熟，不大可能有這麼好的詩出現，所以也有人懷疑這首詩不是班婕妤作的。不過總而言之，趙飛燕進宮後班婕妤就失寵了。為了不被趙家姐妹忌妒陷害，她就自動請求到長信宮去侍奉太后。王昌齡這首詩，寫的就是班婕妤在長信宮寂寞孤獨的生活。「奉帚」是手裏拿着掃帚；「平明」是天剛亮的時候。因為侍奉太后，所以要早早起來灑掃庭除。「團扇」，就含有《團扇詩》所寫「秋扇見捐」的意思。到了秋天扇子沒用了，就被拋棄了。古代女子也是一樣，她們都是以色事人，「色衰則愛弛」。所以「暫將團扇共徘徊」，手裏拿着這把扇子在宮殿裏走來走去，這是寫她的寂寞。古人講「怨而不怒」的修養，所以你看，他雖然是怨詞但不直接說失寵之後如何怨恨。他說：「玉顏不及寒鴉色，猶帶昭陽日影來。」「玉顏」是美麗的容顏。那美麗的容顏還不如醜陋的烏鴉，因為烏鴉還可以落在昭陽殿的殿角上，得到那裏陽光的照射。「昭陽」，是趙飛燕居住的宮殿，成帝每天都跟趙飛燕姐妹住在那裏。我曾講過「語碼」，「日」在中國文化傳統裏也是一個語碼，它是君主的象徵。「猶帶昭陽日影來」意謂寒鴉尚能在趙飛燕承寵的昭陽殿分得一點點日光照射的光彩，自己卻得不到君王的一點點思念。這些他都沒有直言，而是採取寓託的辦法，用的是很委婉的口氣。

七絕只有四句，在這麼短的詩裏還要傳達出一種感發的力量，就必須注意感發的形成，也就是內在感情和外在形象是怎樣結合起來的。我以前講過，由心及物是「比」，由物及心是「興」。王昌齡的這首《長信秋詞》是「比」，是他內心之中先有了一種怨情，然後假藉着團扇、寒鴉、日影這些形象把怨情表現出來。

再看王昌齡的一些邊塞詩。

盛唐邊塞詩，在中國詩歌的歷史之中是一個很奇特的現象。其他時代的邊塞詩並不很多，只有盛唐時代邊塞詩最多，為甚麼？因為，唐朝跟外族的交往很多，戰爭也不少，有的時候是拓邊，有的時候是抵抗外族的侵略，這就給詩人們提供了寫邊塞詩的背景。另外，過去的詩人一般很少到邊塞去，所以他們只寫自己生活中所經驗過的感情，不寫邊塞詩；而盛唐有不少詩人去過邊塞，他們有的是帶兵到前線去，有的在邊防部隊裏工作過，對邊塞生活和士兵感情有切身的體驗，所以寫了很多邊塞詩。

盛唐武功強大，邊塞詩也特別流行，因為那時候出去打仗的人對國家有一種信心，相信一定會取得勝利，所以打起仗來有一種不顧生死、勇往直前的精神，表現在詩歌裏，就形成所謂盛唐邊塞詩的「氣象」。但這種氣象到中晚唐以後就寫不出來了。因為那時候大家經歷了天寶以後的戰亂，體驗到戰爭的痛苦，所以更多寫厭戰的詩歌，不再有盛唐那種勇往直前的精神了。

一般說起來，盛唐邊塞詩有七言絕句和七言歌行兩類。由於體裁不同，內容風格也有所不同。七言絕句比較短小，所以需要概括，要把感情濃縮，王昌齡和王之渙以此著稱。七言歌行篇幅較長，就可以有批評有議論，寫邊塞風光和戰場生活也可以寫得更為具體真切，高適、岑參以此著稱。剛才我提到「氣象」這個詞，所謂盛唐邊塞詩的「氣象」實際上結合了兩個方面，一方面來自邊塞景物的開闊博大，一方面來自那種振奮的精神和勝利的信心。而最能夠代表這種氣象的，就是王昌齡。

王昌齡的七言絕句寫得情景相生，充滿了感發的力量，而且他的感發總是興象高遠。比如他的那首「秦時明月漢時關」，有人就認為是唐代七言絕句裏的「壓卷之作」。清代沈德潛對王昌齡的評價：「龍標絕句，深情幽怨，意旨微茫，令人測之無端，玩之無盡。」有的人寫詩，話說完了意思也完了，再也沒有思索的餘味，王昌齡的詩卻可以讓你的內心一直感發，好像一塊石頭投在水裏，那水波一圈一圈可以蕩漾到很遠很遠。不過，這麼說是很抽象的，我們還是先看他的四首《從軍行》：

從軍行

烽火城西百尺樓，黃昏獨上海風秋。
更吹羌笛關山月，無那金閨萬里愁。

琵琶起舞換新聲，總是關山離別情。
撩亂邊愁聽不盡，高高秋月照長城。

青海長雲暗雪山，孤城遙望玉門關。
黃沙百戰穿金甲，不破樓蘭終不還。

大漠風塵日色昏，紅旗半卷出轅門。
前軍夜戰洮河北，已報生擒吐谷渾。

第一首，「烽火城西百尺樓」。古代，在傳遞戰爭警報的時候，夜裏用烽火，白天用狼煙，狼煙就是點燃狼糞冒出來的白色的煙。烽火台，是專門用於點燃烽火和狼煙的高台。「百尺樓」呢？是士兵戍守瞭望的城樓。所以你看，他的第一句「烽火城西百尺樓」就寫出了邊塞風光的一個立體畫面。而且還不止如此，這一句的聲音也傳達着一種感發。這是很難講的。我們一般講詩只是講它文字的意義，但現在西方符號學的理論提出來，聲音也能夠傳達出一種力量。其實，聲音在中國詩裏早就是一個很重要的因素，尤其是近體的律詩和絕句。古代中國讀書人入學之後就要學諷詠和吟誦，這是一個傳統。中國的詩很微妙，它有一部份感發的力量是隨着聲音傳達出來的。有的人説，不就是「仄仄平平仄，平平仄仄平」嗎？可是不然，同樣是平聲，有陰平有陽平；同樣是仄聲，有上聲、去聲和入聲。平聲裏邊，還有開口的聲音、閉口的聲音、撮口的聲音等等區別。而且，除了韻母之外，聲母的聲音也會起作用。這是一種很複雜的、多層次的、微妙的結合。王昌齡的絕句為甚麼好？不僅好在形象，也好在聲音。「烽火」「城西」「百尺樓」，不只興象高遠，那聲音中也有一種很激動的、很強烈的感情在裏面。

下一句，「黃昏獨上海風秋」，是説戍守的兵士，傍晚輪到值班了，他就要到城樓上去瞭望。西北邊塞怎麼會有「海風」？那是因為內陸的湖泊很大，也常常稱海。比如青海湖就稱海，蘇武牧羊的「北海」則是貝加爾湖。你要注意，「海」的發音是開口的，「風」的韻母是「eng」，那種雄渾，那種強壯，就帶着一種感發的力量。這兩句詩的內容，其實也不過是説守城的士兵在黃昏獨自一個人站在很高的城樓上，秋天的海風從荒涼遼闊的曠野上一陣陣吹來。但這簡單的內容結合着聲音，就產生出一種很強大的感發力量。然後，作者就開始慢慢把人的感情移入了：「更吹羌笛關山月。」笛子本是胡人的樂器，所以叫「羌笛」。《關山月》，是一個以征人思婦的離別為主題的樂曲，是說征人經過萬里的關山到前線去戍守，他和他的妻子在晚上看到的是同一個明月。有一首很流行的歌曲叫《十五的月亮》，歌詞大意是說：十五的月亮照在家鄉也照在邊關，你在前方作戰，我在後方侍奉你的父母，維持家庭的生活，你盡了你的一份力量，我也盡了我的一份力量，將來軍功章上有你的一半也有我的一半。這裏邊當然有一種現代人的意識，但這首歌顯然也是征人思婦的歌曲。征人思婦的感情，古代如此，今天也是如此，古今是能夠相通的。「更吹羌笛關山月，無那金閨萬里愁。」「金閨」，是女子的閨房。「金屋藏嬌」嘛！「無那」，就是無奈。在那羌笛吹奏的《關山月》的樂曲聲中，我感到難以安排的、無可奈何的是你的感情。意思是說，我對你的懷念也是永遠不會改變的。

第二首，「琵琶起舞換新聲」。剛才說到「羌笛」是胡人的樂器。「琵琶」，也是胡人的樂器。軍中樂器都是從少數民族那裏傳來的羌笛和琵琶，這也就表現出了邊塞詩的特色。軍隊裏的娛樂是很重要的，因為它可以排解士兵們因生活的艱苦和孤獨而產生的鬱悶的情緒。當琵琶彈起來的時候，就有人起來跳舞。「換新聲」是說在這個過程中已經彈過很多新的曲調。但不管換了多少曲調，「總是關山離別情」——永遠是我們懷念家鄉思念親人的調子。「撩亂邊愁聽不盡，高高秋月照長城」。「撩亂」是紊亂，就是說，離別的憂愁在你內心環繞，你沒有辦法整理出一個頭緒來。李後主說：「剪不斷，理還亂，是離愁。」（《烏夜啼》）那有點兒太柔弱了。「撩亂邊愁」，就比較剛健。他說，是琵琶彈奏的那些聽不完的離別的曲子，引起了我心中千頭萬緒的那些離別的感情；而就在我聽着這種音樂的時候，就在我內心充滿了這種撩亂的邊愁的時候，月亮升起來了。月亮升起來與你何干？要知道在邊疆曠野的秋天，天顯得特別高，月亮也顯得特別亮。月亮照在長城之上，這真是情景交融的極致——表面上完全寫景，實際上完全寫情！

情景交融，這是王昌齡寫詩的特點。第一首詩中「烽火城西百尺樓，黃昏獨上海風秋」是寫景；「更吹羌笛關山月」是感情移入的一個因素；「無那金閨萬里愁」，就過渡到感情，這是由景寫到情。第二首「琵琶起舞換新聲，總是關山離別情」是寫從音樂喚起的感情；而到「撩亂邊愁聽不盡」，感情已經十分激動的時候，忽然間把筆墨宕開去寫景——「高高秋月照長城」，這是由情寫到景。可是實際上，寫景就是寫情。當他說到「高高秋月照長城」的時候，那已經不只是一個客觀上的月亮照在長城上的景色而已，所有那些聽不盡的邊愁已經都融進去了，那長城，那高空，那曠野，那滿天的月色，現在就全都變成了征人的離愁。

現在我們看第三首，「青海長雲暗雪山」。在一個四面遮蔽的小院子裏你能看見「長雲」嗎？「長雲」，就不是一絲一片的雲，而是很廣遠的、無邊無際的雲。「雪山」，寫了北方的寒冷。而在「長雲」和「雪山」之間，他加上了一個「暗」字，就使你可以想像到邊疆地帶那種廣遠、陰慘、寒冷的樣子。「孤城遙望玉門關」，對第一句來說實在是一個對比。「青海長雲」是說遙遠的邊塞；而「玉門關」是甚麼地方？那是回鄉所必經的道路。王之渙的《涼州詞》說：「春風不度玉門關。」玉門關內是春風，是故鄉；玉門關外是戰爭，是死亡。古人曾經說：「但願生入玉門關。」多少人從玉門關出去之後就沒有活着回來！這兩句，是寫出關的士兵，他們向前看，是陰慘寒冷的邊塞；向後看，遠遠地平線上那座孤城是通往家鄉的玉門關。

一邊是故鄉和春風，一邊是戰爭和死亡，你在這兩者之中做何選擇？這個對比之中有很強大的張力。作者說了，「黃沙百戰穿金甲」——這是接着「青海長雲暗雪山」的邊塞來說的，他說在邊塞我經歷了這麼多次戰爭，我身上的鐵甲都被磨穿了。那麼我就不想回去嗎？我當然想回去，我是「孤城遙望玉門關」——每天都在想念着玉門關內的家鄉。可是作為一個將士難道能夠逃避戰爭跑回故鄉嗎？他說，我「不破樓蘭終不還」，這又是接着「孤城遙望玉門關」的家鄉之路來說的。「樓蘭」用了漢朝傅介子的典故。西漢時樓蘭王與匈奴勾結，屢次遮殺漢朝通西域的使臣，傅介子用計刺殺樓蘭王，為漢朝建了大功。這裏是用這個典故說唐朝的事，他說我們唐朝的將士也要像傅介子那樣，如果不在邊塞為國家建立功勳就永遠也不回去！你看，這也是盛唐詩之氣象的一個方面。盛唐詩之所以有氣象，不僅因為景物的開闊博大，也不僅因為有感發的力量，它還有一種奮發的、高揚的精神。哪怕是在離別的悲哀之中，它也保持着這種精神。

第四首，「大漠風塵日色昏，紅旗半卷出轅門」，這兩句的形象也非常好。在廣闊的沙漠上，狂風和塵沙使天上的日光都昏暗了，軍隊就在這狂風塵沙之中從軍營出發趕赴戰場。「紅旗半卷」是寫風，是軍旗被狂風吹得捲起來了。「轅門」，就是軍營的營門。古代軍隊安營時，把戰車圍起來作為壁壘，營門是兩輛戰車相對，車轅對着車轅。「前軍夜戰洮河北，已報生擒吐谷渾。」「洮河」是地名。他們出發不久就得到前軍戰勝的捷報，說是昨天夜裏在洮河之北的一戰已經俘虜了一大批敵人。「吐谷渾」和「樓蘭」一樣，都是泛指敵對的外族。「谷」，不讀 gǔ，讀 yù。

附：

王昌齡的送別七絕雖然沒有他的邊塞、宮怨諸絕出名，但也不乏佳作。

送魏二[1]

醉別江樓橘柚香，江風引雨入舟涼。
憶君遙在瀟湘月[2]，愁聽清猿夢裏長。

整首詩虛實結合，表現了一腔惆悵別情。前兩句寫在橘柚飄香的清秋，詩人置身江畔的高樓設宴為友人送別，然後在秋風秋雨中送友人離岸登舟。這兩句寫眼前實景。後兩句描摹詩人的想像：在不久的將來，友人夜泊瀟湘，彼時風住雨收，皎皎一輪孤月，淒清如此，友人怕是輾轉難眠。即便暫時入夢，清絕的猿啼也會一聲聲攪人夢境。所謂「代為之思，其情更遠」（陸時雍《詩鏡總論》）是也。

註釋

1 魏二：作者友人。名字及生平均不詳。
2 瀟湘：瀟水在零陵縣與湘水匯合，稱瀟湘。泛指今湖南一帶。

高適：詩以「氣骨」勝

在唐代詩人中，高適是一個比較顯達的人。他做過蜀州、彭州的刺史，還做過淮南節度使、四川節度使，官至散騎常侍，可以算是政府的軍政大員了。但顯達不一定就是得意。高適和李白一樣，都是有理想有抱負的人，他們都曾為理想和抱負的不能實現而痛苦。

《舊唐書》本傳説高適是「渤海蓨人」，這地方在現在的河北省境內。他的父親做過韶州長史，韶州在現在的廣東。他父親去世以後，他家在廣東無以為生，就回到北方來了，一度定居在河南。高適二十歲的時候到長安參加考試，沒有考中，後來曾到北方邊塞從軍，但也很不得意。他家裏很貧窮，長時間過着躬耕的生活。然而，他説，他不在乎個人遭到的任何災難，但是他要把國家和人民從災難中拯救出來。這是因為高適曾經躬耕，曾經從軍，有很長時間生活在社會下層，所以他知道老百姓生活的艱苦，他也看到了大唐王朝在社會繁榮的表面下隱藏着的各種危險的徵兆。他渴望為國家和人民建功立業，不甘心虛度自己的一生。

高適在五十歲的時候考中科舉，被派到封丘縣去做縣尉。「縣尉」是縣令手下的屬官，這個官是很受氣的。杜甫就曾經說過：「不作河西尉，淒涼為折腰。」（《官定後戲作》）杜甫不接受縣尉這個官職，因為縣尉甚麼事情都不能自己做主張，一天到晚得觀察縣令的臉色，永遠要低聲下氣地供人驅使。高適在做封丘縣尉的時候寫過一首《封丘縣》，抒發了他內心的感受：

封丘縣

我本漁樵孟諸野，一生自是悠悠者。
乍可狂歌草澤中，寧堪作吏風塵下。
只言小邑無所為，公門百事皆有期。
拜迎官長心欲碎，鞭撻黎庶令人悲。
歸來向家問妻子，舉家盡笑今如此。
生事應須南畝田，世情付與東流水。

夢想舊山安在哉，為銜君命且遲回。
乃知梅福徒為爾，轉憶陶潛歸去來。

我曾說過，王昌齡七言絕句的好處是以「情韻」勝。那麼高適的詩呢？他的詩之所以好，是以「氣骨」勝。「氣」，是一種精神上的力量；「骨」，是文章的結構、句法和章法。高適的詩有氣骨，何以見得？就在你讀時的感受和體會。中國傳統中作詩有三種最基本的方法：賦、比、興。比是由心及物，興是由物及心。而賦呢？賦是即物即心。就是說，那種感發的力量不是通過形象，而是在敘述之中直接傳達出來的，不要假借那「陌頭楊柳色」，也不要假借那「長雲暗雪山」。在敘述的時候，那聲調、那句法、那口吻，結合起來就自然使人產生感動。

比如，「我本漁樵孟諸野，一生自是悠悠者。乍可狂歌草澤中，寧堪作吏風塵下。」你看這「野、者、下」三個字，用現在的聲音讀並不押韻，但在古代它們是押韻的，都屬於「馬」的韻目，所以分別讀為：yǎ、zhǎ、xiǎ——要注意，「下」也一定要讀成第三聲，不可以讀成第四聲。第三聲和第四聲雖然都是仄聲，但效果是不一樣的。第四聲，沉下去就不起來了；第三聲，摁下去再揚起來，有一個過程。這話很難說清楚，總而言之一定要這樣唸，才能夠把作者心中那種高亢的、激動的、不平的感受傳達出來，才能夠產生一種精神上的作用和力量。

「孟諸」是古澤藪名，在今天河南省商丘市的東北；「漁樵」，是打魚和砍柴。高適家境貧寒，他種過田，打過魚，也砍過柴。但現在我要問你們，他這句為甚麼不說「我本躬耕孟諸野」，而要用「漁樵」二字呢？這就是詩人的選擇了。一首好詩，它所用的詞語都要指向一個中心的目的。高適是要把他過去的生活和現在這種折腰事人的縣尉生活做一個對比。「躬耕」給人的印象是勤勞辛苦的；而「漁樵」雖然也辛苦，但這個「語碼」還引起人們另外一種想像，那就是逍遙自在，不受約束。畫家不是常畫漁樵的圖畫嗎？詩人不是也常寫漁樵隱逸的詩嗎？孟諸澤，本是一大片的湖泊，而湖泊是甚麼？中國古人常說：「身在江湖，心存魏闕。」「魏闕」是朝廷，代表着仕宦；而那江湖，也是一大片茫茫的水，代表着歸隱的生活。所以，「孟諸」這個詞給人的聯想是隱逸的、自由的和瀟灑的。

「一生自是悠悠者」，「悠悠」也是逍遙自在的樣子，他說，我過慣了自由的生活，我不願意受別人的約束。

「乍可」，是只可。他說，像我這種人，我只可以在草野之中江湖之上狂歌度日，哪能忍受在這庸俗的社會中做一個卑微的官吏，整天過這種卑躬屈膝的生活！

「只言小邑無所為，公門百事皆有期。」「只言」，是只道，或者說，本來以為。本來我以為，做一個縣尉雖然不能施展抱負實現理想，但頂多也不過是無所作為而已。因為政府衙門都有它的規章制度，我老老實實奉公守法就是了。可是我沒想到，這樣的生活我也不能夠得到，作為一個縣尉，我經常「拜迎官長心欲碎，鞭撻黎庶令人悲」。一個小小的縣尉，所有來往官員的地位都比你高，你每天除了逢迎就是唯唯諾諾，這樣的生活有甚麼意思！而且若僅僅如此也還罷了，你還得幫他們作威作福去欺壓老百姓。

「歸來向家問妻子，舉家盡笑今如此。」他說，我回到家裏，我的妻子兒女都在笑我，他們笑我當年的理想抱負都哪裏去了，今天怎麼竟能忍受這樣的生活！

「生事應須南畝田，世情付與東流水。」我真是再也不想做官了，我要拋棄世上那些追求名利的感情，我寧可回家種田。

可是，「夢想舊山安在哉，為銜君命且遲回。」我的家園在哪兒？我有可以維持生活的產業嗎？更何況，我是奉了朝廷之命來做這個官的，我怎麼能夠說回去就回去呢？

「乃知梅福徒為爾，轉憶陶潛歸去來。」「梅福」是西漢末年的人，曾做過南昌的縣尉。當王莽專權的時候，他拋棄官職和家庭出走，人們傳說他成了仙。這裏的意思是說，縣尉這種官職是不可能有甚麼作為的，神仙的事情又比較渺茫，因此我就想起了陶淵明的《歸去來辭》。陶淵明不肯為五斗米折腰，他之所以選擇歸耕田園，是因為耕田出一分勞力就有一分收穫，既不用逢迎長官也不用欺壓良民。所以高適說，我最後想來想去還是陶淵明的辦法好。

後來，高適果然就辭官不做了。他在各地漫遊了一段時間之後，有人把他推薦給河西節度使哥舒翰，從此他就加入哥舒翰的幕府，擔任了掌書記的職務。哥舒翰是唐朝有名的一員大將，後來因生病回到長安。安祿山叛亂向長安進攻的時候，唐玄宗派哥舒翰帶兵去守潼關。當時戰局很緊張，倘若潼關一破，長安就不保，所以最好的戰略是一面固守潼關，一面另外派兵去搗毀安祿山河北的巢穴。可是唐玄宗不懂得作戰的策略，又聽信宦官的讒言，強迫哥舒翰出關迎敵。結果這一戰果然大敗，叛軍長驅直入，玄宗逃往四川。在玄宗逃向四川的半路上，高適曾經追上玄宗，坦率地向玄宗指出潼關敗亡的原因。後來玄宗派諸王子分守各地，高適也曾經「切諫不可」，玄宗不聽，不久果然就發生了永王璘的叛亂。由此可見，高適不僅僅有理想有抱負，而且是一個很有謀略和政治眼光的人。肅宗用他做揚州大都督府長史和淮南節度使，在平定永王璘的叛亂中，他起了很重要的作用。可是歷史上說高適為人「負氣敢言」，就是說，他喜歡意氣用事，敢於說別人不敢說的話。所以他就得罪了很多人，尤其遭到肅宗左右宦官的忌恨，結果就免去了他的兵權，讓他做太子少詹事。因此，高適雖然在平定永王璘的戰爭中有過很好的表現，但對於更重要的平定安史之亂的戰爭，他沒有機會做出更大的貢獻。

我們已經簡單了解了高適的生平和他的作風，現在就來看他的一首有名的邊塞詩《燕歌行》。

《燕歌行》這首詩前邊有一段序：「開元二十六年，客有從御史大夫張公出塞而還者，作《燕歌行》以示，適感征戍之事，因而和焉。」唐朝東北的幽燕一帶，主要是與奚和契丹作戰。「張公」，指河北節度副使張守珪，開元年間與契丹作戰有功，拜輔國大將軍兼御史大夫。高適有一個朋友曾跟隨張守珪出去打仗，回來寫了一首《燕歌行》，高適就和了他這一首：

燕歌行

漢家煙塵在東北，漢將辭家破殘賊。
男兒本自重橫行，天子非常賜顏色。
摐金伐鼓下榆關，旌旆逶迤碣石間。
校尉羽書飛瀚海，單于獵火照狼山。
山川蕭條極邊土，胡騎憑陵雜風雨。
戰士軍前半死生，美人帳下猶歌舞。
大漠窮秋塞草腓，孤城落日鬥兵稀。
身當恩遇恆輕敵，力盡關山未解圍。

鐵衣遠戍辛勤久，玉箸應啼別離後。
少婦城南欲斷腸，征人薊北空回首。
邊庭飄飖那可度，絕域蒼茫更何有。
殺氣三時作陣雲，寒聲一夜傳刁斗。
相看白刃血紛紛，死節從來豈顧勳。
君不見沙場征戰苦，至今猶憶李將軍。

我們先看開頭兩句，「漢家煙塵在東北，漢將辭家破殘賊。」連用了兩個「漢」字，這兩個字的呼應傳達出一些甚麼東西？他是要說，我們男子漢大丈夫應該以天下為己任，為國効忠是我們的本分。可這樣說就沒有一點兒詩意了，成了說教，所以詩人是不會這麼笨的。他說因為漢家有了「煙塵在東北」，所以我們漢將就應該「辭家破殘賊」，不但兩個「漢」字呼應，它們的結構、聲調上都有呼應。中國的漢族是中國主要的民族，中國的漢朝是歷史上很強大的朝代，所以中國常常自稱為「漢」。「煙塵」代表戰爭。上次講王昌齡的詩有一句「烽火城西百尺樓」，邊境上有了戰爭的警報，晚上就點烽火，白天就燒狼煙，這是對「煙塵」的一種聯想。當然你也可以有更直接的聯想：戰爭起來的時候車馬奔馳，塵土飛揚，這也是「煙塵」。所以你看，高適的詩在敘述之中也有形象，不過他主要還是以句法和聲調中所傳達出的「氣骨」取勝。當北方的契丹和奚族來侵犯的時候，高適曾經北上從軍，希望有所作為。所以這「漢將辭家破殘賊」不只是客觀的敘述，而是他自己也早就有種「辭家」的決心和「破殘賊」的勇氣。

《燕歌行》這個樂府詩題是寫征人遠戍於燕地與妻子互相思念的感情。曹丕的《燕歌行》「何為淹留寄他方，賤妾煢煢守空房」，那是以思婦的口吻來說的。而高適的這首《燕歌行》，其重點卻在征夫這一邊，他說：「男兒本自重橫行，天子非常賜顏色。」「橫行」本是不守法，欺壓良民百姓，但在這裏不是這個意思，這裏有「縱橫馳騁」之意。南北方向叫縱，東西方向叫橫。你騎着馬，東西南北沒有你不能去的地方，這就是「橫行」。中國人常說，好男兒志在四方，男子漢大丈夫豈能株守家園？身為男兒，生下來就應當志在縱橫天下，建功立業。「本」是本當如此；「重」是看重，是以此為好，以此為美。你看，他的用字，他的口吻，已經傳達出一種感發的力量來了。可是還不僅如此，他還跟着一句：「天子非常賜顏色。」「男兒本自重橫行」，男兒不是為天子的酬勞而出去打仗的；但作為上邊的君主，對這些報國的男兒應該有他的酬勞。甚麼是「顏色」？顏色是指人的面部表情。《晉書》中曾記載了阮籍能做青白眼的典故，他的好朋友來了，他就用黑眼珠看人；他不喜歡的人來了，他就把眼睛翻上去，用白眼球對着人家。天子的青眼，對於那些為國殺敵的將士們來說當然是最大的恩寵。你看，這首詩開頭的四句把一個男子的氣概寫得真是精神十足！這四句，押的都是入聲韻。

後邊轉為平聲韻：「摐金伐鼓下榆關，旌旆逶迤碣石間。校尉羽書飛瀚海，單于獵火照狼山。」這幾句押的是「刪」韻，這個韻的聲音有時候會給人一種雄壯的感覺。「摐」讀chuāng，它和下邊的「伐」都是敲擊的意思。「金」和「鼓」都是軍隊指揮號令所用，擊鼓時就前進，鳴金時就收兵。所以「摐金伐鼓下榆關」，這是軍隊出發了。軍隊怎樣出發？他要把大軍的聲容之壯傳達出來，因此聲音裏帶着形象。「榆關」就是今天的山海關。契丹和奚人的侵犯是在河北的幽、薊一帶，唐的首都在長安，從都城出發到幽、薊一帶去就稱「下」。就如同我們今天到北京去說是「上京」，到鄉下去說是「下鄉」，到江南去說是「下江南」，這都是以都城所在的地方為貴，為上。「旌旆」，就是旌旗，大大小小各種不同的旗幟。「逶迤」是形容隊伍行列中那些旗幟接連不斷的樣子。「碣石」是碣石山，在河北省昌黎縣，就是曹操「東臨碣石，以觀滄海」（《步出夏門行》）的地方。這兩句，既有「摐金伐鼓」的聲音，又有多姿多彩的旌旗，敍述裏邊結合了聲音和形象，你可以想像唐朝的大軍在行進中的軍容之盛。

我們說近體詩講究對偶，詞性要相同，平仄要相反，有很嚴格的規定。《燕歌行》是樂府的歌行，不要求嚴格的對偶。但你可以發現，在高適的這首《燕歌行》中，疏散之中又有嚴整，上句和下句之間總有一個呼應，它不是字面上的相對，而是一種本質上的相對。比如，「男兒本自重橫行，天子非常賜顏色」——一個是征夫，一個是天子；「摐金伐鼓下榆關，旌旆逶迤碣石間」——一個是聲音，一個是畫面。這就是詩為甚麼有的好有的壞！不在於你說的是甚麼，而在於你怎樣去說。一個好的詩人，他在很平常的直接敍述之中，就可以帶出很強大的感發力量。「校尉羽書飛瀚海，單于獵火照狼山」也是相對的，校尉是中國軍人，單于是匈奴領袖。

當邊疆發生戰爭的時候，軍隊就要傳遞告警的文書，對那些緊急的告警文書，就要在書函上插一根羽毛，所以叫「羽書」。「瀚海」是大片的沙漠，因為那沙浪的起伏就像大海上波浪的起伏一樣；也有人說瀚海不是沙漠，是沙漠北邊的貝加爾湖。「狼山」，有人說是白狼山，有人說是狼居胥山，總之就是北方一座山的名字。古代北方少數民族以游牧和狩獵為生，在秋冬的時候常常以打獵為名出動大批人馬到邊境搶掠。所以「校尉羽書飛瀚海，單于獵火照狼山」是說邊境的戰爭開始了。

這首詩，大部份是四句一換韻。他一段段地換韻，同時也就一段段地轉變場面，轉變景色，轉變情緒，這叫作情隨聲轉。「漢家煙塵」四句押仄聲韻，寫男兒報國的氣概；「摐金伐鼓」四句轉平聲韻，寫戰爭已經興起，軍隊已經出發；而接下來「山川蕭條」四句又換了仄聲韻，寫前線將士的苦惱和不平。說到這裏，我還要提到高適寫這首詩的緣由。剛才我說過，這首詩前邊的序中說，高適有一個朋友跟隨河北節度副使張守珪出塞打仗，回來之後寫了一首《燕歌行》給高適看，而且他一定也和高適談到了他在北方戰場上看到的一些真實情況，所以高適才寫了這首詩來和那首《燕歌行》。這首詩有的地方寫得實在很妙。比如「漢家煙塵」那四句，是寫男兒勇於報國，勇於犧牲，寫得很有感發力量。然而它妙就妙在，就在那歌頌和讚美之間，也暗示了詩的後半首所表達的那種諷刺的情意。「男兒本自重橫行」的「橫行」二字，雖然是讚美有志男兒的縱橫馳騁，但它本身卻也有欺壓良善和不守法的意思。「天子非常賜顏色」，雖然是讚美天子的恩寵，但也暗示了這個人得到天子的恩寵之後可能會更加驕恣不法。所以你看，這首詩內容的敍述和情意的流露是隨着聲音而變化的，但在每一個轉變之中又都有連貫和呼應。

「山川蕭條極邊土」，是說那塞外的山川，你一眼望去，眼中所見都是一片荒涼，沒有村莊，沒有樹木，沒有一點點遮陰的地方。而你在這裏過的是甚麼樣的生活？是「胡騎憑陵雜風雨」。「憑」是憑藉，「陵」是欺淩。胡人都是善於騎射的游牧民族，漢人軍隊的騎射技術沒有他們好，所以胡騎就憑着這種優勢來攻擊我們。「雜風雨」可能是戰鬥中果然起了狂風暴雨；也可能就是指胡人進攻的聲勢之大如同狂風暴雨。前線的士兵，他們在這樣的環境中戰鬥和生活，可是軍隊的將帥怎麼樣？是「戰士軍前半死生，美人帳下猶歌舞」。士兵在前線大批地死去，而將帥在帳中仍然欣賞着美人的歌舞。

接下來換平聲韻，激憤不平的感情又進了一步：「大漠窮秋塞草腓，孤城落日鬥兵稀。身當恩遇恆輕敵，力盡關山未解圍。」「腓」，是病的意思，出於《詩經·四月》「秋日淒淒，百卉俱腓」。秋天所有的花草都病了，意思是説它們都枯萎衰落了。在廣闊無邊的沙漠上，在寒冷淒涼的晚秋時節，邊塞的草也都枯萎衰落了，這是大自然的背景。那麼人呢？打了一天的仗，那孤城的城關上已經沒有多少活着的士兵，幾乎一半的戰士都在戰場上死去了。張守珪在與奚和契丹的戰爭中打過勝仗，後來又打敗了，可是他「隱其敗狀而妄奏克獲之功」（《舊唐書·張守珪傳》）。有人説高適這首詩就是為諷刺張守珪而作的。所謂「身當恩遇恆輕敵」，是和前邊的「天子非常賜顏色」相呼應。一個驕縱的將帥，又得到皇帝的恩寵，於是就常常看輕敵人。他沒有周密的戰略計劃，隨隨便便就把軍隊派出去打仗，因此就造成了戰爭的失敗。士兵們陷入絕境，他們把力量用盡了，血也流盡了，最終也不能突破敵人的包圍。

你看，他從戰爭的開始一段一段寫下來，寫到戰爭的緊張、主帥的驕縱、戰鬥的失敗、士兵的陣亡。然後他寫甚麼呢？寫征夫和思婦的痛苦：「鐵衣遠戍辛勤久，玉箸應啼別離後。少婦城南欲斷腸，征人薊北空回首。」這裏又換了上聲韻，而且是把征人和思婦對比來寫的。這在意思上又是一個轉折。前邊他都是寫戰場，從戰場怎能一下子跑到思婦的閨中？這裏他有章法上的安排，是通過對句來轉換的。我們說過，七言古詩本來不需要對句，可是高適常常中間用一些對偶的句子，使詩在鬆散之中有了一種嚴密整齊的感覺。高適詩裏有時是散的，有時是駢的，而現在他要把閨中和塞外做一個對舉，他的重點是寫塞外，寫戰場，所以這兩句是駢偶的。「鐵衣遠戍辛勤久，玉箸應啼別離後。」「鐵衣」指戰士征夫，「玉箸」指思婦妻子，「玉箸」是甚麼？這裏是指女子的涕淚。有的人哭泣時鼻涕也會流出來，那就是涕。你說「涕淚應啼別離後」，當然也不錯，可是他換一個「玉箸」，這是詩人的美化。兩條鼻涕灰灰白白的，他就說好像兩根玉的筷子一樣。「少婦城南欲斷腸」，是接着玉箸說的，說他那年輕的妻子是在城南。為何在城南？城北女子不斷腸？這就是中國的詩之所以為詩了，它的語言符號，一定要結合文化的背景。比如，一說東風，你一想就是春天的風，一說北風，你一想就是冬天的風。他為甚麼說城南？在唐朝的詩歌裏，這個「城南」就是思婦所居的地方。唐朝的思婦難道都住城南？其實他這樣說是有各種原因的，從地理上來說，你看看長安的歷史地圖，長安的街道都是正南正北、四四方方的，北部主要是中央政府辦公機關和皇宮所在，一般老百姓都住在城南。從文化習慣上來說，唐代詩人也常常把城南作為思婦所在的地方，例如，初唐沈佺期有一首七言律詩《獨不見》，其中就有兩句：「白狼河北音書斷，丹鳳城南秋夜長。」「白狼河北」是征人打仗的地方，「丹鳳城南」就是指長安城南。一個是地理的原因，一個是文化的原因，所以唐人總是把思婦的背景安排在城南。「征人薊北空回首」，是說打仗的征夫在薊北的邊疆，他難道不懷念妻子？他當然也回頭遙望他的家鄉，可那是沒有用的，他沒有辦法回來。所以這四句，鐵衣是征夫，玉箸是思婦；城南是思婦，薊北是征夫。他用對句，用張力，增加了感動人的力量。可是，高適的詩畢竟是以征夫為主的，所以他寫了征夫和他妻子兩方面的懷念。

之後就轉回來說：「邊庭飄颻那可度，絕域蒼茫更何有。」那少婦也懷念征夫，征夫也懷念他的妻子，可是邊疆的地方這麼遙遠。「飄颻」是非常遙遠的意思，「那可度」是說，我怎麼能隨便回去呢？「絕域蒼茫更何有」是說，在一個天涯海角非常邊遠的地方，在相思懷念的悲哀之中，在打仗的危險艱難之中，你眼前又能夠看見些甚麼？在這裏，「飄颻」和「蒼茫」都是疊韻，我們應該注意到這些細微的質素所起的作用。

「殺氣三時作陣雲，寒聲一夜傳刁斗。」這是用對偶句寫戰場生活，他說戰場上永遠是殺氣騰騰，煙塵滾滾的。「三時」，是早、午、晚三時，實際上就是整天的意思。他說在邊疆的地方，從早到晚都佈滿了殺氣騰騰的煙塵，那些煙塵跟天上的陰雲結合起來，就成了戰場上的「陣雲」。「刁斗」，是一種鐵做的容器，白天用來做飯，夜晚就用以敲擊巡邏。這個詞出於《史記》的《李將軍列傳》。李廣這個人猿臂善射，用兵神奇莫測，匈奴稱他為「飛將軍」。李廣對士卒是非常愛護的。他帶領軍隊在沙漠裏行進，每當找到水的時候，士卒不盡飲，他就不近水；每當吃飯的時候，士卒不盡食，他就不嚐食。因此士兵們都願意為他犧牲生命。《史記》上說，當時還有一個將軍叫程不識，也很善於用兵。不過，李廣是用仁愛來感動他的士兵，程不識卻是用軍令來約束他的士兵。李廣的軍中不用刁斗，而程不識的軍中管理嚴格，每天晚上都有人敲着刁斗各處巡察。所以，這「刁斗」是軍中所用之物。陸游有一首詩說：「日暮風煙傳隴上，秋高刁斗落雲間。三秦父老應惆悵，不見王師出散關。」（《觀長安城圖》）我曾說過，西方語言學的符號學有一個名詞叫作「code」，就是一個符號。在你的傳統文化背景中，你一用它，就會引起讀者一連串的聯想，正是這種聯想使讀者感受到詩歌中豐富的感發力量。杜甫有兩句詩：「瞿塘峽口曲江頭，萬里風煙接素秋。」（《秋興八首》之六）他說，我的身體是在四川的瞿塘峽口，可我心裏懷念的是長安。我雖然不能回到長安的曲江去，可我們這裏的風能夠吹過去，這雲煙的籠罩可以把相隔萬里之遙的瞿塘峽和曲江連接起來。而這風煙的連接，就代表了我內心對遠方的關懷。李白有一首送杜甫的詩說：「思君若汶水，浩蕩寄南征。」（《沙丘城下寄杜甫》）他說，我懷念你就像眼前汶水的流水，它的浩浩蕩蕩就像我對你的感情一樣。所以，人內心的感情，是可以藉着流水、藉着風煙把兩個遙遠的地方連接起來的。陸游所關心的是淪陷區的人民。「秋高刁斗落雲間」是說，秋天時天空顯得很高遠，軍中的刁斗聲也傳得更遠，都飄到高空的雲中去了。那麼它當然也可以傳到大散關那一邊的淪陷區。當那邊的中原父老聽到這邊的刁斗聲時一定會感到惆悵，我們只隔着一個大散關，為甚麼自己國家的軍隊不出來收復我們這淪陷的地方？這首詩，是陸放翁抒發他忠愛的感情，而我現在要講的是甚麼？是高適的「殺氣三時作陣雲，寒聲一夜傳刁斗」。你一定要知道這種感發聯想的作用，要不然的話就成了死死板板的一個註解。「寒聲一夜」，這是戰場上的感受和戰場上的氣象。在冬天寒冷的時候，你會感到那刁斗的聲音更響亮，傳得也更遠。而且，你會聯想到陸游的「秋高刁斗落雲間」，你可以由此想見戰場上士兵們那種艱難、辛苦、寒冷的感受。

「相看白刃血紛紛，死節從來豈顧勳。」戰場上刀光劍影，鮮血迸流，戰士們為了保衛國家而在戰場上死去，這些人有幾個人建立了功名？有幾個人封侯掛帥？一將功成萬骨枯，死去的那些人哪一個立了功勳？都是無名的將士！

「君不見沙場征戰苦，至今猶憶李將軍。」你難道沒有看到，在沙場上打仗是多麼辛苦？你難道不該愛護你的兵士嗎？「李將軍」，就是李廣。「至今猶憶李將軍」，言外之意就是，現在的將軍們再也沒有一個像李廣那樣既能征善戰又愛惜士卒的了。

附：

塞上聽吹笛[1]

雪淨胡天牧馬還[2]，月明羌笛戍樓間。
借問梅花何處落[3]，風吹一夜滿關山。

這是一首表現戰爭間歇期守邊將士生活的詩作。雪融時節擊退敵人的進攻，月明之夜將士們在戍樓吹起羌笛，《梅花落》的曲調隨風飄散，彷彿一夜之間吹遍關山的花片。詩人以邊塞聞笛的手法入筆，巧妙地將「梅花落」三字拆用，風聲滿關山，笛音遍關山，現實中的聽覺與想像中的視覺相交織，使這首詩具有了高妙闊遠的意境，為邊關的蒼涼調和了一抹暖色。這首詩反映了激戰過後的邊疆復歸祥和寧靜，也吐露了將士們的思鄉情深。本詩感情基調壯美健朗，呈現一派盛唐氣象。

註釋

1 詩題又作《塞上聞笛》和《和王七玉門關聽吹笛》，王七指王之渙。

2 牧馬還：胡馬北還，邊烽暫息，指敵人的騎兵被擊退。古代稱少數民族侵擾中原為「牧馬」。

3 梅花：《梅花落》，笛曲名，多抒離情。這裏三字拆開嵌於詩中，含雙關意，既指悠揚的笛聲，又把笛聲比作紛紛飄落的梅花花片。

沉鬱頓挫、仁民愛物看杜甫

先說說杜甫的家世。杜甫的十三代以前有一位很有名的遠祖叫杜預，文武雙全，無論學問還是事功，都有相當了不起的成就。從文的方面說起來，如果大家看古代的經書，你會發現十三經裏邊的《左傳》就是杜預做的註解；另外在武功方面，大家還要了解那時的歷史。杜預是晉朝人，晉以前三國鼎立，後來魏滅掉蜀，不久，魏的政權又被司馬氏篡奪，改國號為晉。最後，晉才消滅了東南的孫吳，而當時率軍討伐東吳的正是杜預。杜甫在詩中常常寫到其祖先的這份功業，這是杜甫的遠祖，那麼他的曾祖呢？他的曾祖名叫杜依藝，曾經做過河南鞏縣的縣令，杜甫就出生在鞏縣的南窯村。

杜甫的祖父杜審言也是一位詩人。我在講初唐詩歌的時候，講過他的《和晉陵陸丞早春遊望》，那是一首五言律詩，而杜審言對初唐五言律詩這種體裁的奠定，是有一份貢獻的。不但杜審言以文學出名，杜審言的從祖兄杜易簡也是以文學出名的。所以杜甫寫給他兒子的一首詩中有這麼兩句：

詩是吾家事，人傳世上情。（《宗武生日》）

他說作詩就是我們家的事情，瞧他有多大的口氣！

有時候，家庭的熏習確實對人的成長影響很大。杜甫的家族有中國儒家讀書仕宦的傳統，可細講起來，讀書仕宦的家庭也有很多不同。有些家庭表面上當然也讀書了，不然他怎麼參加科舉考試？怎麼得到仕宦的結果？但某些人的仕宦只是為了利祿而已，而杜甫的家族呢？我要說：他的家族不僅有讀書仕宦的文學詩歌傳統，而且有一種品格道德的傳統。

杜甫的外祖母本來是唐朝的宗室。我常常提到屈原，屈原如此忠義，當然一方面是因為他本來就有一種熱烈深厚的感情；另一方面，他也是楚國的宗室，而家族的觀念對中國人的影響非常深刻。杜甫的外祖母是義陽王李琮的女兒，當年武后想把李氏的天下變成武氏的天下，很多唐朝的宗室獲罪被殺，義陽王也沒能幸免。當義陽王還在監獄裏的時候，差役去他家裏捉拿他的兒子。他有兩個兒子，哥哥已經長大成人，弟弟還小，那些人只把哥哥帶走了，於是弟弟哭泣着說，如果把哥哥放了，他願意去替死。這樣要求的結果是，不但哥哥沒有放，連弟弟也被殺死了。所以有人說義陽王的兒子是「死悌」。死忠，是為國家盡忠而死；死孝，是為父母盡孝而死；為兄弟而死就叫「死悌」了。中國古代的男子總是比較重要，義陽王的兩個兒子受父親連累而死，可女兒沒有被抓進去，當然那時女兒還很小。義陽王在監獄中還沒有被殺之前，探監送飯的就是這個女兒，人們都說這家人是非常孝義的。此外，杜甫在南北朝時有一位叫杜叔毗的先祖，名列在《周書》的《孝義傳》中。可見，無論是他父親的家族，還是他母親的家族，都有一個孝義的傳統。

當然，我這麼說並不是認為人生下來就已經帶了這樣那樣的血統，像俗話所說的「龍生龍，鳳生鳳，老鼠生來會打洞」等等。我所說的傳統，指的是一個人所屬的家族、所生長的環境、所接觸的人有某種傳統，而這種傳統對一個人的影響不容忽視。

像李白和杜甫，他們的才能就不屬於同一類型：李白飛揚，杜甫沉着。李白作為天才是不受拘束的，那麼杜甫的天才是甚麼特色呢？我實在要說，是他的博大、正常、健全、深厚，他完全站在「正」的這一面。用一個比喻：李白是飛上去的天上的一朵雲；杜甫是穩穩當當站在地面上的一座山。李白的詩如「白雲從空，隨風變滅」（《御選唐宋詩醇》卷六），隨着風的吹動而變化消逝，他都是跳出來在空中的。可是杜甫呢？如同一座大山一樣堅實難移，他這樣堅固踏實，你很難將他移動。不僅才性不同，李白和杜甫所生長的環境、家庭的背景也有很大差別。前面說過，李白的家世已無從考證，而杜甫的家族世代都有讀書仕宦的傳統，這樣的家庭對杜甫的影響非常深遠。

我們現在講杜甫在整個唐朝詩歌的歷史演進中的重要性，你要取一個歷史的觀點，知道他真正的成就在哪裏。像解析幾何那樣，從歷史上眾多的作家、作品中為他找一個坐標點。不僅要從歷史的時間上來比較，還要從不同風格的作者的空間上來比較。你一定要有一個通觀的整體的看法，才知道他的地位和價值到底在哪裏。

我們讚美杜甫，常常說他最大的成就在於「集大成」。孟子提出「集大成」的說法，並且用比喻來說明「集大成」的意思：

孔子之謂集大成。集大成也者，金聲而玉振之也。金聲也者，始條理也；玉振之也者，終條理也。

（《孟子・萬章下》）

他說：孔子就是一個集大成的人。甚麼叫「集大成」呢？「成」就是指樂曲完成了整個樂章的演奏。如果把人的一生比作演奏一支樂曲，你可以用單獨的樂器來演奏，比如說彈琴，你所演奏的音樂就是琴聲；假如你擊鼓，你所演奏的音樂就是鼓聲。這是單獨樂器的演奏，可是孟子說，一個真正偉大的人，他平生的樂章不是單獨樂器的演奏，而是交響樂，是多種樂器的合奏，很多樂曲的合成。如果你只是用一種樂器演奏完一段樂曲，完成了一個樂章，這叫作小成；如果把各種樂器配合起來演奏，而且自始至終配合得恰到好處，那才叫大成。

孟子說：「集大成也者，金聲而玉振之也。」甚麼叫「金聲而玉振」呢？你要知道各種樂器合奏的時候，要有開頭，有結尾，要做到全始全終。所謂「金聲」就是說開始時先以鐘聲敲定整個樂曲的基本樂調；所謂「玉振」就是說結尾的時候要以玉磬做一個莊嚴的收束。這叫作「集大成」，演奏樂曲如此，作詩如此，做人同樣如此。

孟子講的是做人的道理，現在我們還回到文學上來。

杜甫以集大成的胸襟生在一個可以集大成的時代。所謂集大成的胸襟，就是說你要能夠接受、容納各方面的好處，而不是故步自封，自己先畫個圈把自己封起來，把其他的排除出去。就胸襟而言，杜甫不像很多人那樣，只認為自己對，一定要把對方打倒。每個人都有長處，每個人也都有短處。有些人心存成見，認為律詩都不好，自從建安以來的詩都不好，可杜甫不這樣說，每個時代、每個作者都有他的長處。杜甫之所以有這樣的胸襟，我認為這可能與他的家世有關係，因為他的祖父就是寫近體詩的，所以他不鄙薄近體詩。他後來在律詩的寫作上取得這麼高的成就，與他從小所受的影響有很大關係。

可是，如果杜甫生在建安的時代，他能夠寫出《秋興八首》這樣的律詩嗎？不能夠，因為那時候還沒有律詩的體裁。律詩是在唐朝形成的，杜甫能夠把五言七言、古體近體都寫得好，也是因為他生在一個可以集大成的時代，他可以集各種形式的大成。

造成這種集大成的結果必有某種原因。他為甚麼會有這種集大成的成就？我實在要說，因為他能夠深入生活，面對生活。李白是了不起的一位天才，但他的詩多半是從自己出發的；杜甫不是這樣，他真的是深入生活，關心大眾。像他的「三吏」「三別」等很多詩，所反映的都是人民大眾的生活，他能夠體驗各方面、各階層的人的生活，而且能夠把它寫好，這是造成杜甫詩歌之集大成的一個原因。

杜甫之所以能夠如此，既有環境的關係，又有性格的關係。杜甫在其所生長的環境中接受的是儒家用世的教育，杜甫所繼承的真是儒家傳統中最正確、最高、最好的理想，所以他能夠深入生活，面對生活，關心人民大眾。至於性格情感方面，每個人天生下來的資質不同，後天的因素也會產生一定的影響。杜甫之所以偉大，一個重要的原因就是他的感情都是合乎倫理道德的感情。他把道德倫理的感情與他自己私人的本性的感情結合起來，打成了一片。他所寫的那種對於國家、對於人民大眾的感情如此真摯、深厚、博大，這是造成杜甫集大成的另外一個原因。他以自己的生命抒寫他的詩篇，以自己的生活實踐他的詩篇，把自己的生命與詩歌的生命完全結合起來，他全部的作品是他整個的生命和生活的實踐。

我們要細講的是杜甫的《哀江頭》，這首詩寫在至德二載的春天。

哀江頭

少陵野老吞聲哭，春日潛行曲江曲。
江頭宮殿鎖千門，細柳新蒲為誰綠？
憶昔霓旌下南苑，苑中萬物生顏色。
昭陽殿裏第一人，同輦隨君侍君側。
輦前才人帶弓箭，白馬嚼嚙黃金勒。
翻身向天仰射雲，一笑正墜雙飛翼。
明眸皓齒今何在？血污遊魂歸不得。

清渭東流劍閣深，去住彼此無消息。
人生有情淚沾臆，江水江花豈終極。
黃昏胡騎塵滿城，欲往城南望城北。

「江頭」就是曲江的江頭。經過唐太宗的「貞觀之治」、唐玄宗的「開元盛世」，唐朝社會已經很繁榮了。而長安作為首都，每年春天到處是遊春賞花的士女，於是逐漸形成了一種風氣。所以劉禹錫寫過一首詩說：「紫陌紅塵拂面來，無人不道看花回。」（《元和十一年自朗州承召至京戲贈看花諸君子》）曲江本來是長安附近一個風景優美的地方，遊春的風氣尤盛，然而長安淪陷後又是怎樣的一種情景呢？如今的曲江已經面目全非，只是一片荒涼，完全沒有當初那種歌舞昇平的情景了，所以他說「少陵野老吞聲哭，春日潛行曲江曲」，我只有吞聲飲泣。

杜甫說「少陵野老」，他現在已經沒有官職，只是困在淪陷區內的一個普通人，一個潛往「行在」卻被中途攔截回來帶到長安的逃難者，故以「野老」自稱。「少陵野老吞聲哭」，當我經過曲江的江邊，看到「國破山河在，城春草木深」

（《春望》）的時候，國家已經殘破了，可是曲江江邊的終南山還在，曲江的江水還在；城中美麗的春天又回來了，遊人卻不見了，只剩下那茂盛的草木。見到這樣的情景，我就落下淚來了。你要注意，他說「少陵野老」是「吞聲哭」，「哭」有很多種，有人可以放聲痛哭，而他杜甫敢站在曲江江邊上放聲痛哭嗎？不敢，因為國破家亡以後，就連哭都是不自由的。如果你在曲江江邊上放聲大哭，人家就會發現你是在懷念自己的國家和朝廷，這是很危險的。所以杜甫現在所能做的只是吞聲哭泣，他說，我滿心的悲哀卻連哭都不敢哭出聲音來。

他是在甚麼時候來到曲江江邊？「春日潛行曲江曲」，就在當年那個遊春賞花的天氣。你要注意，他的哭是「吞聲哭」，行是「潛行」，因為怕被安祿山的軍隊發現，他也不敢光明正大地走路，只能偷偷摸摸、隱隱藏藏地在江邊徘徊。

在這兩句中你還要注意他的寫法，我常常說，聲音與它所表現的感情要一致。「少陵野老吞聲哭，春日潛行曲江曲」，他要寫自己吞聲哭泣的聲音，你看「哭」字、「曲」字都是入聲字。講廣東話的同學就會知道，廣東話裏的入聲字都有一個p、k這樣的收尾，凡是這樣的聲音都不能拖長，你要趕緊收住，所以它整個的聲音表示了一種短促的類似於吞聲的聲音。

杜甫在江邊徘徊，他看見了甚麼？「江頭宮殿鎖千門，細柳新蒲為誰綠？」他滿心懷念的都是從前的情景：從前是「曲江翠幕排銀榜」，是「拂水低回舞袖翻」（《樂遊園歌》），現在是「江頭宮殿鎖千門」。那時候達官貴人有自己的帳幕，唐玄宗和楊貴妃還不只是帳幕，他們在曲江江邊有行宮，有休息的宮殿。現在皇帝逃走了，貴妃被縊死了，首都也淪陷在叛賊的手中，宮殿的千門萬戶都被鎖了起來。哪裏有翠幕？哪裏有翻飛的舞袖？已經人事全非了！沒有遊人的欣賞，花還開不開？柳樹還綠不綠？如果草木也有知覺也有感情的話，看到了國破家亡應該是柳也不綠花也不開，可是草木無知，到時候還是綠了。「細柳新蒲為誰綠」，杜甫不但感情真摯，而且對大自然的描寫也非常出色，「細柳」代表柳條非常鮮嫩、非常柔軟的樣子，鮮嫩柔軟的柳條代表了春天剛剛到來的時節。「蒲」是水邊的蘆葦，「新蒲」也是剛剛生長出來的新鮮嫩綠的蒲葦，那種早春的植物是非常美麗的。他說，那嫩綠的柳條，那新生的蒲葦，你們還長得這麼美，這樣碧綠，可是沒有一個人來遊春賞花，你們為誰而綠？「國破山河在」，現在「城春」只剩下「草木深」

了，他以大自然的不變反映了人世間的改變。

我說過，杜甫是感性與理性兼長並美的詩人，你看他前面寫的「吞聲哭」，這裏寫的「為誰綠」，寫的完全是感情、感性的話，可是他的用字、他的押韻、他的聲音，以至於他的章法結構，又都有理性的安排。這也是杜甫之所以集大成的另外一個原因了。

假如我們畫一個圖表的話，他從開始到「細柳新蒲為誰綠」都是寫的悲哀；到「憶昔霓旌下南苑」一句忽然間一轉，又回到從前的盛世了。

「憶昔霓旌下南苑，苑中萬物生顏色。」「霓」是說雲霓，指天上的彩雲；「旌」就是旌旗。「南苑」是哪裏呢？我們要知道，曲江在長安城東南夾城的城腳處，那裏有樂遊園、芙蓉苑等地方，而曲江一帶的花園總名為「南苑」。他說，記得從前，玄宗喜歡到曲江來遊玩，他從皇宮經過夾城來到南苑。皇帝所行之處，五彩的旌旗迎風招展。你要注意，中國對「上」字和「下」字的用法很講究。一般來說，「上」指的是高貴的地方，「下」指的是卑微的地方。皇帝無論到哪裏去都是「下」，所以有乾隆皇帝的「下江南」。任何一個朝代說到首都去，都說是「上京」；去鄉下都說是「下鄉」。北方地勢高，去北方就是「北上」；南方比較低窪，去南方就是「南下」。總之，說上說下既與地位有關，也與地理有關。只有兩個上下好像顛倒了：「上」廁所與「下」廚房。「憶昔霓旌下南苑，苑中萬物生顏色。」當年玄宗從皇宮來到南苑，在其五彩旌旗的照耀之下，曲江附近的園囿因之生色，那些細柳新蒲、花草樹木顯得更加多姿多彩。

還不僅是景物的美好，人物呢？那皇帝是一個人出來遊春？當然不是，他是帶着楊貴妃出來的。我們知道，《哀江頭》寫於淪陷區內，寫的是國破家亡的悲慨。可是你要表現國家的敗亡，就要有一個主題或中心。在這首詩中，杜甫選擇了唐玄宗與楊貴妃的故事。他前兩句提到了玄宗，這句就開始寫楊貴妃了：「昭陽殿裏第一人，同輦隨君侍君側。」杜甫說楊貴妃是昭陽殿裏的第一人，昭陽殿本來是漢成帝的宮殿的名字，我們在講高適的《燕歌行》時曾經說過，「漢家煙塵在東北，漢將辭家破殘賊」，他把唐朝的將官說成是漢朝的將官，而唐朝人總是習慣假託漢朝來稱唐朝，所以杜甫在這裏把唐朝的楊貴妃所居的宮殿說成漢朝的「昭陽殿」。漢成帝曾經寵愛過一個很美麗的女子，就是歷史上非常有名的趙飛燕。王昌齡的詩中有兩句說「玉顏不及寒鴉色，猶帶昭陽日影來」（《長信秋詞》），「昭陽」本來是皇后所住的宮殿，趙飛燕就曾經住在昭陽殿裏邊，所以「昭陽殿裏第一人」就是指皇帝最寵愛的一個妃子，把楊貴妃比作趙飛燕。那個時候，她「同輦隨君侍君側」。「同輦」是和皇帝在一起，「隨君」是和皇帝在一起，「侍君側」也是和皇帝在一起，杜甫將同樣的意思接連重疊了三次，這是特別加重的說法。「輦」是皇帝坐的車，皇帝坐宮輦時跟楊貴妃在一起坐；「隨君」就不只是「同輦」了，是無論皇帝到哪裏去，她永遠隨着皇帝到哪裏去；「侍君側」是她永遠陪伴在皇帝身邊。所以，「同輦隨君侍君側」是說他們時刻不分，形影不離，無論行動坐臥都永遠在一起。這句看似疊床架屋，但是他把楊貴妃得到玄宗寵愛的那種情形寫到了極點。我們有時候講文學作品的「作法」，這其實都是最笨的辦法。只要你所寫真的能夠傳達你自己感發的生命，你怎麼樣寫都好。我們一般認為疊床架屋不好，可是有時候，這種感發的力量正是要靠疊床架屋才能表現出來的。

當初皇帝出來，不只是遊春賞花，有時候他還在附近射獵。你要知道在宮苑中有一些鳥獸，是特別供皇帝來射獵的。「輦前才人帶弓箭，白馬嚼齧黃金勒。」在皇帝所坐的輦車前面有「才人」，「才人」是宮中的女官，她們身上佩帶着弓箭，騎的都是白馬。中國一向認為白馬是最漂亮的馬，西方也有「白馬王子」之說。皇帝打獵的馬隊，佩戴得當然很美盛。這些馬嘴巴裏的嚼環、頭上的籠頭都是「黃金」做成的。這裏你要注意，詩人們向來把凡是金屬做成的東西，不管是銅是鐵，都説是「金」的，這是詩人習慣的説法，我們當然知道，黃金太軟，是不能用來做馬籠頭的。

後面兩句寫打獵的場面：「翻身向天仰射雲，一笑正墜雙飛翼。」因為天上有飛鳥，射鳥的時候你要仰面向天，不能直着身子，這是「翻身向天」。「翻身向天」怎麼樣？「仰射雲」。杜甫的詩很有力量，你看他所寫的姿態，他重視的是感性上的感受，而不是理性上的説明。翻身仰射的當然是天上的鳥，可是他不説「翻身向天仰射鳥」，而是説「翻身向天仰射雲」。如果是「仰射鳥」那就很笨，那鳥不是呆鳥，待在樹枝上不動，你一射牠就掉下來了，是在雲中飛的鳥，所以，「翻身向天仰射雲」一句就表現出一種威武而且瀟灑的姿態，他整個身體的那種姿態寫得非常好！這就是杜甫，他不但每一句每一句地節節高起，一句之中，比如「同輦隨君侍君側」，比如「翻身向天仰射雲」，也都是兩字兩字地向上高起來。

後面一句就更妙了，「一笑正墜雙飛翼」。這句是他整個章法結構之中的一個轉折，他轉折得非常好，非常形象化。古人說「筆挽千鈞」，他一筆就把所有的力量都反轉回來了。這首《哀江頭》也是，他開始寫國破家亡後曲江江頭的冷寂，然後用「憶昔」兩個字翻上去寫過去的繁華，他一句一句地向上翻，到現在為止，表面上還是上升的：「翻身向天仰射雲」，這句話就很妙；「一笑正墜雙飛翼」，還是在高興呢。「正墜雙飛翼」寫的是對一對鳥的射殺——那才人射中了一對比翼雙飛的鳥。中國古人常常說「一箭雙鵰」，你一箭射出去可以一齊射中兩隻鳥，這是射箭的最高的技術。「雙飛」本來就是說並飛的兩隻鳥，你一箭把牠們都射下來了。「一笑正墜雙飛翼」，表面上仍是飛揚的，是寫宮中女官射技的高妙——在皇帝面前表演射箭，那當然要有最好的訓練、最好的技術。可是與此同時，這句詩也有一種象喻的意味。感性與理性結合，寫實與象徵結合，這本來就是杜甫的一個特色。而「一笑正墜雙飛翼」，他在上升的同時，就有了一個降低的調子。為甚麼？你看他形象上的表現：「雙飛翼」——雙飛比翼的鳥一般比喻美滿的夫妻，而「雙飛翼」

被她們射「墜」，對於人來説，這是射技的高妙，是值得高興的事；可是對於鳥來説，這是一件很不幸的事情。事實上，這個形象表現的是一對愛侶所遭遇的挫傷和不幸。「一笑」者是誰？是貴妃，因為一箭雙鵰，就博得貴妃的一笑。而緊隨這「一笑」，整首詩一跌就跌下來了。

所以，杜甫在作詩的章法轉折上是非常妙的。也由於這個轉折，他後面才能夠馬上接下去：「明眸皓齒今何在？血污遊魂歸不得。」當初在馬上「一笑」的，是看到精彩射箭表演的貴妃；當她「一笑」的時候，你可以看到她明亮的眼睛之中那種笑的光彩。當年回眸一笑，她的眼睛那麼明媚，牙齒那麼潔白，可是現在她在哪裏？「血污遊魂歸不得」，她已被用三尺白綾勒死在馬嵬坡了。

詩歌是一種形象化的感性表現，而形象化有很多種表現的方法。有時是通過具體的敍述使其形象化，比如杜甫寫射獵，説「翻身向天仰射雲」，表現了才人射箭的瀟灑姿態；再比如「明眸皓齒今何在」，他不説楊貴妃「今何在」，「明眸皓齒」也是具體的形象；「血污遊魂歸不得」是説她這樣慘死，魂魄都不能回來，「血污遊魂」還是具體的形象。所以詩歌之形象化的表現有幾種不同形式，其中一個就是敍事時具體地敍述。形象化的第二種表現是要富於感染的力量和效果，這是作成一首好詩的最重要的因素。我們講詩的時候提到中國詩歌比興的傳統，第一種是見物起興，由物及心，你先看到外物然後感動了你的內心，由耳目的見聞而有所感發。第二種情形是由心而物，把內心的意念用比喻來表達。前者為「興」，後者為「比」，基本分別是如此的，可事實上說起來，在詩人真正寫作的時候，這兩種成分常常混合起來，接下來的兩句正是如此。

「清渭東流劍閣深，去住彼此無消息。」「渭」就是渭水，我說過，在長安城外的「八川」之中，涇和渭是最有名的兩條河流，而中國習慣上認為涇水是渾濁的，渭水是清澈的，所以是「清渭」。而且，「清渭」所指應該是長安，唐人詩曰：「秋風吹渭水，落葉滿長安。」（賈島《憶江上吳處士》）所以你要解說中國舊詩，一定要知道往哪裏去聯想，渭水給人的聯想往往就是長安。「劍閣」是四川的一個地名，四川多山，李太白不是寫過《蜀道難》嗎？所以你就知道，「劍閣」是在那麼深遠的崇山峻嶺之中。表面上看起來，「清渭」是一個地方，「劍閣」是一個地方，一個在長安，一個在四川，這都是外物，是寫兩個地方的外在景物，可他實實在在不是單純由外物所引起的感興，裏面還有比喻的意思。「東流」代表甚麼？一般說來，「東流」指的是逝水的東流，水永遠在不停地流逝。至於「清渭」之「東流」有兩種可能：其一，渭水代表了長安，東流有一去不返之意，所以「清渭東流」可以給人長安淪陷的聯想；其二，楊貴妃死在離長安和渭水都不遠處的馬嵬坡，所以「清渭東流」還有可能指死者的不可復生，以「清渭」的逝水東流象徵死者的長逝不返。「清渭東流」相對的是「劍閣深」，你要注意在形象的結合中表示動態和感受的那個字。在詩歌中，意象不是孤立發生作用的，表示動態和感受的字能夠使意象活起來。「清渭」的作用在於「東流」兩個字，「清渭東流」給我們逝水東流、一去不返的感受，並因此而聯想到長安的淪陷和貴妃的長逝；而「劍閣」的後面加了一個表示動態和感受的「深」字，也可給人幾種聯想。一是說劍閣的艱險，再有是說劍閣的遙遠。李白說「蜀道之難，難於上青天」（《蜀道難》），在中國地理中，劍閣古稱天險，所以說是「劍閣深」。由劍閣的險阻你還可以聯想到甚麼？是玄宗的安危。我們知道，玄宗從長安逃往四川，中間要經過劍閣，路途這麼險阻這麼遙遠，可以說是安危莫卜，還日無期。而杜甫此時羈留在長安，不知道玄宗以後還能不能回來，接下來還會發生甚麼變亂，一切都在懸念之中。所以，「劍閣深」的「深」字就有了險阻與遙遠的雙重含義。「清渭東流劍閣深」，僅僅七個字，而死者的長逝、生者的安危、國家的前途都包含在其中了。

下邊一句同樣給人以多種意義的聯想：「去住彼此無消息。」我們先看「去住」兩個字。古人所說的「去住」，不盡如我們今天所說的「去」和「住」。在古代，「去」常常代表死者，「住」常常代表生者。中國提到人的死，說是「長去」，就是永久地離開，再也不回來的意思。而「住」，則表示還留在這個世界上。「去住」這樣的用法在古典詩歌裏邊一直如此，直到近代還有人這樣用。「去住彼此無消息」這句的解釋有兩種可能：一種可能是說，「去」指已經死去的楊貴妃，「住」指還活在世上的唐玄宗，他們二人彼此永無消息了；第二種可能是說，以作者而言，自從玄宗「幸蜀」以後，杜甫被叛軍劫回長安，這首詩正是寫於淪陷的長安，此時他對於國家的前途、皇帝的命運完全不清楚，因此「去」者可能指「幸蜀」的玄宗，「住」者可能指淪陷在長安的詩人自己，他們之間也是「彼此無消息」。

「人生有情淚沾臆，江水江花豈終極。」俗話說：「人非草木，孰能無情？」

人不是那沒有感情的草木，你只要生而為人，誰能夠沒有感情？中國古人還說：「聖人忘情，最下不及情。情之所鍾，正在我輩！」（《世説新語・傷逝》）「聖人」是指超然於人類的悲歡離合、悲喜哀樂之外的人，他們是「忘情」；「下愚」是指在理智上、情感上很遲鈍的人，他們是「不及情」；而感情所結聚的，正是在我們這些既非「太上」又非「下愚」的一般人。一個人如果對於國家的敗亡，對於人民的安危都不在乎，而是只顧自己，只求個人生活的安定，我説那人的心已經死了。「哀莫大於心死」（《莊子・田子方》），所以人，只要你的心不死，只要你是一個有心肝有感受的人，當你看到國家的敗亡，面對着這種悲慘的變故，就不會無動於衷的，杜甫説，我忍不住落下淚來，沾濕了胸臆。

他前面寫的是悲哀的感情：「人生有情淚沾臆」，後面忽然間一個寫景的句子：「江水江花豈終極。」你不要忘記，這首詩開始寫的是「少陵野老吞聲哭，春日潛行曲江曲」；現在，他從所發生的悲慘變故再回到大自然的景物之中：「人生」是「有情淚沾臆」，可是「江水江花豈終極」？你面對的是這麼悲慘的變故，可曲江的江水為此而停止不流了嗎？曲江江邊的花為此而停止不開了嗎？沒有，春天永遠有這樣碧綠的江水；花朵永遠是這樣美麗的萬紫千紅。而我今天來到曲江，曲江的江水和當年繁華的時候一樣在流，江邊的花和當年全盛的時代一樣在開。開頭他就說了：「江頭宮殿鎖千門，細柳新蒲為誰綠？」已經國破家亡了，花為甚麼開？草為甚麼綠？而且我每年看到江水流江花開，我就會想到從前的盛世。「憶昔霓旌下南苑，苑中萬物生顏色」，當年的江水江花難道不是這樣嗎？而現在國家敗亡，天子出奔四川，貴妃被勒死在馬嵬，我再看到江水流，再看到江花開，「少陵野老吞聲哭」，我都會流下淚來。「江水江花豈終極」？「終」是說終了，「極」是說盡頭，哪一天江水才會乾涸？哪一天江花才會停止不開？沒有這樣的一天。江水江花永遠在流在開。而只要我的國家沒有光復，每一次我看到這樣的江水江花，所喚起來的就是「人生有情淚沾臆」，就是這種令我悲哀的事情。江水江花永遠沒有終了，我的悲哀就永遠沒有盡頭。

「黃昏胡騎塵滿城，欲往城南望城北。」我們知道，杜甫到曲江江邊上去散步，看到了「細柳新蒲」，無論是早春那麼細的柳條上的綠色還是剛剛從水中長出來的蒲葦的綠色，你要能看到這麼纖細的形狀和這樣鮮明的綠色，一定是在白天。他在江邊為國家的敗亡而痛苦，痛苦了一天，回來的時候已是黃昏，一走進長安城的街巷之內，看到滿街都是騎馬往來的叛軍，揚起了滿城的塵土。他只是說「塵滿城」，事實上要表現的是甚麼？是那些「胡騎」，是胡人的兵馬在長安城內的橫行踐踏。

最後一句說：「欲往城南望城北。」杜甫住在長安城的南面，他本來要往城南走，可望見的卻是城北。這句有人認為不通，怎麼會「欲往城南望城北」呢？這裏有兩種不同的解釋。一種解釋認為，這句寫出了杜甫深悲極痛、意亂心慌的一種感受。因為他那麼悲哀，神智已不十分清醒，如果直接說，我非常悲哀，我心慌意亂，這是很笨的說法；而「欲往城南望城北」，我本來欲往城南，走了半天一看，望見的卻是城北，怎麼走錯了？所以這就把杜甫當時那種憂急迷亂的心情清楚地表現出來了。還有一種解釋，如果聯繫杜甫在此之前所寫的《悲陳陶》一詩的最後兩句：「都人回面向北啼，日夜更望官軍至。」因為唐朝的軍隊在北方，所以他的「望城北」還不只是說他的心慌意亂，「望」也不是說「望見」了，而是「盼望」在城北。正如「都人回面向北啼」所代表的是「日夜更望官軍至」，他的「望城北」也是指對於自己政府的盼望和期待。所以對於杜甫，你要把他所有的詩打成一片來看，才能夠真正體會其感情的深厚，才能對他有更多的了解。

附：

秋興八首（其八）

昆吾御宿自逶迤，紫閣峰陰入渼陂。
香稻啄餘鸚鵡粒，碧梧棲老鳳凰枝。
佳人拾翠春相問，仙侶同舟晚更移。
彩筆昔曾干氣象，白頭今望苦低垂。

我們說杜甫的感性和理性兼長並美，不但如此，他的理性安排也不是一成不變的，他在規則之中也常有變化。包括哪些方面呢？既有章法方面的變化，也有句法方面的變化。

我們重點看頷聯「香稻啄餘鸚鵡粒，碧梧棲老鳳凰枝」。「香稻」是一種植物，又沒有嘴，怎麼可以去「啄」呢？「碧梧」是樹，也不是動物，更沒有腳，怎麼能夠「棲」呢？而且「粒」是說「香稻」的米粒，怎麼會有一種「粒」是「鸚鵡粒」呢？「鳳凰」是鳥不是樹枝，應該是「碧梧」的樹枝，怎麼變成鳳凰的樹枝？甚麼樣的樹枝是「鳳凰枝」啊？所以從表面的文法上看起來，這兩句確實不通。如果你把前一句的「香稻」與「鸚鵡」換一下位置，把後一句的「碧梧」與「鳳凰」換一下位置，變成「鸚鵡啄餘香稻粒，鳳凰棲老碧梧枝」，那豈不是再通順不過了嗎？是鸚鵡啄食剩下的香稻的米粒，是鳳凰落在一個碧綠的梧桐樹枝之上，直到終老再也不願離開，這樣的話在文法上就完全通順了，可是杜甫為甚麼不好好說，偏要這樣顛倒着說呢？有些人故意將句法顛倒，製造困難讓別人看不懂，他這樣做既沒有藝術上的原因也沒有藝術上的效果，而杜甫這樣做是有一種藝術上的效果的。

我們說杜甫晚年所寫的七言律詩已進入一種化境，所謂「化境」，就是擺脫了外表的限制，融化了一切外表而變化出之。以繪畫為例，你看一眼畫一筆，再看一眼再畫一筆，即使你畫得很像，可是那樣太死板。西方的畫家去遊黃山，看一眼畫一筆，畫的與照的差不多；而中國畫家則是先將黃山遊覽一番，看遍了黃山的日出日落以及雲海的變化，回來以後再畫，他畫的是對黃山整體上的一種感受，是對黃山之精神的一種體會，已經脫出形跡而將山之外表融化了。這是中國畫與西方畫很不同的一點。還不只是畫山，畫甚麼都是如此。

詩歌最高的境界同樣是進入一種化境，就是說要能夠擺脫外表上的拘限。外表上的拘限包括兩方面：一是文法上的拘限，一是情事上的拘限。杜甫在這兩方面都能夠做到不被拘限而變化出之。在文法上，比如杜甫的「香稻啄餘鸚鵡粒，碧梧棲老鳳凰枝」兩句，也是名詞加動詞，可是他把名詞拆開了：本該屬於「香稻」的「粒」跑到了後面，而本該屬於「鸚鵡」的「啄」跑到了前面。這是杜甫在文法上的變化而出。

除此之外，杜甫晚年所寫的詩在情事上也能夠變化而出。比如「織女機絲虛夜月，石鯨鱗甲動秋風」（《秋興八首》其七）兩句，「織女」和「石鯨」當然是昆明池那裏實有的石雕，而與此同時，這兩句讓我們想到了國家的貧困和動盪不安。所以，現在我們可以看到，杜甫到了晚年以後，一切都能夠變化而出，不但文字方面變化了，情事方面也變化了。

「香稻啄餘鸚鵡粒」，他說，那時候我來到渼陂，看到香稻的豐收，不但人吃不了，甚至可以拿這麼好的稻粒來餵鸚鵡，而且連鸚鵡都吃不了，是「啄餘鸚鵡粒」。你看他所要表現的重點，不是「鸚鵡」而是「香稻」的富足。他這句本來可以顛倒一下，說「鸚鵡啄餘香稻粒」，這樣文法通順了，平仄也不錯；但是就變得非常寫實，而且重點也就變成了「鸚鵡」。是說真的有「鸚鵡」來吃「香稻」，而且真的把「香稻」剩下了。而杜甫不是要寫這麼一件事情，他的目的是要寫「香稻」的豐收，所以是「香稻啄餘鸚鵡粒」。

下邊呢？「碧梧棲老鳳凰枝。」根據地方志的記載，從長安到渼陂的沿路兩邊種的都是梧桐樹。是誰種的？是前秦的君主苻堅。當年苻堅在長安建都，在那裏種了很多梧桐樹。「碧梧棲老鳳凰枝」，本來也可以將「碧梧」與「鳳凰」對調，說是「鳳凰棲老碧梧枝」，這樣平仄也完全對，就是說：鳳凰停下來，終老在這裏，在哪裏？在碧綠的梧桐樹上。可是你要知道，話一旦說得明白通順了，就給人一種非常寫實的感覺，説是「鳳凰」真的「棲老」在「碧梧枝」上。其實哪裏有鳳凰呢？鳳凰從來沒有出現過，連孔子都嘆息，説「鳳鳥不至，河不出圖」（《論語．子罕》），所以這個「鳳凰」是假的，「碧梧」才是真的。他要形容「碧梧」的美好。「碧梧」怎麼美好？中國古代的傳説認為鳳凰非梧桐不棲，壞的樹木牠都不會落在上面。杜甫説，這樣的梧桐樹可以吸引鳳凰到這裏來，來了以後就棲在枝上以終老，再也不走了。那麼美好的梧桐樹，是值得鳳凰在上面「棲老」的。而「鳳凰」代表的是甚麼？我們以前説過，杜甫有一首詩説自己「七齡思即壯，開口詠鳳凰」（《壯遊》），而「鳳凰」代表的是太平盛世，代表的是民生之安定、生活之美好。所以這兩句不是寫鸚鵡吃稻子，鳳凰落在樹枝上，他不是這樣死板地寫實，而是通過文法的顛倒掌握了情意上的重點，表現出很強烈的象喻的意味——我「故國平居」的日子正是「開元全盛」的時候，我看見過我們國家如此美好的日子。

奇才奇氣數岑參

唐玄宗在位的開元、天寶年間是唐朝最為興盛的時候，有着雄厚的財力物力，政治開明、思想奔放，呈現出獨特的盛世景象，達到封建時代的高峰。岑參出生之時正值盛唐，但此時他的家族卻不是最為輝煌的時候，而是處於沒落時期，所以他身負重振家道之任，光耀門楣之責，因此他從小刻苦學習，希望能夠考取功名，他在二十九歲時寫的《感舊賦》就透露說「五歲讀書、九歲屬文」。寒窗苦讀多年，三十歲時才考取進士，及第後卻只被授予了一個小官，但他欣然接受。

對岑參的人生以及詩歌創作影響最大的是兩次塞外之行。從小生長在青山綠水中的岑參得到出塞的機會，遠赴安西都護府（今新疆）。在途中，他看到了無邊無際的黃沙白草、壯麗的火山、雄偉的關塞，還有冬季裏皚皚的白雪，讀者最為熟悉的「忽如一夜春風來，千樹萬樹梨花開」便是岑參對塞外八月飛雪的描寫，還有「一川碎石大如斗，隨風滿地石亂走」的飛沙走石，更有「中軍置酒飲歸客，胡琴琵琶與羌笛」的異域風情。這些奇異的景象與中原完全不同，所見所聞使得岑參的心胸更為廣闊，詩人的詩情也更加豐富起來，在堅毅中多了一份豪情，為邊塞詩歌的創作奠定了基礎。

不僅如此，詩人意氣風發，想投筆從戎，在金戈鐵馬中大展鴻圖，他寫詩說「丈夫三十未富貴，安能終日守筆硯」，立志「功名只向馬上取」。對功名的熱衷也是盛唐氣象的表現之一，因為不止岑參有如此想法，整個社會都瀰漫着英雄主義的氣息，士人大都具有積極進取的精神。但建立功業並非容易的事，岑參最終未能如願，只在詩歌中述說着自己的邊關情思，寫着邊塞的人、事、物，奇異之景、戰爭之苦，豪放悲壯中又有孤獨蒼涼之感。後安史之亂爆發，岑參更沒有機會實現心中的抱負了。

盛唐邊塞詩人當中，岑參與高適齊名。儘管高適比岑參大十多歲，性格也不相同，但兩人有着相似的人生際遇，是一生的摯友，同時他們兩個也是杜甫的好友，交往密切。因為岑參與高適兩人都以邊塞詩著名，所以一般會把這兩位詩人放在一起比較，同中有異，岑參的詩在於一個「奇」字，偏向於描繪邊陲的景觀風情和將士的激昂。而高適喜歡揭露現實，夾敘夾議，讓人深思。

岑參的詩主要的好處不在寫情，也不在用意，他的好處在於那些用來做陪襯的景物。另外值得提的一點，就是岑參這個人的個性。杜甫有一首詩寫他和岑參兄弟到渼陂去划船，詩中說：「岑參兄弟皆好奇。」這就是說，岑參兄弟都喜歡做一些不平凡的事，有一些不平凡的表現。還有就是，有人評論岑參的詩說是「語奇而格峻」，說他所用的語言是不平凡的，說他的風格像高山一樣顯得特別矯健而有力量。

那麼，現在我們就來看他的一首《走馬川行奉送出師西征》，看看他的語言有甚麼不平凡之處。

走馬川行奉送出師西征

君不見，走馬川，雪海邊，平沙莽莽黃入天。輪台九月風夜吼，一川碎石大如斗，隨風滿地石亂走。匈奴草黃馬正肥，金山西見煙塵飛，漢家大將西出師。將軍金甲夜不脫，半夜軍行戈相撥，風頭如刀面如割。馬毛帶雪汗氣蒸，五花連錢旋作冰，幕中草檄硯水凝。虜騎聞之應膽懾，料知短兵不敢接，車師西門佇獻捷。

第一句，兩個版本不同。《古詩今選》是「君不見，走馬川，雪海邊，平沙莽莽黃入天」；戴君仁的《詩選》是「君不見走馬川行雪海邊，平沙莽莽黃入天」，戴本多一個「行」字。我以為《古詩今選》是對的，沒有這個「行」字。戴本是題中的字誤入。

「走馬川行」是甚麼意思？「行」和「歌」，都是樂府詩的名目。像曹丕的樂府詩有的叫「歌」，有的就叫「行」，還有的結合起來叫作「歌行」。「歌」，不是很嚴格的詩，是一種能夠配音樂的樂府詩；「行」，是說它的聲調可以像跑馬一樣有一種馳騁緩急的變化。《長恨歌》《琵琶行》，或者叫歌，或者叫行，其實都是樂府詩的一種形式。《走馬川行》是岑參為送一位高級將帥出征而作。這位高級將帥是誰？詩中沒有說，但前一首詩裏有，就是《輪台歌奉送封大夫出師西征》中的那位「封大夫」，即封常清。所以我們先看《輪台歌》的註解，等一下再回來看《走馬川行》。

「輪台」，是唐代一個縣的名字，屬於北庭都護府的轄區。北庭都護府，是唐代的一個行政區域，就像今天說一個省或者一個市一樣，只不過它是個軍事的區域。輪台的故址在今新疆維吾爾自治區米東區。北庭都護府的治所本來在唐朝的金滿縣，但都護有時也駐節輪台。都護，即軍隊領袖。他有時在他辦公的地方，就是在金滿縣；有時也到前線去，就是到輪台。那麼，當時在這個地方帶兵的是誰呢？就是安西四鎮節度使封常清。安祿山做過三鎮節度使，而封常清一個人管制四鎮，可見他的權力很大。天寶十三載封常清入朝，朝廷又讓他代理御史大夫，不久之後又讓他兼任北庭都護和伊西節度使、瀚海軍使等職。岑參就是追隨封常清的，曾做過安西、北庭的節度判官。《輪台歌》和《走馬川行》是他送封常清西征時所作。但這次西征在史書上查不到，可能是史書失載了。現在，我們已經了解了這首詩的歷史背景，我們已經知道岑參所送別的人，是當時地位很高的一個朝廷軍政大員。

我說過，**王昌齡的詩以言情勝，高適的詩以用意勝，岑參的詩以寫景勝**。「勝」，就是以這個見長，以這個為好。對岑、高兩人來說，他們的體式都是七言歌行；而王昌齡的體式則是七言絕句。以他們三個人為代表，形成了唐朝邊塞詩中主要的三大類別。高適的詩氣骨是很好的，氣骨表現在聲調、口吻，也就是他説話的聲音、他句子的結構。這些應當屬於形式。而剛才我們説的言情、用意、寫景，則屬於內容。從表達的形式來説，岑和高兩個人的詩其實都是以聲調取勝的。為甚麼呢？就因為他們用的都是七言歌行的體式，這種體式是比較自由的，不像七言絕句有那麼多的限制。樂府詩可以有雜言體，句子可以有長短的變化，尤其是歌行，它如跑馬馳騁，那步調可以有緩急快慢的多種變化。這是七言歌行與七言絕句的不同。高適和岑參都用七言歌行的體式，但高適的詩以用意取勝，所以他注重內容，寫了許多士兵的痛苦與將帥的豪奢。而岑參寫了很多送別的詩，他不能夠像高適那樣有意諷刺這些將帥，只能讚美他們，所以他就只能從聲調、口吻和對邊塞景物的描寫上取勝。邊塞的景物確實是不同尋常的，我們沒有到過邊塞的人，從來沒有看見過這樣的景物，再加上七言歌行的體式使他可以在聲調、口吻上有自由的變化，所以就能夠給人一種很新奇的感覺。這就是岑參詩的特色了。

我説過，對不同種類的詩要有不同的欣賞角度，有的詩是適於講的，這一類詩往往含意深遠豐富，可以帶給讀者很多聯想。這使我想到詞。有時候我們講一首很短的小詞，可以有許多聯想，這是詞這一類作品的特色。王國維就說過，詞的特色是「要眇宜修，能言詩之所不能言，而不能盡言詩之所能言。詩之境闊，詞之言長」（《人間詞話》）。很多人認為詩跟詞都是韻文，都是美文，都能寫景抒情，有甚麼分別呢？其實它們在本質上有很明顯的區別。所謂「要眇」是深遠的意思，「宜修」是一種女性的美。詞所寫的是一種深遠幽微的、富於裝飾性的、近於女性的這樣一種美。所以詞能夠寫出詩所不能說的、不能寫出來的意思。可是有的時候，詩也能夠寫出詞所不能夠完全說出來的話。這是很神奇的。詩所能夠寫出來的世界有時候比較起來更博大，「闊」，就是博大。像高適、岑參的七言歌行能夠寫出邊塞的各種風光，小詞寫不出來。而且小詞就是寫了，也表達不出來這種聲調和口吻的氣骨，因為短小的詞，它不能形成這樣的氣勢。可是，「詞之言長」，它雖篇幅這麼短，給我們的聯想卻很豐富。

「君不見，走馬川，雪海邊，平沙莽莽黃入天。」他說，你們沒有看見嗎？走馬川這個地方就在一片萬古都不融化的冰雪的雪海旁邊。「莽莽」，是無邊無際的、荒涼廣闊的樣子。那地方到處都是黃沙，一直接到天邊。「輪台九月風夜吼，一川碎石大如斗，隨風滿地石亂走。」你唸起來覺得他的聲勢極好。說到輪台九月的風，我們可以把《白雪歌送武判官歸京》也結合起來一起看，那首詩中說：「北風卷地白草折，胡天八月即飛雪。」「卷地」，是掃在地面上吹起來。塞外的草都是乾枯的，是一片白顏色，而且寒冷的狂風把那些乾枯的草都吹斷了。下雪一般在十一二月，可是岑參說，胡地的天這麼冷，八月的時候就已經下雪了。那雪是甚麼樣子？他寫得果然好：「忽如一夜春風來，千樹萬樹梨花開。」塞外從來看不見花開，但下了一夜的雪，第二天早晨一看，所有的樹枝都掛上白色的冰雪，好像梨花開了一樣。他不但寫得好，而且讀起來聲音好。你看，「北風卷地白草折，胡天八月即飛雪」，「折」和「雪」都是入聲字，押一個韻；「忽如一夜春風來，千樹萬樹梨花開」，換了平聲韻。他要寫那冰雪的摧傷，就用那麼短促的入聲字，讓你覺得很緊張，很凜冽，很寒冷。「忽如一夜春風來，千樹萬樹梨花開」，忽然間就變成平聲韻，就彷彿春天來了。而且，「梨花開」三個字都是平聲，一下子給你放鬆下來。所以，對於詩你要懂得從不同的角度去欣賞。有的詩需要你把它發揮；有的詩其特色就在它的形式，所以你要掌握住它的形式。岑參的詩把景物和聲調結合得很好，他要緊縮時就緊縮，要放鬆時就放鬆，非常自如。

我們現在返回來看《走馬川行》的「輪台九月風夜吼」。你想，「胡天八月」就有飛雪和這麼大的風，何況九月。輪台九月的風尤其在夜間呼嘯的聲音特別大，而且還不止如此，還有「一川碎石大如斗，隨風滿地石亂走」。塞外風力那麼強大，乾涸的河底有許多斗大的碎石，風把這些石頭都能吹得滿地跑，那真是沙石滾滾的「沙暴」了。下邊他說：「匈奴草黃馬正肥，金山西見煙塵飛，漢家大將西出師。」秋天，草都枯黃了。你要知道，草枯黃的日子就是適合打獵的日子，王維有一首《觀獵》詩，其中有兩句說「草枯鷹眼疾，雪盡馬蹄輕」，那就是寫在秋冬之際雪剛化時出去打獵的情景。「匈奴」在這裏是泛指西北邊疆常來入侵的游牧民族，他們常常藉着出獵的機會，到邊境來騷擾。而且，秋天正是糧食收割的時候，馬也有很多草料可以吃，所以這時候就要防備戰爭了。「金山西見煙塵飛」的「金山」，就是阿爾泰山。「煙塵飛」是甚麼意思？《燕歌行》說「漢家煙塵在東北」，「煙塵」就代表了戰爭。你從金山向西北一望，煙塵滾滾，那是匈奴的兵馬打過來了。兵來將擋，水來土掩，所以他後邊說「漢家大將西出師」。這就是指封常清的出師西征。

以上這三句是一個韻，下邊就換韻了：「將軍金甲夜不脱，半夜軍行戈相撥，風頭如刀面如割。」這是寫將軍的勇敢和忠誠。他身上穿着金屬做的盔甲，連夜裏睡覺都不脱下來，兵不解甲，這是為了防備敵人夜襲。「半夜軍行戈相撥」是説，不但白天要趕着進軍，有時半夜裏也要趕着進軍。「戈」，是古代一種武器，「相撥」就是相碰。夜裏行軍誰也不許講話，這時候你就只能聽到走路的聲音和身上佩帶的刀槍偶爾相碰撞的聲音。就如同歐陽修《秋聲賦》所説的，「銜枚疾走，不聞號令，但聞人馬之行聲」。「風頭如刀面如割」是説那風吹過來像刀刮在臉上一樣，臉好像都被割破了。這是寫行軍的艱苦，後邊他就寫邊塞的寒冷：「馬毛帶雪汗氣蒸，五花連錢旋作冰，幕中草檄硯水凝。」不要説人覺得很冷，你看那馬，馬的毛上都是雪，當馬跑得出汗時，汗就把牠背上的雪蒸化了。可是牠一停下來，那化去的雪馬上就結成了冰。「五花」，是黑白花的馬；「連錢」，是馬身上一塊塊圓的花斑；「旋」，是很快，雪水很快就結成了冰。「幕中草檄」，是説在將軍的幕府之中起草檄文。檄文，是古代徵召或宣告性質的公文，這裏是指戰爭的文件。當幕府中的辦公人員起草檄文的時候，「硯水凝」，那硯台裏的墨水都凍結了，以致根本就拉不開筆，寫不出字來。這幾句，是極言邊塞之寒冷。「虜騎聞之應膽懾，料知短兵不敢接，車師西門佇獻捷」，是說當敵人的騎兵聽到漢家大將西出師的消息之後一定會嚇破了膽，他們絕對不敢和我們精鋭之師短兵相接。所以，這場戰爭的勝利是指日可待的。「車師」，本是漢代西域國名，其故地就在北庭都護府的治所金滿縣一帶。「獻捷」，是下屬向上級呈報勝利消息並獻上勝利品。所以這最後三句仍是把話題歸結到對封常清的讚美，有恭維他此戰必勝的意思。

附：

盛唐形成了以高適和岑參為代表的邊塞詩派，又稱「高岑詩派」。岑參不僅善於創作邊塞題材，對於小題材的把握也是信手拈來。

戲問花門酒家翁

老人七十仍沽酒，千壺百甕花門口[1]。

道傍榆莢仍似錢[2]，摘來沽酒君肯否。

唐玄宗天寶十載（七五一），高仙芝調任河西節度使，在其幕府供職的岑參便和其他幕僚一起追隨高仙芝來到涼州城中。此時的涼州城春光初現，市井生活生意盎然，詩人心底也化開了融融暖意和絲絲喜悅，於是他截取了生活中的一個鮮活場景。詩的前兩句用白描手法寫出老翁待客、美酒飄香的情景；後兩句從榆錢的外在特徵上抓住了詩意，用詼諧的口吻戲問老翁是否可用榆錢沽酒。這首詩在葱蘢的古意中融入了口語化、生活化的遣詞造句，樸實自然，拙中見巧。頗具生活情趣的小詩也從一個側面反映了安定富足的盛唐，塑造了百姓的樂觀與豁達。

註釋

1 花門口：花門樓口。花門樓為涼州客舍之名。
2 榆莢：榆樹的果實，因形似，也稱榆錢。

卻愛韋郎五字詩

韋應物是一個甚麼樣的人呢？韋應物的家族在中國的歷史上是一個貴族世家，特別是在唐朝的時候，他的祖先有很多人都是做官做到宰相的位置的。那時有一句俗話說：「城南韋杜，去天尺五。」說城南的韋家和杜家，距離朝廷這麼近，只有「尺五」，「天」代表天子、朝廷，極言其家族都是很高貴的。韋應物的祖先韋待價曾經在武后的時候做過宰相，後來也是被遷貶了。韋應物生下來的時候他們世家就已經衰落了。

但不管怎麼樣說，韋應物的家族畢竟是世家，他十四五歲的時候，被選中做玄宗的侍衛。此時的他備受榮寵，年少輕狂。由於韋應物少年的時候去當侍衛，所以正應該念書的時候沒有好好讀書，後來很晚才「把筆學題詩」。他的詩五言比七言好，古體比近體好，而且是要透過一種思索才能體會到的好。我們要體會一個人的詩，該怎麼樣進去？如果他是從自然感發寫出來的，那我們就從自然感發來欣賞它；如果他是用思索寫出來的，那我們就要用思索去尋求它。

因為韋應物讀書很晚，所以他學詩的時候曾經多方面學習和嘗試過。有時候他寫的一些歌行，還有他的五言古詩、五言律詩都會反映當時的社會現實和民間疾苦。這一方面影響了和他同時或者是稍後的作者，如李賀。不過韋應物最有名的還是山水田園詩。人們習慣上常常把王、孟、韋、柳四家並稱作唐代寫山水自然的詩人。

現在我們來看他的《初發揚子寄元大校書》：

初發揚子寄元大校書

淒淒去親愛，泛泛入煙霧。
歸棹洛陽人，殘鐘廣陵樹。
今朝此為別，何處還相遇。
世事波上舟，沿洄安得住。

題目是《初發揚子寄元大校書》，韋應物曾經做過滁州、江州、蘇州刺史，所以在揚子江上來往過很多次。一次他從揚子江出發，寫詩寄給他的一個朋友，這個人做校書，姓元，排行老大。這首詩是把自己的感情融合在景物之中來寫的。

「淒淒去親愛」，是說我內心覺得非常悲戚，因為就要與我所親愛的人離別了。「泛泛入煙霧」，航船出發的時候常常是早晨，而早晨水上又常常是有很多霧的。「泛泛」就是在水上飄搖不定的樣子，有種前途茫茫的感覺。「歸棹洛陽人」，「棹」是船槳，「歸棹」代表歸船，划着這個船我要回到洛陽去。「殘鐘廣陵樹」，我走的時候聽到遠遠地從廣陵那邊，透過煙水，穿過樹林，傳過來的殘鐘漸漸遠了，慢慢慢慢就聽不見了。鐘被敲響，當的一聲過後，它還可以嗡嗡嗡響很久，所以你就聽到殘餘的鐘聲，隔着廣陵樹那麼悠遠地傳過來了。由此就引起了他很多的懷念和回憶。

「今朝此為別，何處還相遇。」今天我跟你從這裏離別後，甚麼時候才能再相見？大家記得王勃的「與君離別意，同是宦遊人」吧？離別可以分幾種情況，假如現在我們兩個人是好朋友，如果我走了，你沒有走，還留在這裏，那我無論走得多麼遠我都知道你在這裏，只要有一天我回來的話還可以再找到你。或者是你走了我不走，只要有一個人是固定的，我們就有見面的希望，因為我知道到哪裏可以找到你。可是現在我們同是「宦遊人」，做官遠遊在外，身不由己。朝廷今天下命令叫我走了，明天可能也叫你走。那以後我們在哪裏可以再相見？所以他說「何處還相遇」——我們在甚麼地方還會再見面？「世事波上舟」，世間事情的變化就好像水上的船一樣飄搖不定。「沿洄安得住」，「沿」是順水而下，「洄」是逆水而上。人生就像是在水上走的船，有的時候要順流而下，有的時候要逆流而上。在哪裏會停下來都是不由我們做主的，船到哪裏我們就隨之到哪裏。你可以看到韋應物寫的情景之間有一種融會，而且在感發之中有一種思致。這就是韋應物詩的一個特色。

「淒淒去親愛，泛泛入煙霧。歸棹洛陽人，殘鐘廣陵樹。」這兩句是對句，因為「棹」是一個名詞，「鐘」是一個名詞；「歸」是一個動詞當作形容詞用，「殘」也是形容詞；「洛陽」是地名，「廣陵」也是地名；「人」是一個名詞，「樹」是一個名詞。我們在講詩的時候説過有古體與近體之分，近體中的律詩是講究平仄及對偶的。可是韋應物的這幾句你一定要注意到，它只有詞性是對的，至於平仄呢？平仄上不是完全對的。還不只如此，凡是一般的律詩，原則上都是押平聲韻。「國破山河在，城春草木深。感時花濺淚，恨別鳥驚心。烽火連三月，家書抵萬金。白頭搔更短，渾欲不勝簪。」深、心、金、簪，是平聲韻。韋應物的《初發揚子寄元大校書》的第二個字、第四個字、第六個字、第八個字是韻腳，即霧、樹、遇、住這四個字押的是仄聲韻，所以不是真正的近體詩。那麼這種詩叫作甚麼呢？這一類中間對句、雙句押仄韻的詩是在六朝的齊梁之間發展起來的，從那時起詩人們開始對中國文字的特色進行反省和認識，可是完全的規矩和格律還沒有完全形成，於是就形成了古律之間的詩。這一類的詩很特別，後來人們管它們叫作格詩。

附：

寄全椒山中道士

今朝郡齋冷，忽念山中客。
澗底束荊薪，歸來煮白石。
欲持一瓢酒，遠慰風雨夕。
落葉滿空山，何處尋行跡。

這是一首五言古詩。風雨蕭條寒冷寂寞之中，作者突然想起山中的道士來了。那這位「山中客」過的是甚麼生活？「澗底束荊薪」，道士就在山澗底下採摘一些荊棘當作木柴，然後「歸來煮白石」。不是說這個道士真的煮白石，他這裏用了一個典故。《神仙傳》裏說白石先生是中黃丈人的弟子，「嘗煮白石為糧，因就白石山居，時人號曰白石先生」。魏晉之間的人喜歡服食「五石散」。據我現在推想，「五石散」大概就是五種礦物，這個也有一定的科學性，人體本來也需要一些礦物質，所以相傳白石是可以吃的，他才用了這個典故。這個道人「煮白石」吃，也就是服食「五石散」、石乳這一類的東西來修煉以達到長生。「欲持一瓢酒，遠慰風雨夕。」我非常想帶一瓢酒去拜望你、看望你、安慰你。可是就算我去的話，也是「落葉滿空山」，秋天到處是落葉，而你現在在山中的哪一個地方？賈島有一首很短的小詩「松下問童子，言師採藥去。只在此山中，雲深不知處」，也是這麼一種意境。我去何處尋找到你的行跡呢！所以韋應物的詩有的時候有一種高古、超逸的風格。

柳宗元的山水寂寞心

柳宗元先世的地位是很高的，從他的伯曾祖父在朝廷裏受到當權派的打擊被貶官貶到很遠後，其家道才逐漸中落下來。他的父親柳鎮也曾經被貶到四川的夔州，柳鎮被貶官的時候，柳宗元已經出世了，所以他小時候就曾經隨父親輾轉各地，對於民間的疾苦是十分了解的。柳宗元又是柳家的獨子，柳家以前的門第曾經顯赫過，後來中途沒落了，所以家人就對他的期望很大，希望他能夠重振家風。柳宗元在二十多歲時就考中了進士，據韓愈《柳子厚墓誌銘》記載，此時「眾謂：柳氏有子也。」即大家都這麼說：「柳家現在真是有一個好的後代了。」由此可以看到他們家裏對他的期待和盼望以及他當時表現的出色。韓愈還說柳子厚非常有才氣，每當他跟人談論起他的政治理想時總是「踔厲風發」，「踔」是腳步跑得很快、踏得很高的樣子，「厲」是很強，很有力量，「風發」就是說很能感動人、很有風采的樣子。於是，「諸公要人，爭欲令出我門下」，當時當權的要人，就都想把這個有才幹有希望的年輕人搜羅到自己的門下來。所以說柳宗元年輕時是很有前途的。

柳宗元做官的時候是在德宗跟順宗之間的年代，此時唐朝的政治有甚麼樣的弊端呢？當時有一種宮中定的辦法叫作「宮市」，「市」就是做買賣，替皇帝、替朝廷、替宮中來買東西的。宮市的不合理就是採買人看到東西好，想給多少錢就是多少錢，百姓根本沒有辦法跟他爭價錢，而且後來發展到連錢都不給，叫作「白望」，白望是看一看就拿走，根本不給錢，所以就養成這樣一種封建官僚腐敗的惡習。還不只是如此，皇帝做久了，一般不但政治上昏庸而且比較淫縱，喜歡享樂，所以他們就在宮中養了「五坊小兒」。坊就是區域，唐朝時把長安城劃分為好幾個區域。這五坊就是豢養供皇帝戲耍取樂的動物的地方。我們講初唐王勃的時候曾經提到過，有兩個王子鬥雞，唐朝許多王公貴族都喜歡這種娛樂，於是這些習慣就一路傳接下來。凡是給上面當權派做事情的人就會倚仗人勢、作威作福，所以這些五坊小兒就在鄰里之間橫行。

德宗以後就是順宗，當順宗還是太子的時候，有一個人就給太子做伴讀，叫王叔文。王叔文不是正途出身，沒有考中過進士，不是貴族家庭出身。他下棋下得很好，很得太子的寵愛，不但如此，王叔文出身底層，所以常常給太子講民間的疾苦。後來順宗繼位，王叔文就掌權了，為改革當時的弊政，他引用了柳宗元、劉禹錫，還有韓泰等八人，都是很好的人才，之後馬上就把宮市、五坊小兒給罷掉了。順宗的年號叫作永貞，這是唐朝很有名的一次改革，就叫作「永貞革新」。

這些改革還是小事一段，他們最大的目標是削減宦官跟藩鎮的權力。要削減他們的權力，最重要的是奪取兵權。可是宦官、藩鎮這些有權的人能夠老老實實讓人把兵權奪去嗎？當時的四川分成兩部份，西部叫西川，東部叫東川。有一個節度使叫韋皋就說了，我要同時兼領東西川。那王叔文肯定認為這是不可以的，不能讓節度使有這麼大的權力。於是韋皋就說，你不答應我就要你好看，所以當時這些節度使就聯合起來攻擊王叔文等人。信任他們的皇帝順宗中風了，外面的軍閥和宮裏的宦官就相互勾結，逼迫皇帝下詔，自己說我有病了，我辭去皇帝的位置，讓我的兒子太子繼位。他的兒子就是憲宗。憲宗不喜歡父親的臣子，總是覺得他們跟自己的父親是一輩的，不大容易接受新皇帝的控制，所以憲宗繼位後，在不到一年的時間裏，宦官重又得勢，王叔文被賜死，柳宗元、劉禹錫等一共八個人都被貶出去了，貶到荒僻的外州去做司馬，就叫作「八司馬」。

柳宗元去做司馬的地方就是永州，在今湖南零陵附近，山水是不錯的，可是當時還是很荒僻的一個地方。司馬是刺史下的一個屬官，自己甚麼政治理想都不能表達的，讓你幹甚麼你就幹甚麼。柳宗元在永州的生活很不如意，他的妻子不久前已去世，而且沒有孩子，又沒有兄弟，所以他是孤獨一個人，無妻無子，孤苦伶仃。當這些打擊都打在他身上時，他非常壓抑和痛苦，身體又有疾病，所以沒有一個解脫的辦法。當然他並不甘心陷在痛苦之中，希望能從挫折痛苦中掙扎起來，所以柳宗元就曾經嘗試用遊山玩水來安慰自己，排遣憂傷。所以他在永州所寫的山水遊記和詩歌都有一個很特別的特色，這個特色就在於當他寫山水遊記或者詩歌的時候，表面上是寫賞玩山水，而且有的時候故意要寫得冷靜、超逸，要擺脫，但他並不是真的冷靜，也不是真的超逸。他表面上是藉着山水來表現他的冷靜和超越，但是透過表象，有着很深的痛苦。

柳宗元在永州住了有十年之久，元和十年憲宗把這些被貶的人都召回來了，本來柳宗元覺得很高興，可沒有幾天的時間，他們就再度被貶了，他被貶作柳州刺史。唐朝的地理中，全國的州都是按等次分的，有上州、中州、下州，就是上等、中等和下等的州，像韋應物做刺史的江州和蘇州都是上州，「上有天堂，下有蘇杭」。之前柳宗元被貶的永州位於湖南零陵，是中州。柳州呢，位於廣西的少數民族所在地，那裏一切的文明建設都沒有，直接就是近於原始。據柳宗元記載，當地的人民很迷信，生病不看醫生，從來沒有接受教育。當地人打一點水要走好遠好遠的山路，到江邊打水回來。柳宗元來了以後，為他們鑿井，而且給這些完全沒有甚麼法律和政治概念的柳州人以教育。他因人施教、因風俗施教，後來人民就接受了教化，開始讀書受教育，廣西一帶的人都來跟柳宗元學習。

在這樣痛苦的環境之中一個人還能夠做些甚麼？政治仕途上不能有所作為了，我們說太上有立德，其次有立功，而這兩者都不成了，所以再其次的就是立言了。柳宗元趁病隙伏案讀書，同時他著書立言，寫了很多有理論性的文章，如《天論》《封建論》等；還發展了寓言，像《黔之驢》和《臨江之麋》這一類的文章，都是藉着動物的小故事說明道理，類似於西方的《伊索寓言》；同時他還寫了傳記，如《種樹郭橐駝傳》《捕蛇者說》，不但反映了很多民間生活的疾苦和當地的風俗，而且提出了他的政治理想。

所以說柳宗元真的是一個有政治理想、有思想又有理論的人，同時他又極有熱情，關心人民和國家，以他多病衰弱的身體為柳州的人民做了那麼多的好事。所以當他死後，柳州的人民很懷念他，就在羅池給柳宗元立了一個廟來紀念他。

我們要對柳宗元的感發的心有一個認識，現在就要看他的一首詩，他被貶官到永州時所寫的《溪居》：

溪居

久為簪組累，幸此南夷謫。
閑依農圃鄰，偶似山林客。
曉耕翻露草，夜榜響溪石。
來往不逢人，長歌楚天碧。

題目是「溪居」，「溪」指的是愚溪，愚溪是柳宗元給它取的名字。中國古話說大智若愚，柳宗元以為做人應該愚一點。此外，柳宗元是在唐朝的黨爭之中屬於失敗那方，因此他把這個溪水起名做愚，不但是有一種哲學智慧的意思，還有一種自我嘲諷的意思。

愚溪在哪裏？在永州，就是湖南零陵，作者貶謫的時候曾經就在這條小溪邊居住過。柳宗元後來死了，劉禹錫曾經寫過《傷愚溪》的詩，就是悼念柳宗元的一首詩。

我們已經屢次地說過詩歌好壞的判斷，主要是在於它裏面要含有一種感發的生命，這種生命就是外在的物與內在的心相接觸的時候，引起你內心的感動，所以說寫詩是「情動於中而形於言」。那麼外在的事物，不只是說你眼睛所看見的景物，當然這個也是使你引起感動的一個原因；那還有就是，你的經歷，你所遭遇的。你遭遇了一些不幸的事情，這時如果外在世界中的葉子落了，都會引起你的傷感，那麼自己身上發生的悲歡離合當然更能使你感動了。而且每一個人內心原來的資質也是不一樣的，在這種接觸之間所發出來的感應以及詩人感應的態度也是不相同的，所以才有作品風格的不同。

上面我們簡單介紹了柳宗元的生平，講到永貞年間的革新，後來革新失敗了，柳宗元在這一次政治鬥爭之中所受的傷害最大。前兩天有個同學跟我討論人生經歷的幸與不幸的問題，我說有的人經歷的不幸要多一些，有的人卻沒有經過甚麼大的不幸，只經過很小的不幸。因為每個人的本質不同，所以有同樣的遭遇時各人受到的傷害也是不一樣的。柳宗元跟劉禹錫都是在這一次受到挫折，但是他們兩個人受到傷害的程度不一樣。劉禹錫的傷害少一些，就是因為他對於盛衰的變化有一種通達的看法——一個人不是永遠順利的，我現在雖然受到挫折，沒有關係，你們現在興盛，將來你們也許會衰敗的，那我現在衰敗，將來也許會恢復的。他不止看到眼前的一點，劉禹錫對於盛衰變化有一個完整的通觀，所以他的詩裏邊喜歡寫關於歷史興亡的東西。而柳宗元就沒有這種通達的看法，一個打擊下來了，就整個地都打在他的身上，他卻沒有一個解脫的辦法。當然每個人也不是說甘願陷在痛苦之中，每個人都希望能從挫折傷害之中掙扎起來，柳宗元也試過，他的掙扎，是嘗試以山水自慰，就是嘗試用遊山玩水來安慰自己，也就是說用排遣——你不要把這些憂愁都集中在你身上，你把它們都排遠。「遣」，就是我們說的消遣、遣玩和欣賞，像蘇東坡那樣的，他說我現在眼睛都花了，我看不見外面春天的這些美景、這些花草，那沒有關係，他說我可以「無數心花發桃李」（《獨覺》）。柳宗元經過了自己的一番掙扎和努力，可是最終還是沒有得到解脫，他整個的真正的內心還是充滿了傷害，還是非常悲哀而且非常痛苦。

我們知道《溪居》正是柳宗元被貶官到永州，最痛苦最哀傷的時候所寫的。「久為簪組累，幸此南夷謫。」你一定要了解，這是他說的反話，是他希望做而沒有做到的。「簪」是頭上插的頭簪，「組」是身上綁的一條帶子。「簪組」是甚麼？是做官的人所穿的衣服。柳宗元除了他的性格不能夠經受打擊以外，還有就是他家裏邊給他的心理負擔很重。因為大家把振興家族的責任都加到柳宗元的肩膀上了，很多人都認為他應該努力，應該奮發，應該光宗耀祖，這給了他很大的壓力。對於仕宦他本來是相當積極的，很早就希望有一番成績和作為，可是他現在卻說我很久就被「簪組」——做官的事情，「累」是連累，被做官連累了，那是很不自由的。做官當然是不自由的，所以他說「幸此南夷謫」。柳宗元是被貶在永州，這個地方在唐朝時文化還不大開化。「南夷」，「夷」是蠻夷，荒蠻的不開化的地方；「謫」

是個入聲字，唸 zhé，是貶的意思。現在他說「幸此」，來到這樣遙遠的南方的蠻荒的地方，他反而覺得很幸運，但這不是他的真話。

「閑依農圃鄰，偶似山林客。」他在永州是做州政府底下的一個屬官，不用負擔重要的政治責任，所以他說「閑」。沒有事情的時候，他就「依農圃鄰」，「農」是種莊稼的，「圃」是種菜的。他說，我就靠近那農田菜圃跟農夫結成鄰居了。「偶似山林客」，我偶然也像山林隱居的人那樣去遊山玩水，可是你要結合他的書信來看，你就能知道他遊山玩水就跟囚犯出來放風一樣。「曉耕翻露草，夜榜響溪石。」他說，早晨的時候我也和這些農夫一起去耕田，「翻露草」，種地的時候都是要翻土的，先要把土翻了才能撒種子。而地上都長着草，草上都有露水，要把帶着露草的土翻過來。有的時候我夜裏邊遊山玩水就坐着船，「榜」就是一種划船的工具，是划船的一種槳，他說我拿着槳來划船，「響溪石」，在充滿了山石之間的流水上，船漂過去，就聽到那嘩啦嘩啦的水響。「來往不逢人，長歌楚天碧」，表面上是寫他遊山玩水的逍遙自在，他說我來往都不會遇到閑雜的人。

一個人不管你讀書還是做甚麼，都要「求諸己」而不要「求諸人」。如果你真是自我充實了，就是韓退之說的，是「足乎己無待於外」。

韓愈寫過一篇文章是專門講道的，叫作《原道》。「原」，是推究他的根源。中國常常說「道」，孔子也說「道」——「朝聞道，夕死可矣」（《論語・里仁》），老子也說「道」——「道可道，非常道」（《老子》），「天下有道」（《老子》）。那「道」究竟是甚麼呢？韓愈就說了：「博愛之謂仁，行而宜之之謂義，由是而之焉之謂道，足乎己無待於外之謂德。」（《原道》）就是說你心裏面有博愛的心，關懷外在的人世，有廣泛的同情心，「博愛」之心，就是仁的心。「行而宜之」，你所做的每一件事情都是適當的，都是合理的，「行而宜之」就叫作義。「由是而之焉之謂道」，你有仁的心，你做的事情有義的表現，你就按照這條路走下去，這就是道。你走這條道路的結果，就是內心果然感到一種充實了。「足乎己」，內心真的有一種愛，「無待於外」，你不再盲目地追求外在的滿足了，那就叫「德」。這是韓退之對於中國所說的仁義道德的一個最簡單的解釋。總而言之，你是不是「足乎己」，如果你果然是「足乎己」了，那「來往不逢人」真是很好的一件事情。和外界沒有甚麼關係，因為你根本不需要外在的一些個讚美和影響，你有一種自得，於是「長歌楚天碧」，你就可以放聲歌誦了。

柳宗元說「來往不逢人，長歌楚天碧」，尤其是在湖南，那是江南的地方。有人問我，甚麼叫作「滄浪」？滄浪是江水碧藍的顏色，本來是指這樣的水，凡是很清澈的江水都可以說是滄浪的水，有人說滄浪就是在楚的地方，滄浪可以特指一條水，是楚的地方的一條水，也可以泛指，凡是那清澈碧藍的水都是滄浪的水。本來楚地不但是水滄浪，水是好的，天還是青的，所以大家常常說楚天，辛棄疾的詞說「楚天千里清秋」（《水龍吟・登建康賞心亭》）。周邦彥有一首小詞《浣溪沙》裏說：「樓上晴天碧四垂。樓前芳草接天涯。勸君莫上最高梯。」「涯」字在這裏押韻唸yí，樓上的晴天是「碧四垂」的，上面是一望無際的天空，而樓底下呢？樓前的芳草是「接天涯」的，底下是一碧無際的芳草，可是就是在這上面的無盡碧天和下面的無窮芳草之間，這個人才孤立地突出來，才顯出登樓的人在兩者之間的那種寂寞。所以說，柳宗元「來往不逢人，長歌楚天碧」之中，表面上是表現了一種自得，好像是說我雖然是在寂寞地生活，我是「幸此南夷謫」，我覺得這裏很好，很美，天這麼開闊，可是其實他的真實情況是，他不是真正地開脫、把煩惱排遣掉。

柳宗元所有的詩都有一種反面的哀傷在裏面，所以「來往不逢人，長歌楚天碧」是在寫他自己的寂寞。

附：

柳宗元以「愚」自稱，以「愚」稱溪。所謂「八愚」，是指愚溪、愚丘、愚泉、愚溝、愚池、愚堂、愚亭、愚島。下文就是柳宗元為《八愚詩》所作的序文。

愚溪詩序（節選）

夫水，智者樂也。今是溪獨見辱於愚，何哉？蓋其流甚下，不可以溉灌。又峻急多坻石，大舟不可入也。幽邃淺狹，蛟龍不屑，不能興雲雨，無以利世，而適類於予，然則雖辱而愚之，可也。

寧武子「邦無道則愚」[1]，智而為愚者也；顏子「終日不違如愚」[2]，睿而為愚者也。皆不得為真愚。今予遭有道而違於理，悖於事，故凡為愚者，莫我若也。夫然，則天下莫能爭是溪，予得專而名焉。

溪雖莫利於世，而善鑑萬類，清瑩秀澈，鏘鳴金石，能使愚者喜笑眷慕，樂而不能去也。予雖不合於俗，亦頗以文墨自慰，漱滌萬物，牢籠百態，而無所避之。以愚辭歌愚溪，則茫然而不違，昏然而同歸，超鴻蒙，混希夷[3]，寂寥而莫我知也。於是作《八愚詩》，紀於溪石上。

註釋

1 寧武子「邦無道則愚」：《論語．公冶長》：「子曰：寧武子，邦有道，則知；邦無道，則愚。其知可及也，其愚不可及也。」寧武子，名俞，春秋時衛國大夫。

2 顏子「終日不違如愚」：《論語．為政》：「子曰：吾與回言終日不違，如愚。退而省其私，亦足以發，回也不愚。」顏子，顏回。不違：沒有異議。

3 超鴻蒙，混希夷：投身自然懷抱達到物我合一、身心俱忘的境界。鴻蒙，指宇宙之氣，極宏觀。希夷，《道德經》十四章：「視之不見名曰夷，聽之不聞名曰希」，無聲無色。

自傷且自勵、懷古亦嘆今的劉禹錫

劉禹錫（七七二—八四二），字夢得，與白居易合稱「劉白」。他仕途曲折，經歷了中唐「永貞革新」，遭遇「二王八司馬」的貶謫後，一直在邊遠的州縣任官，貶謫生涯長達二十二年。直到晚年才被召回洛陽，最後官居禮部尚書，遷居長安。

現在我們要把柳宗元跟劉禹錫做一個對比。柳宗元跟劉禹錫的生年只差一年，他比劉禹錫大一歲，可是柳宗元在憲宗剛剛繼位時就被貶出去了，在永州一待就是十年，後來又被貶到柳州去了，四年後，柳宗元沒有辦法承受這種痛苦，最後死在柳州。

憲宗以後還有甚麼皇帝呢？我現在要講這幾個皇帝，因為以後講李商隱時還要講到，憲宗以後是穆宗，穆宗以後是敬宗，敬宗以後是文宗，文宗以後就是武宗。劉禹錫一直活到武宗的時候，七十歲時才死，柳宗元四十幾歲就死了，你看他們兩個人受到的完全是同樣的打擊，都是同一年被貶，後來又連續被貶，可是兩個人差別這麼大，為甚麼呢？我說過，劉禹錫有一種通古今的對於盛衰得失的達觀的看法。

既然詩是從詩人內心的感發寫出來的，所以每一個詩人的詩歌都表現了他對人生的看法。憲宗元和十年，他們第一次從遠州被召回來的時候，劉禹錫曾經寫過一首詩，很有名的，是贈給那些玄都觀看花的人，「觀」，唸 guàn，是道教的廟宇，玄都觀裏邊是以桃花著稱的。劉禹錫的《元和十一年自朗州召至京戲贈看花諸君子》是這樣的：

元和十一年自朗州召至京戲贈看花諸君子

紫陌紅塵拂面來，無人不道看花回。
玄都觀裏桃千樹，盡是劉郎去後栽。

「紫陌」是形容首都的街道，上面車馬疾馳，飛揚着的都是塵土，「紫陌紅塵拂面來」，大街上的塵土甚至撲到人臉上來，因為車馬很多才「紫陌紅塵拂面來」。為甚麼這麼多車馬？因為春天大家都講究要去看花的，人常常都是這樣子，就要趕這個熱鬧，人擠人都非要去不可，以至於紫陌紅塵是拂面來，所以「無人不道看花回」，大家都認為玄都觀的桃花太好了，非要去看。「玄都觀裏桃千樹」，你們玄都觀裏有那麼多的桃花，它們「盡是劉郎去後栽」。劉郎有兩個意思：一個是他自己，他說我十年前在首都的時候，哪有你們玄都觀的桃花啊？你們覺得桃花很了不起，這有甚麼了不起？我當年在的時候這桃花你們還沒有種呢，現在才種出來。另一種意思則他表面說的是桃花，其實不然，實際上說的是朝廷的新貴。這些新的當權得勢的人，對他們被貶謫遠方的回來的官一定很看不起。劉禹錫就說你們有甚麼了不起的，我當年在朝廷做官的時候你們還不知道在哪兒呢，是不是？而且這裏還有一個典故，中國有一個神話傳說，說是從前有一個人叫作劉晨，和他的朋友阮肇，兩個人曾經到天台山，看到有桃花流水，沿着桃花走上去，碰到了天台山裏的仙女，所以有劉晨、阮肇天台遇仙女的這麼一個傳說。於是他可以把桃花跟劉郎聯繫在一起，說「盡是劉郎去後栽」。後來劉禹錫不是活了很久嗎，後來他又被召回來，而且做官做到太子賓客，所以他現在的集子，叫《劉賓客集》。他第二次回來後，就又寫了一首詩《再遊玄都觀》：

再遊玄都觀

百畝庭中半是苔，桃花淨盡菜花開。
種桃道士歸何處，前度劉郎今又來。

他又到了玄都觀，玄都觀桃花沒有了，種桃的道士也沒有了，現在的玄都觀是「百畝空庭」，你想能種那麼多桃花，一定是很大的一個院子，有一百畝那麼大的一個院子，現在一半都長了青苔了。第二句，「桃花淨盡」，桃樹都被人砍走了，不知道怎麼沒有了，裏面種了些青菜，這就是「桃花淨盡菜花開」。「種桃道士歸何處」，當年種桃花的道士到哪裏去了？而我是「前度劉郎今又來」，我劉禹錫現在又回來了。

劉禹錫還不只是有這樣一種把自己眼前的盛衰得失不放在心上的特點，不但他對自己有這樣通達的看法，對於歷史他也是有同樣的通達的看法。劉禹錫喜歡寫詠史的題目，最有名的，一首是《烏衣巷》，一首是《石頭城》。這兩首詩都屬於他的「金陵五題」懷古系列，金陵就是現在的南京。

我們先看《烏衣巷》這首詩：

烏衣巷

朱雀橋邊野草花，烏衣巷口夕陽斜。
舊時王謝堂前燕，飛入尋常百姓家。

劉禹錫詩裏所表現的都是盛衰無常，正因為盛衰無常，所以你不要對眼前的一點點得失斤斤計較。可是你說盛衰無常，空口說的話這只是一個空洞的概念，得把這個盛衰無常表現得非常形象化。他說，現在春天的朱雀橋邊開滿了野草花，如果是有貴族住在這裏，一定會有人整理園林和花草，不管是私家的還是官家的，可是現在沒有人管了，是「朱雀橋邊野草花，烏衣巷口夕陽斜」。烏衣巷的巷口有一片黃昏的斜陽，那當然是要表示一種寂寞荒涼的感覺，但還不只是寂寞荒涼的感覺，因為天地之間的運轉循環，日月的交替是永遠不會改變的，所以大家都很熟悉的《三國演義》開場白的詞就說：「青山依舊在，幾度夕陽紅。」一切都改變了，只有這個斜陽還是同晉朝那時候一樣的斜陽，然而晉朝的王、謝貴族哪裏去了？他說，「舊時王謝堂前燕」，原來王、謝家堂前的燕子，在這個貴族的家庭內築巢的，現在已飛入尋常百姓家了。當年王、謝等貴族哪裏去了？所以說盛衰貴賤都是無常的，不要那麼拚命地想要和別人爭權奪利，跟人家計較。盛衰本是無常的，貴賤也無常。昔日炙手可熱的王、謝又如何呢？今天他們都到哪裏去了？

下面我們再來看《石頭城》：

石頭城

山圍故國周遭在，潮打空城寂寞回。
淮水東邊舊時月，夜深還過女牆來。

我們不是常常有人讚美南京的地理形勢嗎？說龍盤虎踞石頭城，它有長江，有鍾山，有山有水，形勢是很好的。因此他說「山圍故國」。南京城是中國古老的都城，過去有多少朝代都建都於此，「山圍故國周遭在」。「潮打空城寂寞回」，因為江上的潮水打到寂寞的空城，寂寞地打上來，又寂寞地退回去，潮水有漲有落，漲的時候打上來，落的時候退回去，「潮打空城寂寞回」，「回」是說潮水的升降來回。「淮水東邊舊時月」，不是有秦淮河嗎？他說就在淮水的東邊，當年的月亮，王、謝等貴族都在這裏的時候的月亮，「夜深」就還過「女牆」來。「女牆」是城上的小牆。他說夜深的時候，月亮還是從東邊升上來，然後從西邊落下去，從女牆上經過。這兩首詩其實差不多，不過剛才那首《烏衣巷》說的是斜陽，太陽是永恆不變的，人間的盛衰貴賤改變不了它的；這裏說的是月亮是永恆不變的，只有「淮水東邊舊時月，夜深還過女牆來」。

你看劉禹錫寫的都是物是人非的感受。你會發現，他很喜歡拿宇宙之間永恆的巡迴不變的東西來跟無常多變的人世做對比。他說是「舊時王謝堂前燕」，「烏衣巷口夕陽斜」，燕子、夕陽還在；他說是「淮水東邊舊時月」，淮水、月亮還在，但是那些六朝的高門貴族都不在了。所以說，劉禹錫是很會寫這方面的感慨的。

附：

金陵懷古

潮滿冶城渚，日斜征虜亭。
蔡洲新草綠，幕府舊煙青。
興廢由人事，山川空地形。
後庭花一曲，幽怨不堪聽。

首聯點題，描寫金陵的景色，點明憑弔的對象：「冶城渚」和「征虜亭」。冶城，是東吳著名的製造兵器之地；征虜亭，相傳為東晉征虜將軍謝石所建。詩人尋訪當年的古蹟，正逢潮水滿溢江岸，水天空闊，夕陽的餘暉灑落在征虜亭上，景色孤獨且落寞，彷彿告訴人們一切都被時間淘洗，人事皆非。「滿」「斜」二字別具一番氣勢。

頷聯詩人極目遠眺，望見江心蔡洲上剛剛長出的嫩草和幕府山上青青的煙靄。真是春草年年綠，舊煙歲歲青啊——「草」與「煙」見證了這裏發生的一切，「新」與「舊」的對比讓我們深思：東晉陶侃、溫嶠曾起兵在蔡洲討伐叛軍，丞相王導曾在向稱金陵門户的幕府山屯兵駐守，昔日的刀光劍影早已平息，山川風物在歷史的長河中幻變如新。

「興廢由人事，山川空地形。」轉入議論。詩人認為君主聖明、政事清明時，國運便昌盛；君主昏庸、政事混亂時，即便有險要的山川作為屏障，也無法挽回國家覆滅的命運。詩人用他思接千古的智慧揭示了六朝興亡的秘密，並示警當世。

尾聯以陳朝的覆滅為例，進一步深化了詩歌的意蘊。此聯中詩人由六朝興替的遐想回到現實，當時的唐朝同樣存在着國力衰弱、藩鎮割據，統治者仰仗山河之險頹靡度日的情形，《玉樹後庭花》的尚在流行暗示了唐代統治者仍沉溺於聲色享樂之中，「不堪聽」則真切表達了詩人的憂心忡忡與椎心之痛。

這是一首抒懷與詠史相結合的詩作，詩歌前兩聯極緊湊地點出了地名與事物，後兩聯由此生發議論，卻又跳出了眼前的一事一物和歷史上的一朝一地，既顯示了詩人的嚴密筆法，又體現了他的不凡識見。

韓愈求變與韓詩之變

提到韓愈，大家會聯想到唐宋八大家之首、《師説》《馬説》、古文運動等，但不為大家所熟知的是，韓愈幼年早孤，由兄嫂撫養。傳説他即將入學，嫂嫂鄭氏想替他取一個含義深刻的學名，但是琢磨了很久也沒選到一個合適的字。嫂嫂對他説：「你大哥名會，二哥名介，都是人字作頭，會乃聚集之意，介乃耿直之意，三弟的學名也須找個人字作頭，含義更講究的才好。」韓愈聽完，立即説道：「我就叫韓愈好了。『愈』，超越也。象徵我長大之後，一定要做一番大事，決不當平庸之輩。」一個「愈」字，正是他少年胸懷的寫照。後來韓愈考取功名，為官時幾次直言進諫，雖滿腹才華卻也遭遇貶謫。

中唐時期，唐王朝已由盛轉衰，面對社會現實，士人具有強烈的諫諍使命感，當時佛教盛行，唐憲宗時舉行了一次大型的迎佛骨活動。這樣的佛事勞民傷財，韓愈上表進諫，即《論佛骨表》，結果非但沒有成功，自己還被貶為潮州刺史。

韓愈最突出的成就不在官場，而在文壇。他倡導古文運動，其實是摒棄六朝駢文的浮華空洞，提倡簡潔的寫作方式，他自己就是最積極的實踐者。他的散文語言簡潔有力，兼用長短句，並提出文以載道之說，開創了散文的新風氣，蘇東坡認為韓愈「文起八代之衰」，給予他極高的評價。還有他與賈島之間發生的著名的「推敲」故事，早已被傳為佳話。

韓愈受杜甫的影響，我們後面要講的白居易、李商隱也是受杜甫的影響。所以，可以說中唐以後這幾個大的詩歌派別的演變都是受了杜甫的影響。杜甫是一個很了不起的承先啟後的集大成的詩人，他把前人的很多的長處都繼承變化了，同時他給後代的詩人開拓出來很多途徑。都是繼承杜甫，可是這裏邊就有一個分寸了，繼承的結果是相似而實不同。因為天下樹上都沒有兩片相同的樹葉，人間絕沒有兩個完全相同的人，模仿的話你可以模仿到一部份，但是你根本上跟原作者是不一樣的。所以他們這些詩人從杜甫那裏所得到的是不同的。那麼有甚麼不同呢？

韓愈得之於杜甫的是他的修辭方面。杜甫有這樣一句詩：「為人性僻耽佳句，語不驚人死不休。」（《江上值水如海勢，聊短述》）他說我平生有一個跟大家不同的癖好，那就是喜歡作詩。我們可以看到杜甫真是喜歡作詩，所有他平生的經歷都反映在詩裏邊，他是一定要寫詩，而且希望能夠寫得好，也就是「語不驚人死不休」。他說如果我的話說出來沒有超過別人的地方，或者使別人驚訝的地方，我死了都不甘心。

那我們現在就來說說修辭。修辭好像只是文字上的修飾，中國的《易經》裏有這樣一句，說：「修辭立其誠。」甚麼叫修辭？不是指作詩寫文章時花花草草地往上面塗抹裝飾，不是的。所謂「修辭」就是說要找到一句最合適的話傳達你自己的思想情感。西方《包法利夫人》的作者福樓拜曾給莫泊桑寫過一封信，在西方很有名的，我不知道法文怎麼說，中文把它翻譯叫作「一語說」。因為莫泊桑早年寫過一堆小說寄給福樓拜，福樓拜一看，說你這小說寫得還不夠好，要寫得精煉，找出最恰當的那一個字來，不管寫人寫物還是寫情節，你都要把那最恰當的字用上。「海畔尖山似劍鋩」，為甚麼用「尖」字？他為甚麼又說「似劍鋩」？就因為這些字最能形象地表達出柳宗元的心情。所以「一語說」就是你創作的時候，要找到最恰當的那一個字來傳達、代表你的感情。

杜甫雖說「語不驚人死不休」，而他最重要的一點是「修辭立其誠」。他的驚人的語句，是與他內心的感發相配合起來的，而且能配合得恰到好處。而後來的人就只注重外表用字，用他們的腦子來選擇，尋找一個個出奇的字來讓詩出奇制勝。我們不是說這些人絕對地不好，而韓愈這個人是很有才的，甚麼是有才？我們說一個詩人有才，就是說他的語彙很豐富，可以用的詞語很多。作詩要有豐富的語彙，還有你對於語法的運用能力要過人。從這兩方面來說，韓退之都是過人的。而且韓愈除了寫詩還寫古文，他對於語彙和語法的運用的才能很出色，所以他這方面絕對是好的。

我們說韓愈受杜甫的影響是在修辭造句這方面，要「為人性僻耽佳句，語不驚人死不休」，那麼白居易跟元微之受杜甫的影響是甚麼呢？我們說過，杜甫是個寫實的詩人，是個對社會有關懷的詩人，「窮年憂黎元，嘆息腸內熱」，「朱門酒肉臭，路有凍死骨」（《自京赴奉先縣詠懷五百字》）。杜甫真的是關心人民，真的是關懷國家的，他的詩是流自肺腑，他一直到老，登上岳陽樓時還說「戎馬關山北」，我要「憑軒涕泗流」（《登岳陽樓》）。這就是杜甫，是他的性情。他還說「葵藿傾太陽，物性固莫奪」（《自京赴奉先縣詠懷五百字》）——我也知道，我幹嘛這麼傻，我可以不要管他國家怎麼樣！但是這是我的本性，就好像葵花和藿葉一樣總是傾向太陽。人的本性是沒有其他人、沒有甚麼辦法可以改變的，所以說「物性固莫奪」。而你吃飽睡足之後說我也來關心人民，碰到一點挫折你就只自顧自己了，再也不關心人民了，這個就是層次的不同。不是說你的關心是不對的，但是你的關心不是那種流自肺腑的欲罷不能的深刻的關心。

杜甫是用他的心、他的感情來寫詩，而韓退之跟白居易、元微之這些人都是用腦、用才來寫詩的：找個好題目來作詩，像白居易他們的「新樂府」。樂府本來是漢朝出現的一種新體詩，有很多是民間的歌謠，反映的是民間的生活，他們就模仿樂府詩的這種作風，寫了一大堆反映現實的作品，起了名字叫作「新樂府」。而杜甫不是，杜甫是因為他遭遇了很多眼見身受的經歷，不得不然，它自己跑出來的，不是我去找個題目來寫一首好詩，這完全是不同的。所以這兩派從杜甫那裏得來的，一個是逞才方面，在詞語口吻上要驚人；一個是從杜甫反映現實那個方面繼承下來的，可是他們已經變成了有心的，是故意地去找個題目來作詩，跟杜甫流自肺腑、出自肝腸的詩的性質不同。所以你講杜甫不能不結合他的生平來講，你講辛棄疾不能不結合他的生平來講，我已經說過中國最偉大的詩人是用他的生命來寫作的，是真的付出了自己生活的代價來實踐他的詩裏面所說的東西。韓愈、白居易是以自己的生活追求為第一位，然後才去關懷國家人民。當然，有這個關懷還是好的，但是層次是稍差一些。所以現在我們講韓愈，可以放下他的生平，只看他的詩。

我們來看韓愈的《山石》，是這樣寫的：

山石

山石犖確行徑微，黃昏到寺蝙蝠飛。
升堂坐階新雨足，芭蕉葉大梔子肥。
僧言古壁佛畫好，以火來照所見稀。
鋪床拂席置羹飯，疏糲亦足飽我飢。
夜深靜臥百蟲絕，清月出嶺光入扉。
天明獨去無道路，出入高下窮煙霏。

山紅澗碧紛爛漫，時見松櫪皆十圍。
當流赤足蹋澗石，水聲激激風吹衣。
人生如此自可樂，豈必局束為人鞿。
嗟哉吾黨二三子，安得至老不更歸。

因為詩中頭兩個字是山石，所以他的題目叫《山石》。是寫他有一次到這座山的廟裏面過了一夜的種種見聞。「山石犖確行徑微，黃昏到寺蝙蝠飛。升堂坐階新雨足，芭蕉葉大梔子肥。」他說，他來到山中，「犖確」就是不平的樣子，說山石高低不平當然可以，但是你要很直白地說「山石不平」，這個力量遠遠不夠。而文字的使用這方面韓愈是很注重的，所以他不用「山石不平」，他說「山石犖確」。「犖確」兩個字是很少見的，它們都是入聲字，一般人都不知道它是怎麼樣唸的，所以不管是它的聲音，還是它的字形，都是新奇的。所以你可以看到韓愈是怎樣用字，怎樣「語不驚人死不休」的。「微」是很窄的意思，就是說上山的路很狹窄。「黃昏到寺蝙蝠飛」，他一直到黃昏才從山路上爬到這個廟，到廟裏面天已經黑了，蝙蝠已經飛出來了。「升堂坐階新雨足」，他就來到廟的大堂上，因為爬了一天的山累了，於是就坐在台階上休息。那時剛下過雨，所以就是「升堂坐階新雨足」。廟裏的芭蕉葉子長得很大，梔子花開得很肥，梔子花是白色的，晚上開很香很香的花，「芭蕉葉大梔子肥」。所以他寫的都是甚麼？都是眼中所見的景物，我們可以說他的描寫很好，他的選詞用字都很恰當。可是你摁下去它裏面沒有一個更深的東西，而杜甫的詩每一句都有很深的感情從裏邊流露出來。

「僧言古壁佛畫好」，那裏的和尚就告訴他說，我們廟裏面的牆上畫的佛像很好，你知道很多廟裏面牆上都畫有佛像的。「以火來照所見稀」，天就要黑了，古代沒有電燈，所以他們就點了一個火把，由此能看得到壁畫，可是這個火把是閃動的，光亮是模糊的，所以韓愈還是看不清楚。「鋪床拂席置羹飯」，這個和尚就熱情招待他，給他鋪了床，把席都擦乾淨，還給他準備了湯，「置」就是準備，「羹」就是湯。同時還給他準備了飯，「疏糲亦足飽我飢」，「疏糲」就是粗米飯，和尚生活是很簡樸的啊，所以就給他吃粗米飯。雖然是粗米的飯，可是仍然可以「飽我飢」，畢竟爬了一天的山已經很餓了。

「夜深靜臥百蟲絕」，等到深夜的時候我安靜地睡在廟裏面，所有蟲子的聲音都停了，要是天剛剛變黑，會有促織甚麼的在那裏叫，可是真正到了後半夜，連蟲子都不會叫了。那個時候，「清月出嶺光入扉」，一輪明月從山那邊升上來，清光從門縫裏照進來，「扉」是門。他寫的是很好，感受得很好。我不是說過詩歌有幾個層次嗎？感受的層次，感情的層次，感發的層次。從感受的層次來說，他真的是把那種感受恰到好處地表現出來了。第二天天亮了，「天明獨去無道路，出入高下窮煙霏。」早晨我要下山了，可山上都是叢林，找不到下山的路。而且還不只是因為草木很茂盛遮蔽了道路，而且因為那天早晨有煙霧，下霧了。所以他說下山是「出入高下」，一下子從山林裏走出來，一下子又鑽到山林裏去。一下子升高，一下子降低，好比你要是爬泰山一直向上沒有向下的，可是你要是爬峨眉山，過一個峰頭再過一個峰頭，就是「出入高下窮煙霏」了，「窮」就是走遍了，完全走遍了。煙霧之中把這個山林之中都走遍了，那都看見些甚麼？

「山紅澗碧紛爛漫，時見松櫪皆十圍。」山上有紅花，「澗」是山澗，山澗裏面有碧綠的水，「紛」是色彩眾多，「爛漫」是彩色很鮮艷，山上的紅花，山澗裏面的綠水都是紛紜爛漫的。「時見松櫪皆十圍」，「我」看見松樹、櫪樹都有「十圍」那麼大那麼粗。「當流赤足蹋澗石，水聲激激風吹衣。」有時候遇到一個小的水流，我就正當水流中間把我的鞋跟襪子都脫掉，赤足蹬踏到了山澗的石頭上。這時你就聽到腳底下水聲激激——流水的聲音，而且山風一陣一陣吹動我的衣襟。

「人生如此自可樂，豈必局束為人鞿。」「鞿」是馬頭上的套子，暗指羈絆的意思。他說，人生能夠這樣遊山玩水當然是快樂的，所以又何必被別人像馬頭一樣套住呢？「嗟哉吾黨二三子，安得至老不更歸。」「嗟哉」是哎呀，嘆息。這個嘆息不是悲哀，有的時候是讚美或者呼喚。他說，我的好朋友啊，我們何不跑到山中來遊山玩水，陶醉於山水之美中而不歸去了呢！

附：

韓愈倡導古文運動，因此在詩歌創作中也多有用散文手法寫成的作品。清代詩評家方東樹曾評價《山石》說：「只是一篇遊記，而敘寫簡妙，猶是古文手筆。」那麼韓愈的文又是怎樣才力充沛、奇崛橫放？

古之君子，其責己也重以周，其待人也輕以約。重以周，故不怠；輕以約，故人樂為善。今之君子則不然。其責人也詳，其待己也廉。詳，故人難於為善；廉，故自取也少。己未有善，曰：「我善是，是亦足矣。」己未有能，曰：「我能是，是亦足矣。」外以欺於人，內以欺於心，未少有得而止矣，不亦待其身者已廉乎？其於人也，曰：「彼雖能是，其人不足稱也；彼雖善是，其用不足稱也。」舉其一，不計其十；究其舊，不圖其新。恐恐然惟懼其人之有聞也。是不亦責於人者已詳乎？夫是之謂不以眾人待其身，而以聖人望於人，吾未見其尊己也。

雖然，為是者，有本有原，怠與忌之謂也。怠者不能修，而忌者畏人修。

（選自《原毀》）

【譯文】

古時候的君子，對自己要求嚴格而全面，他對待別人寬容又簡約。嚴格而全面，所以不怠惰；寬容又簡約，所以人家都樂意做好事。現在的君子卻不是這樣，他對別人要求嚴苛，對自己卻十分寬鬆。對人要求苛刻，所以人家難以做好事；對自己要求少，所以自己收穫就少。自己沒有甚麼優點，卻說：「我有這優點，這就夠了。」自己沒有甚麼才能，卻說：「我有這本領，這就夠了。」對外欺騙別人，對內欺騙自己的心，還沒有多少收穫就止步不前，豈不是要求自身太少了嗎？他們要求別人，說：「他雖然能做這個，但他的人品不值得讚美；他雖然擅長這個，但他的才用不值得稱道。」舉出他一方面的欠缺，不考慮他多方面的長處，只追究他的既往，不考慮他的今天，成日提心吊膽，只怕別人有好的聲望。這不也是對別人求全責備了嗎？這就叫不用一般人的標準要求自己，卻用聖人的標準希望別人，我看不出他是尊重自己的啊！

儘管如此，這樣做是有他的根源的，就是所謂怠惰和忌妒啊。怠惰的人不能修養品行，而忌妒的人害怕別人進步。

白居易：歌詩合為事而作

白居易的家庭是一個世代業儒之家，其祖白鍠、外祖父陳潤都是詩人，父親白季庚也是明經出身，做過多任地方官。這樣的家庭環境，使白居易從小就受到良好的文學教育。

白居易五六歲時就開始學習作詩，少年時期便聞名鄉里。後來他帶着自己的詩稿去長安拜見大詩人顧況，顧況對於他所寫的《賦得古原草送別》讚賞不已，認為此詩通俗中卻蘊含耐人尋味的情感，尤其是對「野火燒不盡，春風吹又生」的境界最為欣賞，其實白居易的人生也如野草般頑強，始終保持着積極的姿態。後來白居易積極倡導詩歌革新的新樂府運動，體現現實主義。

白居易字樂天，「樂天」二字並非強加以名，而是名副其實的樂天派。他有一種從容閑適的為官方式和曠達知足的生活態度，詩歌、美酒、音樂是他生活中不可或缺的內容。同時，他也樂於交友，與元稹、劉禹錫、李建、崔玄亮等都有密切交往，特別是與元稹之間有非常多的唱和詩，是一生的摯友，兩人合稱「元白」。白居易仕途不順，他曾被貶江州（九江，今屬江西），當時元稹正在病中，知道這個消息後非常震驚，拖着病體給白居易寫信表達他的關懷：「殘燈無焰影幢幢，此夕聞君謫九江。垂死病中驚坐起，暗風吹雨入寒窗。」一片哀景中述說着一片哀情。其實當時元稹也是貶謫在外，二人可謂同病相憐，後來白居易在潯陽江頭遇見琵琶女，一句「江州司馬青衫濕」讀來讓人感動不已，若非經歷了曲折坎坷，又如何能理解「同是天涯淪落人」的相知相憐！

說到創作，我們說白居易注重文學的實用功能，所以在內容方面，他的主張是「歌詩合為事而作」，「合」字是應該的意思，就是說你的詩應該是為了反映某一件社會上的事件而作，如同從《詩經》可以看到民風，看到這一個國家一個地方的風俗和政治，所以白居易認為詩歌是應該反映社會事件的，應該反映風俗跟政治的，這是他在內容方面的主張。

至於他在文字這一方面的主張呢？則是「老嫗能解」，因為要注重實用功能，當然是懂得的人越多效果才會越好，要大家都能夠懂得才最好。歷史上記載，白居易寫了詩以後就會唸給一個沒有受過教育的老太婆聽，如果這個老太婆說懂了，那麼他就覺得這很好，可以使得大家都懂，所以白居易的詩是注重實用功能的。白居易把自己的詩分成幾類，最重要的一類詩叫作「諷喻詩」，比如《繚綾》和《賣炭翁》；而《長恨歌》《琵琶行》在他說起來不過是「雜詩」，是用歌詩敍述一個故事。《長恨歌》寫的是天寶年間楊貴妃和唐玄宗的故事。《琵琶行》寫他在潯陽江上聽到一個女子彈琵琶的故事，寫這個琵琶女的丈夫遠行了，她很孤單寂寞，而當年她在歡場之中是曾經得意過的，現在卻被冷落了。白居易就假借琵琶女寄託他自己，因為他當時是被貶作江州司馬，所以他就假借這個被冷落的女子來寫他自己被冷落的仕宦。如果以故事性而言，是《長恨歌》寫得更好，因為它曲折婉轉，傳達了一個動人的故事；如果真正以感情、詩人自己的感發的生命來說，《琵琶行》寫得更好，因為其中有他自己更真實的感情。

我們以上是很簡單地把白居易有名的幾首詩，還有他自己的特別的詩歌主張做了一個簡單的介紹，下面就來具體看白居易的《賣炭翁》：

賣炭翁

賣炭翁，伐薪燒炭南山中。
滿面塵灰煙火色，兩鬢蒼蒼十指黑。
賣炭得錢何所營，身上衣裳口中食。
可憐身上衣正單，心憂炭賤願天寒。
夜來城外一尺雪，曉駕炭車輾冰轍。
牛困人飢日已高，市南門外泥中歇。
翩翩兩騎來是誰，黃衣使者白衫兒。
手把文書口稱敕，回車叱牛牽向北。
一車炭，千餘斤，宮使驅將惜不得。
半疋紅綃一丈綾，繫向牛頭充炭直。

題目底下有四個小字，說是「苦宮市也」，這四個字好像是詩題前的一個小序，有一個簡單的敍述，這種形式白居易是模仿《詩經》的，比如說《關雎》這一篇，毛序就說「關雎，后妃之德也」，寫的是當時后妃的美好品德，所以他這是模仿《詩經》的。而詩之所以要這樣寫，是因為中國古代認為詩歌反映民間風俗、政治跟教化，一個題目必有一個主旨。他說《賣炭翁》寫的是甚麼呢？是「苦宮市也」。宮市是指宮中強買強賣民間財物的情形，使老百姓非常痛苦，所以叫作「苦宮市」。「賣炭翁，伐薪燒炭南山中」，「中」跟「翁」，是押韻的。後面換了入聲韻：「滿面塵灰煙火色，兩鬢蒼蒼十指黑。賣炭得錢何所營，身上衣裳口中食。」這幾句是押韻的。後面又換了韻：「可憐身上衣正單，心憂炭賤願天寒。」這兩句押平聲韻。後面又要換韻了：「夜來城外一尺雪，曉駕炭車輾冰轍。牛困人飢日已高，市南門外泥中歇。」「轍」和「歇」是押韻的。下面幾句是換韻：「翩翩兩騎來是誰，黃衣使者白衫兒。」這兩句是一個韻，「誰」跟「兒」是一個韻。後面再換韻：「手把文書口稱敕，回車叱牛牽向北。一車炭，千餘斤，宮使驅將惜不得。半疋紅綃一丈綾，繫向牛頭充炭直。」這最後是入聲韻。

他說，有一個賣炭的老翁，「伐」是砍，「薪」是柴，老翁每天在寒山裏面砍柴，然後燒成炭，因為他一天到晚做的都是這樣的工作，所以滿臉都是灰塵，好像煙火一樣的顏色，兩鬢的頭髮都已經蒼白了，十個手指都是黑的顏色。他如此辛苦賣炭，得到錢是做甚麼用呢？不過是維持生計，是為了他身上穿的衣服、口中吃的食物。那麼別人甚麼時候要炭？都是冬天的時候生火取暖，當然是特別冷的天氣。但他自己「可憐身上衣正單」，這是作者的同情，他身上的衣服這麼單薄，他很窮，沒有那些個棉襖、皮裘穿。可是另外呢，他還希望天冷，「心憂炭賤願天寒」，天越冷他的炭就越可以賣個好價錢，所以這都是寫平民百姓疾苦的生活。自己沒有衣服穿卻希望天冷。「夜來城外一尺雪」，昨天夜裏城外下了一尺厚的雪，所以他想今天的炭可以賣個好的價錢。「曉駕炭車輾冰轍」，清早他就駕着炭車從老遠的地方過來，輾過滿是冰雪中的車轍。後來牛也困了，人也餓了，太陽也已經升起來很高了，他駕着他的車來到街市的南門外面，就在那些冰雪泥濘的路途之中休息。忽然間「翩翩兩騎來是誰」，這個「騎」字唸 jì，是騎馬的人，這時有兩個騎馬的人，「翩翩」地瀟灑地騎着馬跑過來了，是誰呢？身上穿的是黃衣服，是宮中的使者，還有一個穿白衫的，是一個年輕人，也是宮中的使者。「手把文書口稱敕」，手裏拿着一個宮中的文件，口裏邊説這是「敕」，「敕」就是皇帝的命令。於是他們就「回車叱牛牽向北」，就把老翁的車拉回來，不讓他進南門，趕着牛把牛牽到北邊去了。「一車炭，千餘斤，宮使驅將惜不得」，他好不容易運來一車炭，一千多斤，是指望拿着這個炭換他的衣食的，可是宮中的使者卻把這個炭車趕走了，他就算愛惜也沒有辦法了，「惜不得」，沒有甚麼辦法，因為那是宮中的使者。可是宮中的使者交換給他的是甚麼呢？僅有半疋的紅綃，一丈的絲綾，「繫向牛頭充炭直」，繫在牛頭上就說這個是賣炭的價錢了。這就是強買強賣的情況，當然後來呢還有所謂的白望，甚至連這半疋紅綃和一丈綾都不給了，想拿走就拿走，所以白居易的詩確實是反映了當時的民間疾苦。

我們中國的文學批評常常把一個人的道德品格作為衡量詩的標準，因為杜甫這個人對於他的國家對於他的人民真的是忠愛纏綿，我們都看到杜甫從他年輕的時候就「致君堯舜上，再使風俗淳」，「窮年憂黎元，嘆息腸內熱」，一直到他晚年臨死了還說：「戎馬關山北，憑軒涕泗流。」杜甫對於用字造句的選擇是以他的感情、感受為基礎的，結合了他深厚的感情，可是韓愈跟白居易他們兩個人常常是用他們的知識跟分辨來寫詩的。所以我講詩推崇杜甫。

詩歌的好處永遠是感發，不但自己有這個感發，而且用文字表達出來後，也能夠使讀者有這個感發。現代西方文學理論中有 readers' respond 之說，就是讀者的反應是作為衡量文學作品價值的一個重要部份。讀者有了一種反應，證明你的感發傳達出來了，成功了，你這首詩才是一首真正的好詩。所以杜甫的詩好，不是只因為他總是關心國家人民就是好了，而是這一份忠愛纏綿的感情，非常深厚，博大，真誠，並且他能夠把這種感發的力量傳達出來，千百年之下還能使我們感動。

下面我們來看《長恨歌》，這是包含在白居易所謂的「雜詩」裏面的。

長恨歌

漢皇重色思傾國，御宇多年求不得。
楊家有女初長成，養在深閨人未識。
天生麗質難自棄，一朝選在君王側。
回眸一笑百媚生，六宮粉黛無顏色。
春寒賜浴華清池，温泉水滑洗凝脂。

侍兒扶起嬌無力，始是新承恩澤時。
雲鬢花顏金步搖，芙蓉帳暖度春宵。
春宵苦短日高起，從此君王不早朝。
承歡侍宴無閑暇，春從春遊夜專夜。
後宮佳麗三千人，三千寵愛在一身。
金屋妝成嬌侍夜，玉樓宴罷醉和春。
姊妹弟兄皆列土，可憐光彩生門戶。
遂令天下父母心，不重生男重生女。
驪宮高處入青雲，仙樂風飄處處聞。
緩歌慢舞凝絲竹，盡日君王看不足。
漁陽鼙鼓動地來，驚破霓裳羽衣曲。
九重城闕煙塵生，千乘萬騎西南行。
翠華搖搖行復止，西出都門百餘里。
六軍不發無奈何，宛轉蛾眉馬前死。

花鈿委地無人收，翠翹金雀玉搔頭。
君王掩面救不得，回看血淚相和流。
黃埃散漫風蕭索，雲棧縈紆登劍閣。
峨嵋山下少人行，旌旗無光日色薄。
蜀江水碧蜀山青，聖主朝朝暮暮情。
行宮見月傷心色，夜雨聞鈴腸斷聲。
天旋地轉回龍馭，到此躊躇不能去。
馬嵬坡下泥土中，不見玉顏空死處。
君臣相顧盡沾衣，東望都門信馬歸。
歸來池苑皆依舊，太液芙蓉未央柳。
芙蓉如面柳如眉，對此如何不淚垂。
春風桃李花開日，秋雨梧桐葉落時。
西宮南內多秋草，落葉滿階紅不掃。
梨園弟子白髮新，椒房阿監青娥老。

夕殿螢飛思悄然，孤燈挑盡未成眠。
遲遲鐘鼓初長夜，耿耿星河欲曙天。
鴛鴦瓦冷霜華重，翡翠衾寒誰與共。
悠悠生死別經年，魂魄不曾來入夢。
臨邛道士鴻都客，能以精誠致魂魄。
為感君王輾轉思，遂教方士殷勤覓。
排空馭氣奔如電，升天入地求之遍。
上窮碧落下黃泉，兩處茫茫皆不見。
忽聞海上有仙山，山在虛無縹緲間。
樓閣玲瓏五雲起，其中綽約多仙子。
中有一人字太真，雪膚花貌參差是。
金闕西廂叩玉扃，轉教小玉報雙成。
聞道漢家天子使，九華帳裏夢魂驚。
攬衣推枕起徘徊，珠箔銀屏迤邐開。

雲鬢半偏新睡覺，花冠不整下堂來。
風吹仙袂飄颻舉，猶似霓裳羽衣舞。
玉容寂寞淚闌干，梨花一枝春帶雨。
含情凝睇謝君王，一別音容兩渺茫。
昭陽殿裏恩愛絕，蓬萊宮中日月長。
回頭下望人寰處，不見長安見塵霧。
惟將舊物表深情，鈿合金釵寄將去。
釵留一股合一扇，釵擘黃金合分鈿。
但教心似金鈿堅，天上人間會相見。
臨別殷勤重寄詞，詞中有誓兩心知。
七月七日長生殿，夜半無人私語時。
在天願作比翼鳥，在地願為連理枝。
天長地久有時盡，此恨綿綿無絕期。

白居易《長恨歌》的這種形式跟風格為中國後來的詩開創了一條路子。《長恨歌》是屬於歌行的體式，跟李太白所寫的樂府歌行差不多。可是兩者的形式是不一樣的。有一種歌行，比如《長恨歌》，其實已經受律詩體式中聲律的影響。本來它是樂府的歌行，形式應該是自由的，沒有聲律上的限制，像李太白才會寫甚麼《遠別離》，甚麼《長相思》，甚麼《將進酒》，都是完全自由的。

本來漢代的歌行有最早受《詩經》影響的四言體，有受《楚辭》影響的楚歌體，有漢朝新興的形式五言體，有漢朝民間的雜言的形式，這是漢朝樂府的幾種形式。李白的那個自由的體式是從漢朝樂府雜言的體式發展出來的，語句不整齊，不過他的變化更多，篇幅更長；白居易的歌行是樂府詩，而樂府詩在漢朝時沒有聲律，我們說過，聲律及對偶是經過南北朝到初唐才完成的。白居易所繼承的，是他篇幅的長短可以鋪張的自由。還有就是他敘寫一個故事的這樣一種作風，這些都是從漢朝樂府繼承來的。因為當時漢朝的樂府是沒有聲律的，可是白居易中間已經受了唐朝近體詩的影響，他寫的樂府就有聲律了，這是值得注意的。

舉例子來看，《長恨歌》裏說：「春風桃李花開日，秋雨梧桐葉落時。」唐玄宗在往四川逃難的路上，楊貴妃被處死了，後來他的兒子肅宗收復長安，把玄宗請回到宮中來，每當春天的時候，玄宗就會想到楊貴妃在的時候「春風桃李花開日」會怎麼樣？玄宗和貴妃常到沉香亭去賞花，曾把李太白這個大天才叫來，作幾首新歌，那是何等的美滿的快樂的生活！如果是楊貴妃在的時候，便是「七月七日長生殿，夜半無人私語時」的柔情，兩個人在一起，七月七日——七夕的時候海誓山盟，說「願生生世世為夫婦」，我們是永遠不分開的。現在已經到秋天了，可是楊貴妃不在了，「秋雨梧桐葉落時」，物是人非，大自然的風景跟從前一樣，但死者卻不能復生。這當然寫得很好，「春風桃李花開日，秋雨梧桐葉落時」，平平平仄平平仄，平仄平平仄仄平。第一個字是可以通用的，第三個字有的時候是可以通用的，所以這句是完全合乎聲律的，符合平平仄仄平平仄，仄仄平平仄仄平。這也是白居易歌行的一個特色。

我們現在簡單地把《長恨歌》介紹一遍。從《春江花月夜》的時候就開始這種風格了，就是說每四句、每六句，或者是八句，是一個段落，然後每一個段落以後，可以換韻，一般說起來是用一個平聲的韻，一個仄聲的韻，平仄間隔着來用，大家來看是不是這樣：「漢皇重色思傾國，御宇多年求不得。楊家有女初長成，養在深閨人未識。天生麗質難自棄，一朝選在君王側。回眸一笑百媚生，六宮粉黛無顏色。」這是第一個段落，押入聲韻，「國」「得」「識」「側」「色」是入聲韻。下邊換韻了：「春寒賜浴華清池，溫泉水滑洗凝脂。侍兒扶起嬌無力，始是新承恩澤時。」剛才是八句，現在是四句。「池」「脂」「時」，押平聲韻。每換韻的時候第一句是可以押韻的，然後都是雙數的句子押韻。

下邊再換韻：「雲鬢花顏金步搖，芙蓉帳暖度春宵。春宵苦短日高起，從此君王不早朝。」這是又換韻了，「搖」「宵」「朝」，一二四，第一句押韻然後雙數的句子押韻。後邊：「承歡侍宴無閑暇，春從春遊夜專夜。」這個「夜」字押韻，這是兩句，就是「暇」字跟「夜」字押韻，這又是一個段落。

我剛才說四句、八句，前面應該加上還有是兩句押韻的。後邊再換：「後宮佳麗三千人，三千寵愛在一身。金屋妝成嬌侍夜，玉樓宴罷醉和春。」這是一個段落，是「人」「身」「春」押韻。然後再換韻：「姊妹弟兄皆列土，可憐光彩生門戶。遂令天下父母心，不重生男重生女。」這個「女」字可以唸汝，韻腳是「土」「戶」

「女」，這是又換了一個韻了。後邊再換韻：「驪宮高處入青雲，仙樂風飄處處聞。」「雲」「聞」兩字押韻。後邊：「緩歌慢舞凝絲竹，盡日君王看不足。漁陽鼙鼓動地來，驚破霓裳羽衣曲。」這個「曲」字是入聲，「竹」「足」「曲」是一韻。

現在你看前面一段寫的都是楊貴妃怎麼樣得到寵愛，怎麼樣歌舞宴樂，然後最後兩句一轉，到了「漁陽鼙鼓動地來，驚破霓裳羽衣曲」。前面的大量鋪陳，這裏只用兩句就把情況轉過來了。下面：「九重城闕煙塵生，千乘萬騎西南行。」又是兩句，「煙塵生」，「西南行」，這兩句押韻。「翠華搖搖行復止，西出都門百餘里。六軍不發無奈何，宛轉蛾眉馬前死。」這又是一個韻，「止」「里」「死」。楊貴妃已經死了，死了以後怎麼樣呢？白居易就描寫了：「花鈿委地無人收，翠翹金雀玉搔頭。君王掩面救不得，回看血淚相和流。」首飾都掉在地下了，雖然玄宗貴為天子，但也無法去挽救他所愛的女人。這是一個韻——「收」「頭」「流」。

後邊再換韻，唐玄宗就往四川去了：「黃埃散漫風蕭索，雲棧縈紆登劍閣。峨嵋山下少人行，旌旗無光日色薄。」這四句押韻，「索」「閣」「薄」。再接着寫四川的風光：「蜀江水碧蜀山青，聖主朝朝暮暮情。行宮見月傷心色，夜雨聞鈴腸斷聲。」「蜀山青」，「暮暮情」，「腸斷聲」，押韻的。他在四川的時候每天都懷念楊貴妃，後來長安收復後，玄宗就回來了：「天旋地轉回龍馭，到此躊躇不能去。馬嵬坡下泥土中，不見玉顏空死處。」「馭」「去」「處」押韻，這幾句一個韻。你知道他去四川的時候經過馬嵬坡，楊貴妃死在這裏，回長安時他還要再次經過馬嵬坡呢，所以他說：「君臣相顧盡沾衣，東望都門信馬歸。」這兩句是一個段落，「衣」跟「歸」是押韻的。後面他又換韻了：「歸來池苑皆依舊，太液芙蓉未央柳。」「依舊」的「舊」，「未央柳」的「柳」這兩句是押韻的，是一個小的段落。後面他說：「芙蓉如面柳如眉，對此如何不淚垂。春風桃李花開日，秋雨梧桐葉落時。」「眉」「垂」「時」這幾句是一個韻。

然後他繼續寫回到宮中以後是：「西宮南內多秋草，落葉滿階紅不掃。梨園弟子白髮新，椒房阿監青娥老。」「草」「掃」「老」押韻，就是說當年的宮人現在也老了，椒房的阿監、梨園的弟子都老了。於是現在他就寫對楊貴妃的懷念：「夕殿螢飛思悄然，孤燈挑盡未成眠。遲遲鐘鼓初長夜，耿耿星河欲曙天。」「然」「眠」

「天」這是一韻。然後再換：「鴛鴦瓦冷霜華重，翡翠衾寒誰與共。悠悠生死別經年，魂魄不曾來入夢。」是寫他連夢中都沒有夢見過楊貴妃，雖然是非常地懷念她，但連做夢都夢不到她。於是他就找來一個道士：「臨邛道士鴻都客，能以精誠致魂魄。為感君王輾轉思，遂教方士殷勤覓。」「客」「魄」「覓」這三個字是押韻的，現在唸起來不押韻，說廣東話的同學唸起來可能是押韻的，這是入聲字。後邊就寫這個道士了：「排空馭氣奔如電，升天入地求之遍。上窮碧落下黃泉，兩處茫茫皆不見。」「電」「遍」「見」押韻，去找貴妃找不見，天上跟地下都沒有。然後呢：「忽聞海上有仙山，山在虛無縹緲間。」「山」跟「間」押韻，這是一個小段落。然後他就來到了仙山，說：「樓閣玲瓏五雲起，其中綽約多仙子。中有一人字太真，雪膚花貌參差是。」「起」「子」「是」押韻，這個「是」字唸為上聲。於是就聽說裏面有一個人叫太真，參差就是大概、差不多，可能就是楊貴妃了，所以這個道士就來了：「金闕西廂叩玉扃，轉教小玉報雙成。聞道漢家天子使，九華帳裏夢魂驚。」所以他就在那個金的城樓西邊的廂房底下敲敲玉質的房門，就叫小玉——一個丫鬟，中國丫鬟最流行的名字就叫小玉。「報雙成」，雙成是古代一個女神仙，全名叫董雙成，這裏指的就是楊貴妃。

王國維曾經讚美白居易的《長恨歌》，他說只有小玉雙成這一句用的是典故，其他的就是所謂的「白描」，就是直接寫情景跟故事。後來清朝詩人吳梅村曾經寫了一首模仿《長恨歌》的長詩，叫《圓圓曲》。圓圓即陳圓圓，是當時明朝一個將軍吳三桂的愛妾。《圓圓曲》裏就說「慟哭六軍俱縞素，衝冠一怒為紅顏」。吳梅村也是受了白居易的影響，寫一個女子的愛情故事。可是王國維說吳梅村用的都是典故，就是說沒有典故他就寫不下去了，《圓圓曲》都是堆砌的。而白居易完全不用堆砌典故，光用白描就能寫得這麼好，只有這一句是典故。

那麼接下來，「漢家」就指的是唐朝，因為古時候漢朝是非常興盛的時代，現在我們還說漢族，而且漢唐的首都都是長安，所以唐朝總是自己比作漢。聽說是漢家皇帝的使者到了，本來她正在九華帳裏睡覺呢，此時就驚醒了。於是楊貴妃要出來見道士了，說：「攬衣推枕起徘徊，珠箔銀屏迤邐開。雲鬢半偏新睡覺，花冠不整下堂來。」這是說楊貴妃的樣子，說她是「攬衣」，把衣服收拾一下，「推枕」，把枕頭推開，起來猶豫了徘徊一下，看一看端整一下；然後「珠箔」是珠子串的簾子，「銀屏」是銀子做的屏風，慢慢地一個個打開了。珠簾打開了，屏風打開了，楊貴妃就出來了。因為她剛剛睡起來，這頭髮呢，髮髻沒有整理，所以出來以後她的髮髻是偏在一邊的，就下堂來見君王的使者。

當然一般人說起來，白居易這首詩寫得很好，同時還有前面寫的她剛剛見唐明皇的時候，「春寒賜浴華清池，溫泉水滑洗凝脂」，溫泉的水很滑，洗她如同凝脂一般潔白的肌膚，然後「侍兒扶起嬌無力，始是新承恩澤時」，這樣很多人就以為他這樣描寫很好，但也有很多人以為這樣不好，因為格調不是很高。台灣詩人余光中說讀者之中可以分作很多不同的層次，因為有第一流的作品、第二流的作品，所以第二流的作品自然有第二流的讀者去欣賞，第二流的讀者更多，一定是如此的。這些讀者叫作甚麼？余光中把這些讀者叫作半票讀者，就好像是去電影院看電影，十二歲以下沒有成年的小孩子可以打半票。他的意思就是說，這種讀者的欣賞能力沒有長成，不成熟，是小孩，是第二等的幼稚讀者，所以他們只會欣賞這樣的作品。可是第二流讀者多，這是無可奈何的事情。一般人都認為《長恨歌》裏這些描寫都是寫得很美，可是實際上這實在是第二流的，我不得不誠懇地告訴大家。

前面是一個段落，下面的「舉」字開始換韻了：「風吹仙袂飄颻舉，猶似霓裳羽衣舞。玉容寂寞淚闌干，梨花一枝春帶雨。」「舉」「舞」跟「雨」是一段，說楊貴妃「玉容寂寞」，臉上流着淚水，就像「梨花一枝春帶雨」。然後他就接下來寫他們的談話了：「含情凝睇謝君王，一別音容兩渺茫。昭陽殿裏恩愛絕，蓬萊宮中日月長。」「王」「茫」「長」押韻。她說自從跟明皇離別後，覺得自己生活在這個蓬萊宮中簡直是度日如年。

後面再換了一個韻：「回頭下望人寰處，不見長安見塵霧。惟將舊物表深情，鈿合金釵寄將去。」「處」「霧」「去」押韻。因為她已經是神仙了，她說現在想看一看下界的人間，但是看不見長安，能看見的都是瀰漫的煙霧，只有拿出舊日唐玄宗給她的東西，舊物表深情。你要知道，大概古今中外都是如此，就是男女戀愛的時候，常常有一種愛情的信物，就是說我送給你一個東西作為永久的紀念，是我們兩個人愛情信誓旦旦、海枯石爛的保證。唐玄宗當年也給了楊貴妃信物，就是金釵鈿合，金釵就是插在頭髮上的釵，一般下面是兩條腿，然後上面有個鳳凰啊甚麼的，有幾個穗子垂下來。作為標誌着感情的信物，金釵上面不是有兩條腿嗎？現在就把它分開，分成兩半，你拿一半我拿一半，這兩個可以合起來，是一種愛情的信物。所以她說，現在為了表深情就把舊物寄過去，所以：「釵留一股合一扇，釵擘黃金合分鈿。」釵留下的是一股，一股就是一半。「合」呢，就是一扇，也是一半。接下來她說：「但教心似金鈿堅，天上人間會相見。」「扇」「鈿」「見」這幾個字是押的一個韻，這是一個大的段落，說是楊貴妃跟道士說，你把這一半盒子，一條股釵拿給皇上，你告訴他說，只要我們兩個人的心不變，感情不變，心就會像黃金一樣堅定、堅固。將來不管是天上人間，我們一定會有再見面的日子。所以她就讓這個道士把當時的定情物寄給玄宗。

後邊就說了：「臨別殷勤重寄詞，詞中有誓兩心知。七月七日長生殿，夜半無人私語時。」這個道士說，我光拿了這個黃金的盒子去，皇帝也許不信呢，也許有人模仿或者假造呢，你一定要說一些只有你和唐明皇兩個人知道而別人都不知道的，才能證明我真的看見了你。楊貴妃想了想，有甚麼事情呢？有一年七月七日在長生殿我們兩個人曾經在一起宣誓，願生生世世為夫婦，你把這個話說給唐明皇，他就相信了。宣誓了甚麼呢？後面就是重複當年的話：「在天願作比翼鳥，在地願為連理枝。」後面是詩人的話了，說：「天長地久有時盡，此恨綿綿無絕期。」天永遠不改變，地永遠不改變，他說就算天地都改變了，「此恨」卻「綿綿無絕期」。唐玄宗跟楊貴妃這種死生離別的長恨，是永遠不會改變的，所以叫《長恨歌》。天地都要毀去了，他們這種愛情的悲恨還存在着。

這首詩影響了後來的風格，影響了很多。我一九七四年第一次回國時曾經寫了一首很長的詩，有一千八百多字，叫作《祖國行》。那是甚麼樣的體裁？就是《長恨歌》的體裁，我就是第二流的人，你要讓我寫出杜甫的《秋興八首》，真的寫不出來。可是《長恨歌》，你看吳梅村可以模仿，我也可以模仿，之所以說它不是最高的境界，就是因為它可以被模仿。

附：

早蟬

月出先照山，風生先動水。
亦如早蟬聲，先入閑人耳。
一聞愁意結，再聽鄉心起。
渭上新蟬聲[1]，先聽渾相似。
衡門有誰聽[2]，日暮槐花裏。

這首詩以蟬鳴之聲觸動了對故鄉和家人的懷念。前四句是敘述，月亮的清輝最先灑落到高高的山頭，起風之時最先搖盪起水面的漣漪。詩人以「閑人」自居，不僅有空閑之時，更有敏感之心，敏銳察覺到早蟬之聲。次一句「一聞愁意結，再聽鄉心起」直抒胸臆，聲聲蟬鳴，引發詩人無限的憂愁。「一聞」與「再聽」的遞進，實是詩人情感的層層深入，由漂泊之感進而生發出故園之思。「渭上新蟬聲，先聽渾相似」緊承上一句，此地的蟬聲與家鄉的蟬聲渾然相似。詩人以蟬聲為線索，溝通了羈旅之地與家鄉，由此地的蟬鳴想到了家鄉的蟬鳴，在思緒的轉換中體現出濃濃的故園情。詩歌最後，詩人聯想此時此刻故鄉親人中還有誰會在夕陽西下的槐花裏聽一聲聲的蟬鳴。「槐下聽蟬」是故園生活的典型情景，此時也撩動詩人的鄉愁達到頂點。唐人寫槐又往往寫到蟬，蟬聲意象與槐花景象並置，強化了悲愁的情感張力。詩人以蟬鳴、槐花入詩，渲染出流寓他鄉之人的不盡離愁與鄉思。

註釋

1 新：一作「村」。
2 衡門：橫木為門，指簡陋的屋舍。此處指家鄉。

李賀：「筆補造化」的曠世奇才

李賀是一個生命很短暫的天才，二十七歲就死了，而且平生仕宦很不得意。中國古代有講究避諱的傳統，就是要避開皇帝的諱、父母的諱，「諱」就是他們的名字。他們名字的聲音你不能夠說，字你也不能夠寫。比如《紅樓夢》裏林黛玉的母親名叫賈敏，所以她小的時候唸書，寫「敏」字時就寫得缺一筆，因為母親的名字自己不可以隨便寫，要寫的時候就缺一筆，而且不可唸出聲作 mǐn，要唸 mǐ。李賀的父親叫李晉肅，「晉」字和「進」字是同音，所以李賀就不能去參加進士考試。而在中國古代封建社會，讀書人都要經過科舉考試才能有前途、有希望，這樣李賀的前途就完全斷絕了。所以他這麼年輕就遭到把所有前途都斷絕的打擊，而且從他所寫的詩歌，還有後人寫的生平來看，李賀的身體很不健康，體弱多病。雖然他在現實生活中遭受了這樣的挫折打擊，但是他的感覺是非常敏銳的，想像力非常豐富。他只活了二十幾歲，生命非常短暫，可是他確實在他的詩歌裏面開創出我們以前所講的歷代詩歌裏面從來沒有人寫過的境界，真的是一種純屬於銳感跟奇險的境界，而這種境界甚至影響了後來的李商隱。

我們上次已經講了，很多人其實都受杜甫的影響，比如韓愈跟白居易，李賀也不例外，不過所影響的方面不同。杜甫雖然說要「語不驚人死不休」，可是他只是在句法上、在字面上突破，詩的取材和形象的來源一般還是現實中存在的形象。可是李賀詩裏邊的形象常常不是現實中所有的，而是非現實的，都是神仙鬼怪、神話人物這一類的形象。而李商隱的詩一方面繼承了杜甫的寫實，繼承了杜甫七律的句法、形象的變化，另外一方面在形象上相當受李賀的影響，是一種充滿了非現實的、假想之中的形象。而且因為李賀年歲活得很短，他生活的體驗和經歷實在不是很豐富，如果真正以內容情意來說，他跟李商隱是不能夠比的。

還有一點不同，李商隱這個人不但感覺非常敏銳，他的感情還非常深厚，不但是銳感深情，而且關懷面非常廣，他所關懷的真是社稷國家。而李賀純粹以銳感取勝，在關懷的深情和寬廣方面，比李商隱是有所不如的。當然李賀的詩裏邊也曾經寫過《老夫採玉歌》，反映人民生活的疾苦，跟白居易比較相似，但是他所反映的，比較來說是一種對事件的外表觀察，也許就是寫了一份「我」對於「他」的一份同情。李商隱卻不然，李商隱所寫的關懷國家的詩歌，跟杜甫一樣是出自肺腑的，是把人民的痛苦當作自己的痛苦一樣寫出來的，不是我看見他的痛苦我很同情，而是他的痛苦就是我的痛苦，這個層次是很不一樣的。

現在我們看李賀的《浩歌》：

浩歌

南風吹山作平地，帝遣天吳移海水。
王母桃花千遍紅，彭祖巫咸幾回死。
青毛驄馬參差錢，嬌春楊柳含細煙。
箏人勸我金屈卮，神血未凝身問誰。
不須浪飲丁都護，世上英雄本無主。
買絲繡作平原君，有酒惟澆趙州土。
漏催水咽玉蟾蜍，衛娘髮薄不勝梳。

羞見秋眉換新綠，二十男兒那刺促。

我們來仔細分析這首詩：「南風吹山作平地，帝遣天吳移海水。王母桃花千遍紅，彭祖巫咸幾回死。」這幾句是押韻的，「地」「水」「死」。下面換韻：「青毛驄馬參差錢，嬌春楊柳含細煙。」這兩句「錢」跟「煙」是一個韻。「箏人勸我金屈卮，神血未凝身問誰。」這兩句又是一個韻。「不須浪飲丁都護，世上英雄本無主。買絲繡作平原君，有酒惟澆趙州土。」這幾句，「護」「主」「土」是一個韻。「漏催水咽玉蟾蜍，衛娘發薄不勝梳。」這個勝字唸 shēng，平聲，玉蟾蜍的「蜍」跟「不勝梳」的「梳」是一個韻。「羞見秋眉換深綠，二十男兒那刺促。」「綠」跟「促」是押一個韻。

這首詩說的是甚麼呢？他說的是世事的無常，宇宙之間的變化。《詩經》裏邊也寫宇宙間的變化，比如有一首題目就叫作《十月之交》，寫有一年的十月周朝大地震，說是「高岸為谷，深谷為陵」，那高岸一下子陷下去了，變成了深谷，原來的深谷則一下子湧起來了，變成一個高的山陵，這本來是寫大地震之中地殼的變化，是比較寫實的。可是你看李賀所寫的，就不是寫實而是他奇幻的想像了，他說「南風吹山作平地」，就是南風把山吹成了平地，也許是大的颶風、旋風，把甚麼都捲起來，把甚麼都吹倒了，世界上真的發生過這樣的事情？也許根本沒有發生過，「高岸為谷，深谷為陵」的情況倒真的可能發生過，但現在李賀說的是「南風吹山作平地」，所以山都消失了。然後呢，是「帝遣天吳移海水」。「天吳」是古代神話之中的水神，「帝」是天上的天帝，說上帝就派遣天吳這個水神，把海水移到平地上來了，這是滄海變成桑田、桑田變成滄海的巨大變化，李賀寫得真的很神奇。**所以我們常常說詩歌的關鍵不僅僅在於它所說的內容是甚麼，還在於你怎麼樣去表現。你表現的內容是一個問題，你怎麼樣表現又是一個問題。**所以李賀詩的風格之所以特殊的地方，就在於他的想像是出奇的。「王母桃花千遍紅」，神話傳說中西方有一個王母娘娘，她住的地方叫作瑤池，那裏種的仙桃每三千年才開一次花。我們的樹一年就開一次花，瑤池的仙桃要三千年才開一次花。他說王母的桃花千遍紅，那這是過去多少年了？是幾百萬年、幾億年！王母桃花已經千遍紅，這是李賀的口吻，主要寫人世的無常，無常就是甚麼都不能夠永恆，甚麼都在變化之中。你覺得南山是不變的，就有「南風吹山作平地」；你說海水是不變的，「帝遣天吳」就「移海水」，所以他所寫的就是人世間的無常。可是他所用的形象，他所用的口吻，充滿了這麼神奇的想像，於是就顯得這麼新鮮、這麼有力量。王母桃花既然是千遍紅，都好幾百萬年了。下面「彭祖巫咸幾回死」，彭祖是古代傳說中很長壽的人，活了八百歲；巫咸是古代的神巫，可以跟神仙往來，這些人壽命都很長的。可是這些人壽命怎麼能算長呢？「王母桃花千遍紅」的時候，就算他是彭祖、巫咸那樣能活幾百歲的人也不知道死了多少遍了，不是嗎？

「青毛驄馬參差錢，嬌春楊柳含細煙。箏人勸我金屈卮，神血未凝身問誰。」說你現在有生命，這是很美好的。而且你還有一匹青毛驄馬，所謂驄馬就是花馬，五花馬，牠的花紋是甚麼樣的？是白色上面有黑色的連錢，一個個圓圓的像錢的形狀，看起來很漂亮的，所以「青毛驄馬參差錢」。「嬌春楊柳含細煙」，在美麗的春天，當楊柳剛要發嫩芽的時候，好像含繞着一種黃色的芬芳的煙霧，顏色是鵝黃嫩綠的。如果楊柳的葉子老了就會變成深綠色的，如果是剛剛發出的嫩芽，新鮮的，就帶着嫩嫩的黃色，「嬌春楊柳」是「含細煙」。「箏人勸我金屈卮」，彈箏的人，可能是歌女，就勸我喝一杯酒。給我敬酒時用的是甚麼酒杯？是「金屈卮」，就是有一個彎的柄的酒杯。「神血未凝身問誰」，這個話很值得深究，甚麼叫「神血未凝」？「神」就是精神、靈魂，「血」就是血肉，是你的身體，神和血凝結起來就有了你的身體，神和血沒有凝結起來就沒有你的身體，你的精神跟身體的血肉合起來才有了你的生命，「神血未凝」的話，你的精神跟血肉沒有結合在一起，那就是你的身體都沒有了。你知道你的身體嗎？生以前在哪裏？死以後在哪裏？你都不知道。當你的精神和你的身體分離，不能夠結合在一起，不能夠有一個血肉的生命，也就是「神血未凝」的時候，你究竟是誰？所以你看他的想像，寫人的生命是無窮的，又是短暫的，「箏人勸我金屈卮，神血未凝身問誰」？

「不須浪飲丁都護，世上英雄本無主。」丁都護是南北朝劉宋時候的一個隱士，當他不得意的時候就喝酒。李賀就說你也許會像丁都護，有這樣的勇敢，有這樣的才武，是這樣的勇士，可是當你不得意的時候你就藉着飲酒來消磨時光和生命嗎？借酒來澆愁？他說你不須，你不用，雖然現在你不得別人的任用，但你也不要就沉溺在飲酒之中，因為「世上英雄本無主」，世上許多的英雄豪傑本來就找不到一個真正能認識他、欣賞他的合適的主公，自古都是如此的。所以，李賀的詩雖然沒有李商隱那樣深廣的關懷，但是他卻有他自己的一份悲慨，就是他人生的落魄。一個人你說我嘗試過，我沒有成功，所以你也沒有甚麼話可說的。可是你根本連一個嘗試的機會都沒有，根本就不能有參加進士考試的機會，而且身體又多病，所以李賀詩歌裏邊的悲慨，是有他自己的個人的很深刻很痛切的一份悲哀的，所以他說真的是「不須浪飲丁都護，世上英雄本無主」。「買絲繡作平原君，有酒惟澆趙州土。」平原君是戰國時代的一個公子。在戰國時代，齊國有孟嘗君，趙國有平原君，楚國有春申君，魏國有信陵君，這就是人們所說的四公子。這四公子都是養士的，就是說，他們都招待供給一些有才能的人的生活。據說平原君門下客有三千人。「買絲繡作平原君」，李賀說我願意買絲線來繡平原君的像，因為古代的人表示對一個人的感激，就畫出所感激的人的像，或者是更珍重的，用絲線繡一個像供奉起來。他說我真是願意買絲線繡一幅平原君的像，因為平原君賞愛、看重有才能的人。趙州，即趙國，我買了酒只澆在趙國的土地上，因為平原君是在趙國的。為甚麼把酒澆在土地上？這是古代一種表示祭奠的方式，就是你要對亡者獻酒。可是他已經死了，不能夠舉起酒杯來喝酒，所以你就舉起酒杯為他行禮，然後把酒灑在地上，表示對死者的祭奠和哀悼。所以他說我要買絲線我就繡作平原君，我要有酒就只澆在趙州的土地上，只要有一個人欣賞我。

「漏催水咽玉蟾蜍，衛娘髮薄不勝梳。」「漏」是古代的銅壺滴漏，現在北京的故宮裏面還有一個銅壺滴漏的模型在那裏，上面有一個盛水的東西，有一根很細的管子通下來，下邊也有一個盛水的東西接在底下，它一分鐘或者一個鐘頭滴多少水下來是有定的，你可以看水的上漲，通過旁邊刻的時間你就可以知道是十分鐘、二十分鐘、三十分鐘、一個鐘頭，這個水滴下來有時候還可以聽到滴答的聲音。另外，古人在銅壺滴漏的出口處有一個裝飾，就是詩裏所說的，有一個「玉蟾蜍」。蟾蜍就是蛤蟆。銅壺裏的水會滴到玉蟾蜍的口中，「咽」就是吞下去，所以說「水咽」。水是一滴一滴地往下流，不論在哪一時刻從不停止，十分鐘、一刻鐘、二十分鐘、一個鐘頭，那底下的蟾蜍就每天這麼不停止地把這個水吞下去，時間就這麼分分秒秒過去了。光陰和生命是不等待人的，有一天大家都衰老了，所以說「衛娘髮薄不勝梳」。衛娘是誰呢？衛娘是漢武帝曾經寵愛、喜歡的一個皇后，名叫衛子夫。漢朝曾經有一個有名的將軍衛青，就是衛子夫的弟弟，皇親國戚。據説衛子夫頭髮非常美，而古代女子的頭髮從不剪掉，都是盤起來的，所以頭髮特別長、特別黑、特別亮、特別美麗，她就是因為頭髮很美才得到寵愛的。可是不管當年衛子夫的頭髮多麼濃厚、多麼長、多麼黑，她衰老後美麗的頭髮終究還是要脱落的，而且變得衰白稀少得「不勝梳」，梳子要梳都沒的可梳了，「不勝」就是不能夠，禁不住梳了，「衛娘髮薄不勝梳」。「羞見秋眉換深綠」，你看李賀用的形象都是很奇怪的，他不過要説人的衰老，但是怎麼説呢？因為古人通常都説年輕人的眉毛是黛眉，所以賈寶玉給林黛玉取了一個別號「顰卿」，「顰」是眉毛皺起來的樣子，林黛玉的眉毛是天生就有一點微顰的樣子。賈寶玉還説：「西方有石名黛，可代畫眉之墨。」古代常常把眉毛説成是黛眉。甚麼是黛色？黛是一種青黑色。有的時候很深很深的黑色會發一種綠色或者藍色的亮光，像野鴨子的那些羽毛，上面好像閃有藍綠色光彩的樣子。而中國古代顏色的定義又不是那麼科學的，因為黑色帶着青，而青呢就又説是綠，所以常常説一個人年輕時候的樣子是綠鬢朱顏。你現在要是看到一個人長着綠頭髮、紅臉面你會嚇一跳，但在古代，朱是代表健康的，有血色的、年輕的，綠鬢就是黑色的，青黑色的鬢髮，都代表着年輕。還不只是女的，男子也可以說，「不辭鏡裏朱顏瘦」（馮延巳《鵲踏枝》）。所以「新綠」，就是你很年輕的時候的這種新鮮的、黛色的眉毛，有一天你的眉毛也衰老脱落了，或者變白了，那就變成秋眉。眉毛哪裏有春秋？這就是李賀的修辭。要形容人的衰老，李太白會說：「君不見黃河之水天上來，奔流到海不復回；君不見高堂明鏡悲白髮，朝如青絲暮成雪。」（《將進酒》）他說得多清楚，早上還是青絲，晚上變成白雪了，別人從來沒有把衛子夫的典故這麼用過，但是李賀卻說「衛娘髮薄不勝梳」，這是他想出來的，說眉毛變白就變白就是了，但他說的是新綠的眉毛都變成秋天的眉毛了。「二十男兒那刺促」，刺促就是局促的意思，是說一個人已經二十歲了，已經成年了，應該有所作為了，可是我為甚麼還這樣局促，局促就是沒有發展、不得志。而人生又這麼短暫，有一天就秋眉換新綠了，二十歲的一個男子怎麼會這樣的刺促。所以雖然他的關懷面不是很廣，但李賀的詩有他的那種非常瑰奇的想像，其中也確實有他自己的真正的一份很深刻的悲慨。

附：

李賀，這位以「鬼才」著稱的詩人，在描畫光怪陸離頗具神秘色彩的世界之外，還以奇異的詩筆構建了一個寶馬的世界。有時，他以神駿自許，有時以病馬自嘲，詩歌有着濃郁的身世之感。他以組詩形式寫下《馬詩》二十三首，還有其他詠馬的詩幾十首。

馬詩

此馬非凡馬，房星本是星[1]。
向前敲瘦骨[2]，猶自帶銅聲[3]。

詩中的寶馬骨力峻朗，風神卓越，自有一種自強剛勁的英雄氣概。然而，儘管寶馬頗具骨力之美，其命運卻與之形成了強烈的反差。寶馬的骨相嶙峋、處境的困頓落拓、遭遇的辛酸悲涼，無不折射出詩人自己鬱積於心的哀痛，呈現出他孤獨寂寞、自憐自傷的靈魂。清人王琦說：「俱是借題抒意，或美、或譏、或悲、或惜，大抵於當時所聞見之中各有所比。言馬也，而意初不在馬矣。」

註釋

1 房星：二十八星宿之一，也稱天駟、天馬，古人認為良馬上應房星。
2 瘦骨：良馬遭遇不幸，困苦窮瘦。
3 銅聲：形容良馬駿骨堅勁猶如鐵打銅鑄。

言有盡而意無窮的義山詩

李商隱為甚麼總在追求，總在失落，總在悵惘哀傷之中呢？我曾經說過，一個詩人的形成，一定是有他本身的心性、稟賦的原因。在這些方面，每個人生來一定是不一樣的，有的人天性就比較剛強，有的人天性就比較柔弱，雖然說後天可以有一點影響，但是先天一定是不同的。**先天的心性、稟賦和後天的環境、遭遇，造成了李商隱的這種風格，一個是他在感情方面的悵惘哀傷，一個是他在表現方面的迷離恍惚。**他說得不清楚，所以他給人一種孤獨感。為甚麼會造成這樣的一個結果呢？我們現在講一下他的環境和遭遇。

李商隱的一生是很不幸的。他是懷州河內（今河南沁陽）人。小的時候，他的父親在浙江附近做事。他父親在他九歲（按照中國的傳統來說是十歲）的時候就死去了，死在浙江。當年，李商隱一個九歲的小孩子，就要親自把父親的棺材運回河南的故鄉去。可是「四海無可歸之地，九族無可倚之親」，他就是在這樣的艱難困苦的生活之中成長起來的。

作為家裏的長子，李商隱「傭書販舂」奉養他的母親，也就是給人家做抄寫工作，甚至於還要做舂米這種體力工作，來維持一家的生活。在這樣困苦的條件下，李商隱仍然堅持苦讀，他的文才得到當時河陽節度使令狐楚的欣賞。

李商隱去考進士，考了兩次都沒有考中，後來經過令狐楚和令狐綯的推薦，他考中了進士。可是他考中了進士不久，就被另一個高官叫作王茂元的人看中了，選擇他做女婿。而王茂元跟令狐楚兩個人在朝廷裏是敵對的。令狐楚屬於牛黨，牛黨的領袖人物是牛僧孺。王茂元屬於李黨，李黨的領袖人物是李德裕。關於這兩黨的非常複雜的政治鬥爭，你們要去看唐朝的歷史才能了解。按照中國舊日士大夫的觀念，令狐楚算是李商隱的恩主，王茂元更不用說，他是李商隱的岳父。可是，後來李商隱在這兩個人之間發生了誤會。令狐楚死後，兒子令狐綯做官做得很顯貴，做到宰相的地位，而令狐綯對於李商隱一點也不肯幫助，所以李商隱心中有很多幽怨。就是說，都是最親近的人，可是都得不到他們的諒解。他帶着很深的幽怨，但他不直接說，都是委婉曲折地去寫，這是形成他的詩風的一個原因，是他個人的原因。

還有當時的時代背景的原因。從安史之亂以後，唐朝就已經出現了幾種弊病，到了憲宗時，唐朝就出現了三種情形：宦官專權、藩鎮跋扈以及朝廷內的黨爭。

李商隱就生在憲宗的時代，他的一生經過了憲宗、穆宗、敬宗、文宗、武宗、宣宗六位皇帝。李商隱只活了四十幾歲，可是在這四十幾年之中，唐朝就換了六個皇帝。憲宗是被宦官殺死的，敬宗也是被宦官殺死的。穆宗和武宗呢？穆宗喜歡求仙、服藥，他和武宗都是服藥致死的，都是很年輕就死了。文宗有心要改善政治，可是那個時候，國家的三種危險的弊病已經形成了，文宗沒有辦法挽回。

李商隱的詩之所以這樣哀怨而且不肯明說，一個是因為他自己私人的感情如此，他對於令狐綯、王茂元的那種內心的感情，不能夠直接講；另一個是因為政治的原因，他對於宦官、對於藩鎮的不滿，不敢直接講，所以他的詩形成了這樣的風格。

李商隱的詩總是有兩類，一類是與舊傳統相近的，一類是有他自己的特色的。所謂他自己的特色，就是說，他用很多典故，都是神話，而他究竟寫的是甚麼樣的感情、甚麼樣的事件，我們很難說明白。那麼，我們究竟應該用甚麼樣的一個路子，來了解他這些不容易懂的詩呢？我個人的看法是，最好先從詩裏邊情感的本質去了解。就是說，這個情感是為甚麼而發生的，那些外在的具體的事件是難以確實地來指明的，所以我們就先從他的情感的本質來加以探尋。李商隱有的詩雖然在理性上難以說明，可是在感性上確實是可以感動你的，這是他的特色。

下面我們來看他的這首《錦瑟》：

錦瑟

錦瑟無端五十弦，一弦一柱思華年。
莊生曉夢迷蝴蝶，望帝春心託杜鵑。
滄海月明珠有淚，藍田日暖玉生煙。
此情可待成追憶，只是當時已惘然。

李商隱的詩有的時候叫作《無題》，有的時候他取開頭的兩個字作為詩的標題，像《錦瑟》。雖然詩的題目是《錦瑟》，但這首詩並不是真的只說這種樂器。詩中的形象很重要，但還有一個很重要的就是文字本身。你先不用管文字的意思，就文字本身，它的形狀，它的聲音，它的本意都是有作用的。「瑟」是一種樂器；所謂「錦」者，是說「瑟」上裝飾得非常美麗，這就叫「錦瑟」。「錦瑟」兩個字給人的印象是甚麼？一個是它的美好；還有就是不管說「琴」，不管說「瑟」，它們奏出的音樂是可以傳達情意的。中國對於琴瑟有一個傳統，你心裏邊有甚麼樣的感情，你就會彈出甚麼樣的音樂來。古代有個鍾子期，當俞伯牙彈琴的時候心裏想的是高山，雖然他沒有說出來，鍾子期一聽就知道他的情意在於高山；他彈琴的時候心裏想的是流水，他不用說出來，鍾子期一聽就知道他想的是流水。中國的古人一直相信音樂是一定能夠把你的內心的情意、品格都表達出來的。

「錦瑟」還有一個典故。古時候，天上的泰帝（是天上最高的神仙）手下有一個仙女，就是素女。有一次，泰帝請素女鼓瑟，彈甚麼樣的瑟呢？就是這個錦瑟。據說，錦瑟上面有五十根弦。一般來講，中國所說的琴有兩種，有五弦的琴，有七弦的琴，中國所說的箏一般是十三弦，琵琶是四弦，可是這種瑟竟有五十根弦，它比所有樂器都繁複，彈出來的聲音就比所有的樂器都悲哀。素女彈瑟發出的聲音太悲哀了，使聽者流淚，泣不可止。泰帝說，沒有人能夠忍受這樣悲哀的音樂，就把瑟的弦減少了，「破其瑟為二十五弦」（《漢書・郊祀志》），所以後來的瑟最多只有二十五根弦。

所以說，光是「錦瑟」兩個字在本身的文字上，在古典的聯想上就有這麼多的含義。「五十弦」所傳達出的是那最繁複、最悲哀、使人不能忍受的感情。李商隱說「錦瑟無端五十弦」，無緣無故它為甚麼「五十弦」呢？其他的樂器是四弦、五弦、七弦，你幹嘛是五十弦？每個人天生下來的稟賦是不一樣的，為甚麼別人沒有像李商隱這麼敏銳的感受、這麼深刻的悲哀？

「無端」，無緣無故為甚麼要這樣？是它自己選擇的嗎？不是它自己選擇的。它是生來就如此的，這是沒有辦法的事，是與生俱來的。

「錦瑟無端五十弦」這一句就可以引起我們這麼多聯想，就有這麼多感發。李商隱下一句說：「一弦一柱思華年。」我們說，詩要看你怎麼樣去寫，寫出來以後，帶着多少感情。假如說我們把第二句改一下，李商隱不是說「一弦一柱思華年」嗎？「一弦一柱」就是說每一根弦每一根柱，但如果改成「每根弦柱思華年」那就很笨了，因為那樣就只是在敍述和說明。李商隱說「一弦一柱」，他就一個一個地這麼說，「柱」是弦底下的支柱，五十根弦，每根弦都有一個支柱才能彈，所以他說「錦瑟無端五十弦，一弦一柱思華年」。每一根弦只要你一碰它，每一個聲音帶出來的都是對於過去的「華年」的追思。「華年」是說美好的年華，「思」者，就已經是追思了。

「莊生曉夢迷蝴蝶」，李商隱用的是典故，這個典故是《莊子》裏面的一個寓言故事。《莊子》有一篇文章叫《齊物論》，《齊物論》就是說萬物都是一樣的，要把萬物看成跟自己是同樣的。莊子做了一個比喻，他說，莊生有一天「夢為蝴蝶」，他在夢中變成了一隻蝴蝶，他說當他變成蝴蝶的時候「栩栩然蝴蝶也」，「栩栩然」就是非常生動地飛來飛去的樣子。後來莊子醒了，「蘧蘧然周也」，很清醒的，他又變成了莊周。我們說，用典故可以有多種不同的用法，可是李商隱「莊生曉夢迷蝴蝶」這一句中，他用《齊物論》中的寓言，用的卻不是莊子本來的意思，與《齊物論》中的哲學思想完全沒有關係。

「莊生」「夢」這三個字，是《莊子》裏邊本來有的，「迷」字是李商隱加的，

「曉」字也是李商隱加的。莊生夢為蝴蝶這個故事，經過李商隱的改造，說「莊生曉夢迷蝴蝶」，這種感覺就完全不一樣了。所謂詩的好壞就是看詩人用的字怎麼樣，「曉」是說天快要亮了，「曉夢」是破曉以前的夢，這是言夢之短，因為天很快就要亮了，你馬上就要醒了。人們常說「夜長夢多」，夜長，你愛做多少夢就做多少夢，所以「曉夢」極言其夢境之短暫。夢中變成了蝴蝶，蝴蝶給人的是一種美麗、多姿多彩的形象，蝴蝶的翅膀是彩色的，蝴蝶飛舞起來，高高下下，有很多的姿態，而且是活潑、飛動的，這就是形象給讀者的提示。「迷」字，有的時候是說一種「癡迷」，是一種耽溺，當他夢為蝴蝶的時候，是多麼美麗、多姿多彩，所以他就完全耽溺在這種美好的感情之中了。可是這種感情，如同夢一樣，而且是同破曉的夢一樣，這麼短就醒了。那麼美好的東西如同夢一樣，只是一個短暫的幻影，所以佛教的《金剛經》上說「如夢幻泡影，如露亦如電」，就是說一切都是這麼短暫，像露水一樣就化了，像閃電一樣就過去了，像夢幻一樣轉眼就清醒了，如同水上的水泡一樣轉眼就消失了。

「莊生曉夢迷蝴蝶」的對句是「望帝春心託杜鵑」。七言律詩裏邊的這兩句要對偶，我們以前講過名詞對名詞，動詞對動詞，但對偶也是有要求的，兩句的意思不能完全相同，頭一句是這個意思，後一句還是這個意思，是不可以的。你要讓這兩句對起來，而意思要改變。

「莊生」就是莊子，「望帝」是中國古代一個神話中的人物。傳說，古時候在四川有一個國家，這個國家的君主就是望帝，後來，望帝把皇帝的位置給了他的一個大臣。這個故事本來是說，望帝做了一些錯誤的事情，他很慚愧，讓位給臣子，然後離開了。望帝死了以後，他的魂魄離開他的國家，變成了一隻鳥，叫杜鵑，但是他一直懷念他的故國，所以我們中國傳說杜鵑的叫聲好像是「不如歸去，不如歸去」，而且還傳說，杜鵑總是要一直叫到啼血，就是說，要叫到口中流出鮮血。這是一個神話的傳說，所謂望帝變成杜鵑，是神話中原來就有的，「春心」和「託」是李商隱加上去的，甚麼叫「春心託杜鵑」？

李商隱另外有一首詩，題目叫作《無題》，他說：「颯颯東風細雨來，芙蓉塘外有輕雷。」你聽到那長有荷花的池塘外有了輕輕的隱隱的雷聲。雷聲指的是甚麼？中國說「驚蟄」，就是說把在土地裏邊潛藏的、冬眠休息的那些蟲子都驚醒了，所以當颯颯的東風、細雨飄下來的時候，聽到那長有荷花的芙蓉塘外面有隱隱的雷聲，把你所有隱藏在心裏邊的東西都喚醒了。這首詩的最後兩句是「春心莫共花爭發，一寸相思一寸灰」。他說，春天來了，把草木喚醒了，把昆蟲也喚醒了，把所有的生命、感情都喚醒了。看到花開，你心裏邊的感情也跟花一樣開放了。可是李商隱最後說，你那份春天覺醒的、多情的感情不要跟花一樣爭着開放，「春心莫共花爭發」，因為你把這麼熱烈、深刻的感情投入進去，你最後落到的下場是「一寸相思一寸灰」，你每一寸相思的愛情、你燃燒的結果是變成灰燼。「春心」在李商隱的詩裏邊表示相思、愛情。

我們再回到《錦瑟》這首詩中來，「莊生曉夢迷蝴蝶，望帝春心託杜鵑」，人生一切美好的東西，都是那麼短暫的，是無可奈何的，他說就是死去了，也像望帝一樣，有那一份多情的感情。那追求、嚮往的心變成蝴蝶，變成杜鵑，都不會消滅。「望帝」的「春心」還要「託杜鵑」，李商隱說，就算變成了一隻鳥，還要說「不如歸去」，還要啼號着流出鮮血來。

後邊他又說：「滄海月明珠有淚，藍田日暖玉生煙。」這兩句不像「莊生」「望帝」那兩句，有典故的故事，但這些文字都是有來歷的。我們先說「滄海月明珠有淚」。古人比較迷信，比如，說柳絮掉在水裏邊就變成浮萍，科學上沒有這回事，是恰好當柳絮飄落下來的時候，水裏邊的浮萍長出來了。古人還說草在秋天枯朽了，就變成螢火蟲，其實也沒有這回事，這是中國古人直覺上的一種想像。

中國古人對於蚌珠——就是水裏邊的蚌殼裏的珍珠，有一個神話傳說。古人說「月滿則珠圓」，如果天上的月亮是圓的，那麼蚌殼裏的珠子就是圓的，如果月亮是缺的，那麼珠子就不圓，這是一種想像。「滄海」是產珠的，「滄海月明」的晚上，月亮是圓的，那珠應該也是圓的，是美麗的。可是李商隱說「滄海月明珠有淚」，每一粒珍珠上面都是淚痕，這其實是結合了另外一個神話的傳說。中國古人說海底有一種人叫「鮫人」，鮫人可以織成一種布，那不是普通的布，是一種綃，綃是一種最薄的、透明的材料。鮫人哭泣時流出眼淚，可以泣淚成珠，他的眼淚就變成了珍珠。李商隱是把最美麗的東西跟最悲哀的感情結合在了一起。「滄海月明珠有淚，藍田日暖玉生煙」，這兩句看起來好像有一點合掌，因為都是說美好的東西結合着悲哀，玉被煙靄籠罩着，也是有一種悲哀，可是這兩句不是合掌。

為甚麼不是呢？因為前一句說「月明」，第二句說「日暖」；「滄海」這一句所表現的是一種寒冷的感覺，「藍田日暖」所表現的是一種溫暖的感覺；「滄海」是海，「藍田」是山。中國陝西有一座山叫藍田山，藍田山是產玉的，在風和日麗的溫暖的季節，太陽照在藍田山上，那藍田山上所產的玉石都在一片煙靄迷濛之中，那麼高遠，那麼美麗，那麼溫暖。這兩句在對舉之中使用了不同的形象，前面說月，後面說日，那就是說：無論是日，無論是夜，無論是冷，無論是暖，無論是海，無論是山，沒有一個地方能夠得到那麼美麗的東西，永遠是跟悲哀和失落結合在一起的。李商隱說，我所遇見的感情都是「珠有淚」和「玉生煙」，李商隱在對舉之中有一種加強的意思。

「此情可待成追憶」，「可待」是一個表示疑問的口氣，他說就是這樣的感情，你要等待到成為追憶的時候，你才悵惘哀傷嗎？這是說一般人，一般人等到真的失落了，他才悵惘哀傷。而李商隱說，他不是，「只是當時已惘然」，就在當時，就在我「迷蝴蝶」的時候，就在那「玉生煙」的時候，我已經惘然了。

我講《錦瑟》這一首詩跟中國舊傳統的講法不大一樣，我是從詩中的形象、用典故的口吻、結構來講的，這些都可以給讀者直接的感發。可是，中國傳統的講詩的人，不是從這一方面講解的。因為過去的傳統認為只說感受是不夠的，一定要用理性去說明。

對於李商隱的《錦瑟》詩就有很多種說法。第一種說法，有人認為《錦瑟》是一首悼亡詩。「悼亡」從字面上看就是哀悼一個人的死亡，可是中國人說的哀悼的對象，不是隨便一個人，凡是說「悼亡」，一定是丈夫哀悼妻子的死亡。李商隱跟他岳父之間的關係雖然不是很好，但是跟他妻子的感情是很好的，他的妻子死了以後，李商隱寫了很多首詩懷念他的妻子。他到四川的一個幕府去做官的時候，曾經寫過這樣的詩句，他說「散關三尺雪，回夢舊鴛機」（《悼傷後赴東蜀辟至散關遇雪》），就是說，他經過大散關時，下了很深的大雪，他就回想，做了夢。舊日所謂的「鴛機」，就是女子織布的機器。他說，沒有人再給他做衣服了，沒有人給他寄寒衣來。他回到家裏以後，又寫了兩句詩，這就是所以有人猜測《錦瑟》是悼亡詩的緣故。李商隱說「歸來已不見，錦瑟長於人」（《房中曲》），他說，我回到家裏來，妻子已經死去了，但她彈過的錦瑟還留在這裏。錦瑟這麼一個小樂器，它的生命比人還長。人有生命有感情，最後要死去，可是沒有生命沒有感情的這麼小的一個東西卻能留存下來。

認為《錦瑟》是悼亡詩的人對於這首詩是怎麼講的呢？關於「錦瑟」有一個神話傳說，天上的泰帝讓素女彈瑟，瑟有五十根弦，發出的聲音太悲哀了，泰帝就命令把瑟的五十弦分破為二十五弦。所以有的人就猜測，大概李商隱跟他妻子結婚的時候，兩個人都是二十五歲。可是根據歷史上的考證，沒有這回事。

後邊的詩句怎樣講呢？「滄海月明珠有淚」，說是讚美他的妻子有明眸，就是很美麗的眼睛；「藍田日暖玉生煙」，說是形容她的姿色。「莊生曉夢迷蝴蝶」呢？因為《莊子》中有一個典故，就是「鼓盆而歌」。莊子的妻子死了，他不但不哭，還敲着瓦盆唱歌。他的朋友說，你的妻子死了，你不哭也就算了，還敲着瓦盆唱歌，這不是太過分了嗎？莊子說，我回想了一下，世界上本來就沒有我妻子這個人，偶然形成了這麼一個人，她偶然又回到大自然去，就沒有了，我有甚麼可悲哀的呢？這是莊子的一個理論。莊子「鼓盆而歌」，與他妻子的去世有關，所以有些人就說《錦瑟》是悼亡詩。

可是，如果這樣解說的話，那就好像是說李商隱的《錦瑟》作得像謎語一樣，他就不是通過感發來寫的了，詩裏面就沒有感動的意思了，而且我們一句一句地這樣解釋，並不是完全都切合的，只是說有些人這麼猜想。這是關於《錦瑟》的第一種解說。

第二種解說認為這首詩說的是黨爭。我們之前講過李商隱的生平，他陷身在牛、李的黨爭之中，所以有的人就認為「滄海月明珠有淚」說的是李德裕死在崖州。李德裕在黨爭之中失敗了，因為他得罪了宦官。李德裕被貶到崖州，崖州在今日的海南，後來他就死在了崖州。那麼「藍田日暖玉生煙」怎麼解釋呢？有些人認為說的是令狐楚的兒子令狐綯。我們剛剛講過，令狐楚死了以後，令狐綯在宣宗的時候，做官做到宰相的地位，「藍田日暖玉生煙」說的就是令狐綯的事業好像藍田山一樣崇高。這些人這樣解釋就是把詩當作謎語來猜。

除了這種猜法以外，還有人說，「錦瑟」是人名，是一個女子的名字。因為李商隱終生都在節度使的幕府之中做官，「錦瑟」一定是一個幕府府主家裏邊的一個女子。這首詩就是寫李商隱跟這個女子的愛情故事。

還有第四種說法，近代有一位女作家叫蘇雪林，她寫了一本書叫《李義山戀愛事蹟考》，她說李義山的很多詩都是寫愛情的。《錦瑟》詩就是寫愛情的，她說，李義山認識了兩個宮女，她們是一對姐妹，一個叫飛鸞，一個叫輕鳳。李商隱跟她們約會的時候，就帶着錦瑟，他在牆外一彈，那對姐妹就出來跟他見面。這種說法跟作小說一樣，都是猜想的故事。

還有人說，這首詩是李商隱的「自慨」，李商隱自己慨嘆自己。自慨的內容是很廣泛的，這裏邊可以包括愛情，可以包括黨爭，也可以包括悼亡。有人以為李商隱「自慨」是專門感慨他仕途不遇，我認為這種說法是比較可靠的。其實，我們也不必狹窄地說這首詩一定指仕途不遇，自慨可以包括很多內容，但李商隱在《錦瑟》詩中用了「夢蝶」的典故，其實李商隱還曾經寫過這樣兩句詩：「枕寒莊蝶去，窗冷胤螢銷。」（《秋日晚思》）他說，因為我的枕頭很冷，像莊生夢蝴蝶那樣的夢沒有了，所以說「莊蝶去」。我的窗子也很冷，「胤」指的是一個叫車胤的人，車胤小的時候，家裏很貧窮，沒有錢點油燈或者蠟燭，所以他就找了一個透明的紗製的口袋，抓很多螢火蟲放到裏面，晚上藉着螢火蟲的光來讀書。可是現在是秋天了，沒有螢火蟲了，所以李商隱說「窗冷胤螢銷」。李商隱還有一首詩是送給當時的一個節度使叫盧弘正的，詩裏邊有這樣一句話：「憐我秋齋夢蝴蝶。」（《偶成轉韻七十二句贈四同舍》）他說，盧弘正請他到幕府去做官，因為盧弘正同情他在秋天寒冷的書齋之中只能空空地夢蝶。所以「夢蝶」在李商隱其他的詩中是出現過的，而這種夢從他給盧弘正的詩來看，是代表李商隱對於仕途的一個夢想。所以說，《錦瑟》是李商隱的「自慨」是可能的。

「滄海月明珠有淚」這一句也有很多意思在裏面。中國有一個說法「滄海遺珠」，有一顆很美麗的珠子，可是沒有被人採去。因為明珠要被採珠的女子採去，才會被做成很美的首飾，給人戴在頭上。可是，滄海裏邊最美麗的珍珠，沒有被人選擇，沒有被人採用，它就遺落在滄海之中了，「滄海月明珠有淚」，所以這「遺珠」是悲哀的。

我常常說，每一個詩人的感情、品格的境界各不相同，沒有一個詩人能夠超脱到時代以外。就是說，每一個詩人形成他的風格，一定有時代的背景在裏邊。李白的詩那樣地飛揚，杜甫的詩這樣地沉雄，都有他們的時代背景，因為他們都是經過

「開元全盛日」的。他們的詩有一種開闊、博大的氣象。雖然詩人本身的心靈、感情的個性不同，但是每個人都是被時代造就的，只是時代在「造」的時候，「造」出來不同的東西。如果你是玉石，你可以經過雕琢磨煉，成為一個甚麼樣的東西；如果你是鋼鐵，你經過磨煉，可以成為一個甚麼樣的東西。這個本質雖然不同，外邊的環境給你的磨煉，一定是很重要的事。如果這樣比較起來，李義山就比李白和杜甫不幸。因為李白跟杜甫還有幸看到了「開元全盛日」，可是李義山沒有，李義山一生經歷了唐朝的六個皇帝，而那個時候的唐朝，經過了安史之亂之後，就沒有再恢復起來，一直向下坡路上走去了。而且李義山的壽命比李白、杜甫更短，他只活了四十幾歲就死去了，李白是六十幾歲才死的，杜甫是五十多歲快到六十歲的時候死的。李義山在他四十六七年的短短的生命之中就經歷了六個皇帝。

下面把李商隱和杜甫、陶淵明做一個對比。

先從形象上來說。杜甫的詩所選取的形象，多半是現實中實有的形象。李商隱所寫的常常是現實中所無的形象。陶淵明所寫的是現實中概念的形象，比如他說一隻鳥，不是真的有一隻鳥，而是他心中的一隻鳥，但鳥是現實中可以有的，所以是現實中概念的形象。

再從結構組織方面來說。杜甫是一個理性、感性兩方面兼長並美的詩人，他不管是一句詩、一首詩，還是一組詩，結構都是有呼應的，理性是非常細膩的，他的安排是很好的，同時還有那麼強大的感發。他的詩有非常完整的一種結構的呼應。

李商隱呢？他的詩中有很多非理性的形象，但是詩的結構有理性的組織。李商隱的特色是很奇怪的，不管是章法還是句法，他都是以理性的結構組織非理性的形象。李商隱的《錦瑟》詩中說「錦瑟無端五十弦，一弦一柱思華年」，這是一個回想，然後中間四句是他所回想的事情，然後說「此情可待成追憶，只是當時已惘然」是總結。所以說，他的詩有理性的結構，可是中間所結合的這些都是非理性的形象。

陶淵明寫詩的時候有種種變化，有的時候是直敘，有的時候是層層轉折，而他感發的作用在轉折之中沒有斷絕，是連貫下來的，而且就像宋朝人的讚美，說他「自寫胸中之妙」，是自己寫他內心之中的一種感覺，是很微妙的一種感情和思想。他不像白居易，也不像韓退之，因為白居易跟韓退之寫詩的時候總要先想到別人。

白居易說，我寫的詩一定要老嫗都能理解，每一個人都懂才可以；韓退之說，我一定要寫得很奇怪，讓大家都不解才可以。可是，陶淵明寫詩是直接地寫，平鋪直敘，他也不怕人家說，這個人怎麼這麼笨呢？老是平鋪直敘地說。這沒有關係，因為陶淵明的思想感情就是這樣進行的，所以就這樣寫下來了。當他層層轉折的時候，別人可能看不懂，看不懂沒有關係，「知音苟不存，已矣何所悲」，你們儘管不懂，我的思想感情是這樣進行的，我就這樣把它寫下來。這就是陶淵明之所以為陶淵明，所以「自寫胸中之妙」。還要再加一層，陶淵明的詩有的時候用形象，有的時候就只是說明。

所以說，詩歌的好壞不是絕對的，不是說一定要詩中有形象就是好詩，沒有形象就是壞詩；也不是說大家都能看懂，平鋪直敘的就是好詩，或者一定要讓人家看不懂才是好詩。寫詩的時候，表現方法有很多種，只要你表現得好，都可以稱為好詩。

附：

安定城樓

迢遞高城百尺樓，綠楊枝外盡汀洲。
賈生年少虛垂涕，王粲春來更遠遊。
永憶江湖歸白髮，欲回天地入扁舟。
不知腐鼠成滋味，猜意鵷雛竟未休。

我們先說詩的題目。題目叫作《安定城樓》，「安定」是一個郡城的名字，「安定」的郡城在涇州，在唐朝的時候，涇州的安定城是被涇原節度使控制的，這個地方在現在的甘肅省。李商隱為甚麼到涇原這個地方來了呢？因為他的岳父王茂元做了涇原節度使。當時，李商隱是以一個沒有職業的寄人籬下的身份來到涇原節度使王茂元幕下的。我們從歷史上的記載來看，王茂元不止一個女兒，他有好幾個女兒。而中國的家庭，一般世俗的習慣，要「比女婿」，女婿跟女婿之間爭鬥，如果哪個女婿不如人，那是很羞恥的。所以，當時李商隱的心情很不好，就寫了《安定城樓》。

《安定城樓》第一句就寫得非常好，「迢遞」這兩個字本身就有李商隱很多的感慨在裏面。按照中國的傳統，登高的時候，容易引起人的感慨，宋朝的柳永說「對瀟瀟暮雨灑江天，一番洗清秋。漸霜風淒緊，關河冷落，殘照當樓」（《八聲甘州》），這也是登高的感慨。晏殊說「昨夜西風凋碧樹，獨上高樓，望盡天涯路」（《蝶戀花》），那是晏殊登高的感慨。李商隱說，我登高就看到了「綠楊枝外盡汀洲」。就在那楊柳岸的遠方，是一片水中的沙洲，這句詩一半是理性，另一半是很難用理性解釋的。「盡」是說完全都是，就完全都是一個沙洲接着一個沙洲。一方面可以說明他看得很遙遠，一方面是說沙洲眾多，還有一方面是說沙洲分佈的形式迂迴曲折，這種意思很難講，就是說你可以有這種感受，但是你很難把它說出來，所以是介於理性與非理性之間的。「迢遞高城百尺樓，綠楊枝外盡汀洲」這兩句完全都是感發，但是造成他悲哀感慨的這種感情的原因沒有寫出來。

我要告訴大家，寫詩有兩種情形：一種你可以有些地方寫得很幽隱，很含蓄，可是，有的時候你要有一兩句，點明一個主旨。你可能用了很多形象，有的時候排得很雜亂，不能形成一種集中的感動，但是在這些雜亂的形象之中，你只要有一兩句點明一個線索，馬上就可以把它們串起來，感發的力量馬上就加大了。「賈生年少虛垂涕，王粲春來更遠遊」，這就是李商隱的主旨，他用了典故。「賈生」是漢朝的賈誼，他曾經給皇帝上過《治安策》。《治安策》說：「臣竊惟事勢，可為痛哭者一，可為流涕者二，可為長太息者六。」就是說可以為之痛哭的事情有一件，可以讓我流下淚來的事情有兩件，可以讓我長嘆息的事情有六件，可見當時的國家有很多弊病。賈誼上《治安策》的時候，就是二十多歲，當時李商隱到涇原的時候，也是二十多歲，所以他以賈生自比。他說，我也像賈生一樣，我也很年少，我看到現在天下的大事，可為痛哭、可為流涕、可為嘆息的，比賈生的時候還要多。「賈生年少虛垂涕」，我現在落到甚麼樣的下場呢？他說，「王粲春來更遠遊」。

王粲是東漢末年三國時代的人。東漢的首都本來是洛陽，因為董卓叛亂，他脅迫漢獻帝遷都到了長安。來到長安以後，天下的軍閥紛紛起兵，名義上是討伐董卓，其實都想在戰爭中得到一點便宜，鞏固自己的軍權、地位。所以就在長安發生了很大的戰亂，遍地都是白骨，洛陽被大火燒掉了。洛陽、長安，中國兩個古都都遭到了災難。在這種災難之中，王粲離開了長安，他去了荊州，當時荊州的地方長官是劉表。王粲寫過一篇很有名的文章叫《登樓賦》，他在《登樓賦》中說，「登茲樓以四望兮，聊暇日以銷憂」，「雖信美而非吾土兮，曾何足以少留」。王粲《登樓賦》說，我就登上了這座樓遠望，「聊」是說姑且，姑且藉着一個閑暇的日子，我登上這座樓，本來是要「銷憂」的，就是排遣我的憂愁。我向下一望，這個地方的風景真的是美，「信」就是果然、實在的意思，雖然這裏的風景很美，可那不是我的故鄉，我在這裏是寄人籬下的，這個地方如何值得我停留！這些句子與李商隱的詩有連帶的關係。李商隱寫的「王粲春來更遠遊」和「迢遞高城百尺樓」是有呼應的。

「迢遞高城百尺樓，綠楊枝外盡汀洲」，李商隱在安定城樓所見的景色難道不美？但這不是李商隱願意在的地方，所以他說：「賈生年少虛垂涕，王粲春來更遠遊。」在春天這麼美好的季節，我來到一個我所不歸屬的地方，我怎麼寄人籬下來到這裏了呢？李商隱下面還有兩句詩說：「永憶江湖歸白髮，欲回天地入扁舟。」這兩句是句式顛倒的句子，他說，我永遠都在想的一件事情，「憶」就是思念的意思，他永遠都思念的一件事情是甚麼呢？是「江湖歸白髮」。這一句的句式是顛倒的，應該是「白髮歸江湖」，我永遠思念的是將來有一天我老了，我要回到江湖去。「江湖」在中國一向都是代表隱居的。李商隱的意思是說，我不是賴在一個官位上不肯下台，他說，我將來一定是要隱居的，到我白髮的時候要回到「江湖」，這是我永遠不會忘記的，但是，我現在還不願意，為甚麼？「欲回天地入扁舟」，我是想要把天地都挽回來，就是說要把現在的情形完全改造，把這個世界的不合理的現象都糾正過來。李商隱常常表現這種「欲回天地」的願望，他寫過一首《寄遠》：「姮娥擣藥無時已，玉女投壺未肯休。何日桑田俱變了，不教伊水向東流。」他說，我就跟傳說中的月亮裏面的嫦娥一樣，因為嫦娥總是在那裏擣藥，是「無時已」，像「玉女投壺」一樣，永遠不停止。我願意付出我一切的勞力的代價，我不斷地追求，我所追求的是有一天「桑田俱變了」，天下的滄海桑田的面貌都改變了，把現在不合理的現象都改變過來，那個時候我就找一條小船，到江湖去隱居。為甚麼要到江湖去隱居呢？隱居的人有很多是在山裏邊，為甚麼非要說「江湖」和「扁舟」呢？這又有一個典故，春秋的時候有一個人叫范蠡，他是越國人。當時吳國和越國打仗，越國被吳國打敗了。范蠡就要復仇，他找到了一個很漂亮的叫西施的女孩子，獻給吳王。吳王非常寵愛西施，不理朝政，所以後來越國就把吳國滅掉了。越王當時想酬勞范蠡，給他官做。范蠡知道越王這個人只可以在他危難的時候幫助他，可是他真正把吳國打敗了，你再留在這裏，他就嫉妒你，怕你謀權奪位。范蠡有先見之明，他就把西施從吳國接回來，帶着她泛舟於五湖。

「永憶江湖歸白髮，欲回天地入扁舟。」這兩句是李義山很有名的句子，過去很多在政治上有理想的讀書人都引用過這兩句話。可是，在李商隱生活的時代，沒有人認識他的這種理想，他們那些人所追求的都是名利和祿位，而且為了追求名利、祿位，彼此鈎心鬥角，互相排擠、侵害，所以李商隱說：「不知腐鼠成滋味，猜意鵷雛竟未休。」李義山說，我要到朝廷上去做事，我是「欲回天地入扁舟」，我不是看中那些名利富貴，我真的是有我的理想要實現，可是，你們這些人就在黨爭的鈎心鬥角之中把我排擠出來了，你們是那些喜歡吃臭老鼠的人，你們以為我跟你們一樣，要搶你們的臭老鼠。李商隱常常用極端的口吻寫詩，他寫他低迴婉轉的追求的感情，但他要是批評他不滿意的事件，他也批評得非常極端，「不知腐鼠成滋味，猜意鵷雛竟未休」就表現了這種感情。

豪麗之中見真淳的杜牧詩

詩之為物真是很奇怪。我常常以為，你如果要了解一個人，了解他真正的性情本質是甚麼，他的感情人格的本質是甚麼，你如果看他的論文不大能夠知道，因為那都是很理性的，只要你收集資料把它安排整理得很好就可以。可是你如果一看他的詩，因為每個人的天性不同，他寫出來的詩的風格自然就不一樣。西方哲學家叔本華就曾經說：風格是作者心靈的面貌。不同的人就有不同的風格，每個人的長處不同，這是沒有辦法的事。我們說杜甫以其感情的博大深厚見長；韓退之以他的「氣盛」，就是他說出來的那個氣勢見長；而李商隱呢？是以一種內思，一種反省的內思，是向裏面去追尋的。那麼杜牧的風格是甚麼？杜牧一般說起來是豪麗的，就是說他在豪放之中帶着一種華麗的風格，是豪放而且華麗的。

杜牧，字牧之，京兆萬年人。對於他的生平，歷史記載，杜牧是唐朝一個很有名的學者杜佑的孫子，杜佑寫過一本很有名的書，研究中國歷史的文物制度，叫作《通典》，所以杜牧是有家學淵源的。而且他們家在京兆萬年，所謂京兆萬年就是現在的陝西西安附近的地方，是唐朝的首都長安附近的人。而杜牧弱冠——年紀不過二十歲左右就進士及第了，而且，他進士及第以後不久便通過了制科的考試。李商隱考中進士以後去考制科，被中書的長者把他的名字刷下來了；而杜牧是「連捷」，就是說考中了進士不久就又中了制科的考試，可以說他是少年得意的。你要注意到，他出於世家名門，住在首都附近，而且少年的時候就是進士跟制科接連及第，所以他的豪放與華麗的性格是從他少年時代就養成的。

不但如此，杜牧除豪放華麗之外，這個人還很風流浪漫，歷史上流傳了很多杜牧風流浪漫的故事。當時長安城有一個地方叫作平康里，都是歌妓舞女居住。杜牧小時候就喜歡在那裏聽歌看舞，還不止喜歡聽歌看舞，據説他自己在音樂歌舞這方面也是具有特長的。我們講李商隱的時候，説當時有牛李黨爭，李黨的領袖是李德裕，牛黨的領袖是牛僧孺。當年牛僧孺到揚州去做節度使的時候，杜牧之在牛僧孺的幕府之中做掌書記。揚州是中國長江北岸的一個很有名很繁華的城市，杜牧之在揚州的時候，據説他每天都出去冶遊，每天晚上都出去聽歌看舞。牛僧孺覺得這個少年很有才華，於是很愛護他，擔心他萬一做出甚麼不正當的事情來，所以杜牧之每天晚上出去冶遊的時候，牛僧孺就偷偷派了手下的小吏穿便服化裝成平民跟着他去，其實是為了保護他，可是都沒有說破。過了好幾年以後，當杜牧之要離開牛僧孺幕府的時候，牛僧孺就勉勵他說：你年輕，很有才華，這當然很好，可將來你到別的地方去工作的時候，要注意行為上應該檢點些。杜牧之以為牛僧孺並不知道他冶遊的事情，就說：你的囑咐我很感謝，但是我從來不做這樣的事情。牛僧孺就叫他手下的人拿出一個大篋子，這篋子裏都是一張一張的紙條，寫着杜牧之哪一天晚上到哪一家去，哪一天晚上到哪一家去，全記下來了。杜牧之一看非常慚愧，泣拜致謝。總之有這麼一段故事，而且杜牧在他的詩集裏面也留下了很多寫揚州冶遊的詩歌。我想大家都記得他的「落拓江湖載酒行」那首詩，就是他將要離開揚州時所寫的，說甚麼「落拓江湖載酒行，楚腰纖細掌中輕。十年一覺揚州夢，贏得青樓薄幸名」（《遣懷》）。在中國舊日的傳統中，都以為在中央政府任職才是一件好事情，外放到別的地方就算落拓江湖。而揚州雖然是一個很繁華的城市，但是在南方，在外面，所以他說是「落拓江湖」。

後來，他回到長安，有一段時間做了監察御史。你要知道，監察御史是執掌國家法律的諫官。杜牧做監察御史的時候，曾經一度「分司東都」。在唐朝，長安是首都，算是西都；洛陽是陪都，算是東都。杜牧以監察御史分司在東都，掌管法紀。洛陽也是中國歷史上一個有名的繁華城市，據說當時有一個曾經做過司徒的李姓官員，退休家居，生活依舊很奢華。有一次李司徒在家裏宴客，邀請了很多當地名人，而且有一大批最著名的歌妓舞女也參加。因為杜牧只是個管法紀的監察御史，所以沒有請他。可是杜牧就喜歡這樣的事情，於是叫他的門客透露消息，說他願意來參加這次宴會。那李司徒想：他要來就請他來好了！所以就把杜牧也請來了。因為他是後來才請的，他到的時候那些社會名流和歌妓酒女們都已經先到了。

到了以後，他堂堂地走進來，坐在那裏喝了三杯酒，然後對着那些歌妓酒女一個一個地瞪着眼睛看，接着問主人李司徒：我聽說有個女子叫作紫雲的，「素有艷名」，是女孩子裏面最漂亮的，不知哪個才是呢？李司徒忙告訴他哪個是紫雲。他一看果然名不虛傳，果然很漂亮！他說「宜相惠」——應該送給我。你想，一個監察御史跑來參加這種宴會，而且瞪着那些女子看，大言不慚地說那些話，所以那些女孩子都看着他笑，於是杜牧之寫了一首詩：「華堂今日綺筵開，誰喚分司御史來。偶發狂言驚滿坐，三重粉面一時回。」（《兵部尚書席上作》）「華堂今日」是寫實，他說，誰把我這個分司的御史請來參加這次宴會？「偶發狂言」，你看他大庭廣眾之下就問哪個是紫雲？是不是很漂亮啊？可以送給我嗎？直聽得「三重粉面一時回」——陪酒的女孩子都回過頭來看着他笑，所以杜牧真是有一種很狂放的性格。他這一類的詩，當然是風流浪漫的，並沒有很高很深厚的思想可言。

但是，天下的事情真的很難說，就是說他儘管寫這種詩，可他的品格不卑下。有的人一寫就讓你覺得下流。杜牧雖然很狂放，可是他寫得風流而不至於下流，有一種氣勢在裏邊。他的七言絕句寫得最好，因為是近體詩，平平仄仄、仄仄平平，在聲調上容易表現一種氣勢的美，杜牧的長處正在於善於掌握七言絕句的好處。而且七言絕句很短，他把這種狂放的興致即興寫下來，輕鬆自然，沒有一點造作的痕跡，就好像是口語——「華堂今日綺筵開」，就這麼寫下來了。所以他的七言絕句寫得非常好、非常多、非常自然，而且這一類詩也是很出名的。於是，杜牧在揚州十年的浪漫故事就成為中國歷史上一個有名的典故，後來人一寫到少年時期狂放浪漫的生活，往往用到揚州杜牧的典故。像南宋的姜夔就寫過一首詞，叫作《揚州慢》，整首詞裏面用的都是杜牧的典故；他在另一首《琵琶仙》的詞中也說「十里揚州，三生杜牧」，這都是很有名的。

我們知道，杜牧善於寫七言絕句。那麼除了寫風流浪漫的愛情以外，杜牧還用七言絕句寫甚麼呢？他還有一部份七絕是感慨盛衰的。

我們以前講劉禹錫的時候，我說過，劉禹錫的詩有一種歷史感，他常常在詩歌裏面表現一種盛衰的感慨。他說：「種桃道士今何在？前度劉郎今又來。」他喜歡寫盛衰感慨。而杜牧也有幾首寫感慨盛衰的七言絕句，很有名，大家都可以隨時背誦出來。比如《赤壁》這首詩，他說：「折戟沉沙鐵未銷，自將磨洗認前朝。東風不與周郎便，銅雀春深鎖二喬。」還有一首詩《泊秦淮》，也是感慨歷史盛衰的：「煙籠寒水月籠沙，夜泊秦淮近酒家。商女不知亡國恨，隔江猶唱後庭花。」杜牧的這些絕句很流行，傳誦眾口，因為它辭藻華麗，聲調響亮。

下面我們看一首更好的七言絕句《將赴吳興登樂遊原一絕》：

將赴吳興登樂遊原一絕

清時有味是無能，閑愛孤雲靜愛僧。
欲把一麾江海去，樂遊原上望昭陵。

我認為這首詩是杜牧七言絕句裏的一首好詩，因為別的那些詩雖然音調響亮，寫得很豪放，可一般說起來，杜牧的長處和短處都在這裏，就是寫得過於顯露，缺少含蓄的意蘊，他都說出來就顯得太顯露了。而這首《將赴吳興登樂遊原一絕》比較含蓄，能夠補救他過於顯露的缺點，而且也是比較有深意的，他果然有感慨的深意。題目是「將赴吳興登樂遊原」，吳興是地名，宣宗大中四年，杜牧之由吏部員外郎出任湖州刺史，所以這是一次外放，就是說從中央政府的首都外放到湖州去。

杜牧在題目中說：我將要外放到吳興去，登上了樂遊原。樂遊原是長安城東南角上的一個高的山坡，唐朝時很多士女在遊春的時候或者秋天郊遊的時候就到樂遊原上來，可是他寫的不止如此，我們講到最後你就知道了。他說「清時有味是無能」，這句話寫得非常好，很有深意，你看起來很簡單的一句話，可他的感慨很深。

他的意思是說，現在是一個清平的時代，而清平時代最有滋味的一件事情是甚麼？就是我沒有才能——國家既然太平，沒有危難，不需要有才能的人，我們這些做官的人就可以優游享樂。可是這並不是他的本意！這句話他是在反諷，他是從反面來說的，他真正的意思是說他有才能卻不被重用。我有才能，但我不能像周郎那樣得到一個很好的機遇來建立我的功業，所以「清時有味是無能」，這句話裏面有很多的感慨。怎麼樣？就「閑愛孤雲靜愛僧」。你看，同樣的形象，不同的人就用它寫出不同的情意來。陶淵明所寫的孤雲是一種孤獨寂寞的象徵，而杜牧卻把孤雲看作是一種悠閑的形象，逍遙自在，無拘無束，多麼自然，隨風飄蕩，這似乎是很悠閑的一件事情。所以他說，因為我自己也悠閑，所以我就對天上那悠閑地飄來飄去的白雲產生了一種共鳴，這是「閑愛孤雲」。「靜愛僧」呢？我的生活是很安靜的，所以我也欣賞那些和尚的安靜生活。「清時有味是無能，閑愛孤雲靜愛僧」，這兩句都是反諷，就是他不被重用，有很好的才能卻被棄置，每天都只能過這樣的生活。

不是我說他有感慨他就有感慨，怎麼見得他真是有感慨？看最後這兩句「欲把一麾江海去」，「麾」是甚麼呢？這個「麾」字本來是指揮的那個「揮」，是用來指揮的旌旗或旌旄，包括一個竿、一面旗子，這個叫作旌麾，本來是作戰的時候用來指揮的。凡是古代出使的人，帶有朝廷指揮的這種使命的，就拿着一個麾。像蘇武出使到匈奴，手裏面不就拿着一個代表使節的「節旄」嗎？而杜牧現在被外放，當時不見得手裏真有這樣的「旌旄」，可是因為古人是用旌旄象徵到外面出使的，所以他就用了這個「麾」字。他說，我現在要離開長安到湖州去了，所以我手裏一直要拿着這個旌麾到江海去。他將要到吳興去，而吳興在長江流域，又是東南近海，所以說是「江海去」。他說，我有才能卻不被重用，只能過這種說起來美好、閑散而且安定的生活，實際上卻是百無聊賴，是「閑愛孤雲靜愛憎」，而現在我要走了，「欲把一麾江海去」。接着呢？「樂遊原上望昭陵。」所以他就站在樂遊原上遠望。「昭陵」是唐太宗的陵墓，而唐太宗時代的「貞觀之治」那才是真正的太平盛世。在將要離開國都長安的時候還要登樂遊原而遠望昭陵，他自己那一種不捨的、落寞的複雜心情也就寫出來了。

附：

題宣州開元寺水閣

閣下宛溪，夾溪居人

六朝文物草連空，天淡雲閑今古同。
鳥去鳥來山色裏，人歌人哭水聲中。
深秋簾幕千家雨，落日樓台一笛風。
惆悵無因見范蠡，參差煙樹五湖東。

這首七律作於唐文宗開成三年（八三八），當時杜牧任宣州團練判官。南朝詩人謝朓曾在這裏做過太守，因此杜牧在另一首詩裏把這裏稱為「詩人小謝城」。城中開元寺建於東晉，是名勝之一，在任期間，杜牧常到開元寺遊賞。

這首詩抒寫了詩人登臨寺院水閣上，城東宛溪潺湲，秀麗的敬亭山綿延，宜人景色映入眼底，不禁發出六朝文物俱已消亡，唯有自然風物還保持着原來模樣的古今之慨。

詩歌首聯寫六朝文物都被芳草淹沒，只有淡淡的天、悠閑的雲依然故我，這種感慨固然與登臨有關，但聯繫詩人經歷，此時詩人已是第二次來到宣城，他於大和二年（八二八）入仕後，曾應沈傳師之邀赴宣州幕府，輾轉十年，一朝登臨，自是加深了他那種人世變易之感。

頷聯緊承首聯寫自己對宣城，乃至對人生的印象。鳥兒在水光山色中或棲或起，或來或往，而這裏的人呢？伴着水聲傳達出自己的喜怒哀樂。「歌哭」出自《禮記．檀弓》：「晉獻文子成室，晉大夫發焉。張老曰：『美哉輪焉！美哉奐焉！歌於斯，哭於斯，聚國族於斯。』」雖然「鳥去鳥來」「人歌人哭」不過是兩個片段的截取，但卻呈現出一種永恒的狀態，人的，自然界的，不同的個體不斷地重複着這一狀態。

頸聯進一步選取了兩組自然風物。細雨如簾籠罩了這方山水，籠罩了溪水兩岸的人家，深秋的背景彌散出了清冷；而晴日的宣城又呈現另一種別樣的美，風載着悠揚的笛聲飄然而來，又消散而去，笛音化入風中，隨風勢的起伏而變化。詩人用細膩的筆觸向我們傳達自然風物明麗之美的同時，又流露出悲涼的基調。「深秋」和「落日」皆為凋敝衰敗的意象，正是作者抱負不遂、仕途偃蹇、困頓失意的心底寫照。

中國文人的思想自古就在仕與隱之間徘徊，尾聯中詩人因景生情，心頭開起對范蠡的懷念，實際上是寄寓了自己旨在歸隱的人生態度。